HARDY PUNDT

Bugschuss

HECKENSCHÜTZE Eine Gruppe von sieben Männern unternimmt eine sommerliche Rudertour über die Kanäle und Meere Ostfrieslands. Am letzten Tag wählen sie eine Route, die sie zurück in die Seehafenstadt Emden führen soll. Mit einem Vierer und einem Zweier rudern sie auf der Suche nach der richtigen Kanaleinfahrt quer über das Große Meer. Doch der Ausflug findet ein jähes Ende, als zwei Schüsse auf eines der Boote abgegeben werden. Ein Ruderer wird am Oberarm gestreift, ein anderer nur knapp verfehlt. War es ein unglücklicher Zufall oder ein gezielter Anschlag? Hauptkommissarin Tanja Itzenga und ihr Kollege Ulfert Ulferts nehmen die Ermittlungen auf. Als später erneut Schüsse fallen, diesmal in Emden, wird deutlich, dass es der Heckenschütze auf Mitglieder der Rudergruppe abgesehen hat. Itzenga und Ulferts müssen verschiedenen Spuren nachgehen. Alle führen weit in die Vergangenheit …

Hardy Pundt, geboren 1964, stammt von der Insel Memmert und verbrachte Kindheit und Jugend in Ostfriesland. Nach über zwanzig Jahren in Nordrhein-Westfalen lebt er heute mit seiner Familie in Schleswig-Holstein. Er ist Hochschuldozent in Sachsen-Anhalt und kann auf zahlreiche wissenschaftliche Veröffentlichungen zurückblicken. »Bugschuss« ist sein dritter Kriminalroman.

Bisherige Veröffentlichungen im Gmeiner Verlag:
Friesenwut (2010)
Deichbruch (2008)

HARDY PUNDT

Bugschuss

Kriminalroman

GMEINER *Original*

Besuchen Sie uns im Internet:
www.gmeiner-verlag.de

Im Ehnried 5, 88605 Meßkirch
Telefon 07575/2095-0
info@gmeiner-verlag.de

1. Auflage 2012

Lektorat: Katja Ernst
Herstellung: Julia Franze
Umschlaggestaltung: U.O.R.G. Lutz Eberle, Stuttgart
unter Verwendung eines Fotos von: © joexx / photocase.com
Druck: Bercker Graphischer Betrieb GmbH & Co. KG, Kevelaer
Printed in Germany
ISBN 978-3-8392-1224-0

*Personen und Handlung sind frei erfunden.
Ähnlichkeiten mit lebenden oder toten Personen
sind rein zufällig und nicht beabsichtigt.*

1

Er stellte seinen Wagen auf einem kleinen Parkplatz ab, seitlich der gepflasterten Straße, die man mit angemessener Geschwindigkeit befahren musste, wollte man bei den zahlreichen Kuhlen nicht riskieren, den Auspufftopf zu beschädigen. Ein-, zweihundert Meter weit lagen noch Weiden links und rechts, dann folgten Häuser und Hofstellen mit gepflegten Vorgärten. Das kleine Dorf schien nur aus dieser einen Straße zu bestehen. Er wollte den Weg bis zur Gaststätte zu Fuß zurücklegen. Sie lag direkt am Kanal, dem er folgen würde. Zwar konnte er nicht genau wissen, ob er zu früh oder zu spät war, ja nicht einmal, ob sein Kommen überhaupt von Erfolg gekrönt sein würde. Doch er war wie besessen von seinem spontan gefassten Entschluss.

Jetzt war er in Eile und musste zusehen, dass er den Zielort erreichte. Wenn die Boote vorher schon den Kanal in entgegengesetzter Richtung fahren würden und ihn passierten, wäre es zu spät. Das war nicht schlimm, es würde sich eine neue Möglichkeit ergeben. Im Moment spukte jedoch nur eines durch seinen Kopf: Jetzt! Niemand wird ahnen, was du vorhast. *Er* schon gar nicht!

Auf der Straße begegnete ihm nur ein einziger Passant, er grüßte mit »Moin«, blickte dabei zu Boden und setzte seinen Weg fort. Am Kanal war es ruhig. Er zumindest bemerkte niemanden, ging an den Meerbuden vorbei, die sich hier wie an einem Bindfaden aufreihten. ›Meerbuden‹ nannte man die meist selbst gebauten Wochenendhäuser. Keines glich dem anderen. Einigen sah man die vielen Jahre an, die sie bereits hier standen. Die Häuschen dienten als Domizil für ihre Besitzer, die in Norden, Emden, Aurich oder weiter entfernten Orten lebten, dort arbeiteten und am Wochenende hierher ans Große Meer kamen, um sich vom Alltagsstress zu erholen. Vor der in Eigenarbeit errichteten Meerbude auf der Terrasse sitzen, grillen, ein gepflegtes Bier oder einen blutroten Wein trinken. Tagsüber angeln, paddeln, rudern, segeln, surfen – der Möglichkeiten, sich hier die Zeit zu vertreiben, gab es vielerlei. So konnte man es aushalten.

Er schritt kräftig voran. Er wusste, wohin er wollte. Die Meerbuden und ihre Besitzer interessierten ihn momentan nicht. Er wollte ans Große Meer, so nah wie möglich heran an die weite Wasserfläche des größten ostfriesischen Binnensees. Er hatte eine Stelle im Kopf, an der er unentdeckt bliebe und dennoch Sicht auf das Wasser und die Kanaleinfahrt hätte. Es gab Vogelkojen und Ansitze im Schilf, das wusste er, einer davon lag günstig, um seinen Plan in die Tat umzusetzen. Er hatte allerdings nicht vor, irgendein Geflügel zu erlegen.

Es war nicht einfach, an diesen Ort zu gelangen,

denn während es am Nordostufer Restaurants und Campingplätze gab, die direkt am Großen Meer standen, war hier am Westufer kein ordentlicher Weg zu finden, der bis ans freie Wasser reichte, zumal sich der Ansitz an der anderen Seite des Kanals befand, der westlich des Sees verlief. Er würde ein Boot brauchen, doch das war kein Problem, hier lagen so viele. Er könnte eines ausleihen, ohne dass der Besitzer dahinterkäme, wenn er es nach seiner Rückkehr wieder ordnungsgemäß anleinte. Außerdem kannte er einen hiesigen Landwirt, der konnte viel von der Landwirtschaft, der Jagd und allerhand mehr über diesen Landstrich erzählen. Wenn es die Zeit erlaubte, ging jener auch angeln. Aus diesem Grund hatte der Bauer hier an einem kleinen Holzsteg ein grünes Kunststoffboot liegen, das er nutzte, um fischen zu gehen oder um für die Entenjagd auf die andere Seite des Kanals in die Schilfzone zu gelangen.

Dieses Boot würde er kurz – und ohne den Landwirt zu fragen – ausleihen. Er würde ein Stück weit den nordwärts verlaufenden Kanal hochrudern und das Boot dort liegen lassen. Anschließend müsste er sich durch den Schilfstreifen kämpfen. Es war gut, wenn niemand unterwegs war, er durfte kein Aufsehen erregen. Andererseits fielen hier Männer, die mit Booten über die Kanäle schipperten, angesichts der vielen Touristen, Angler und Wassersportler nicht weiter auf.

Er brauchte keine zehn Minuten, um den Kanal ein wenig aufwärtszufahren und zur anderen Kanalseite zu gelangen. Er zog das Boot in eine kleine Einbuchtung, wo ein Graben in den Kanal mündete. So war es, zwischen Schilf und Weidengebüsch, kaum zu entdecken. Er setzte seinen Weg fort, erreichte den Schilfstreifen, watete durchs Wasser und war schließlich an dem Platz angekommen. Er kannte einige der ostfriesischen Binnenseen, ihre Ufer, das Schilf. Das Große Meer hatte es ihm besonders angetan. Selbst wenn er jetzt jemandem begegnete, was hier in der Schutzzone unwahrscheinlich war, hätte er tausend Ausflüchte parat. Eigentlich brauchte er nichts zu befürchten. Der Rückweg, falls er seine Absicht überhaupt ausführen könnte, wäre heikler.

Der Wind rauschte im von Weidengebüsch durchsetzten Schilf, die Sonne schien, einige weiße Kumuluswolken zogen am blauen Firmament von West nach Ost. Ein schönes Plätzchen, ging es ihm durch den Kopf, nice and peaceful. Den Spruch hatte er mal in einer Dokumentation über Neuseeland aufgeschnappt und seitdem nicht mehr vergessen.

Das Warten schien endlos, und manchmal überlegte er, ob die ganze Idee nicht wahnsinnig sei. Doch sofort übermannte ihn wieder dieses Gefühl. Es stieg in ihm auf, verursachte Herzrasen, ließ Schweiß auf seiner Stirn ausbrechen. Nein, er wollte, er musste es tun. Hatte sich die Wut nicht schon seit einer Ewigkeit in ihm festgesetzt, hatte er sie nicht viel zu lang unterdrückt?

Er wusste, wohin sie wollten. Sie konnten nur diesen Weg nehmen, übers Wasser gab es keinen anderen. *Er* war dabei.

Stimmen. Der Takt regelmäßig ins Wasser schlagender Ruderblätter. Noch sah er nichts, die Schneise, die den Blick auf die freie Wasserfläche ermöglichte, war schmal und bestand im Grunde nur aus weniger dicht stehenden, kräftigen Halmen. Ihn würde niemand sehen – und er würde *ihn* nur kurze Zeit zu Gesicht bekommen. Der Moment nahte. Jetzt hieß es, die Rechnung zu begleichen, endlich. Seine Erregung stieg.

Er öffnete seinen Rucksack und holte einen Gegenstand aus einer unscheinbaren schwarzen Tasche. Er zog den Reißverschluss der Tasche auf, griff hinein. Eine kleine, handliche Pistole kam zum Vorschein.

Die Boote, die sich näherten, würden jeden Moment an dem Punkt sein, wo er sie sehen konnte. Fast geriet er ein wenig in Unruhe, ja Panik, während er die Pistole einsatzbereit machte. Das laute Kommando »Ruder halt!« ertönte, und der regelmäßige Schlag wurde durch ein Schlittergeräusch ersetzt. Die Sportler in den beiden Booten hatten das Rudern eingestellt. Die Blätter lagen flach auf dem Wasser, die Boote wurden deutlich langsamer, bald würden sie jegliche Fahrt über Grund einstellen.

»Was ist los?«, rief einer dem Steuermann zu.

»Kleine Pause – und Zeit für ein Pils! Der Mann im Bug sorgt dafür, dass das Boot nicht ins Schilf treibt. Dann arbeitest du endlich mal was, bislang tauchst du die Blätter ja nur kurz ins Wasser und hebst sie wieder raus. Pullen tun ja wohl nur die anderen!«, antwortete dieser, und sein Kommentar wurde mit Lachen, Klatschen und Zustimmung gewürdigt.

Als jeder eine Flasche in der Hand hielt, sagte der Steuermann des Vierers laut und deutlich: »Jungs, kann es schöner sein? Bestes Wetter, herrliche Sonne, und wir endlich mal wieder zusammen im Boot, Urlaub, Rudern, Pilsbier ... Ich sag mal: Prost!«

Unmittelbar nach dieser Aufforderung, den ersten Schluck zu nehmen, durchschnitt ein lauter Knall die Stille der Natur, direkt darauf ein zweiter. Ein kurzer Blick zu den Booten. Trotz der hohen Anspannung huschte ein Lächeln über sein Gesicht. Schießen konnte er. Er wollte nicht töten, er wollte eine Lektion erteilen, nur das, eine Lektion. Vorerst jedenfalls ...

Nach den Schüssen waren zunächst entsetzte Schreie zu hören, dann nur noch das Rauschen des Windes im Schilf. Die aufgeregten Stimmen verloren sich. Jetzt musste er verschwinden, schneller Rückzug. Das musste funktionieren, das war die kritische Phase seiner Unternehmung. Er musste Acht geben, dass ihn niemand entdeckte, hier im Schilf, halb im Wasser. Dann mit dem Boot erneut übersetzen. Er würde nicht den Weg nehmen, den er gekommen war, an den Meerbuden vorbei. Es gab die Möglichkeit, an einem Entwässerungsgraben, der einen Acker von einer Weide trennte, entlangzugehen. Dort gab es dichtes Weidengebüsch, ein paar Erlen, hier und da ein Holunder.

Gute und einzige Deckung in diesem platten Land. Schnell folgte ein kleines Wäldchen. Hier könnte er kurz verschnaufen, bevor er weiter zu seinem Auto ging, um sich vollends aus dem Staub zu machen.

Bevor die Polizei eintraf, die mit den örtlichen Verhältnissen sicherlich kaum vertraut war und deshalb längere Zeit brauchen würde, um zum Tatort zu gelangen, wäre er längst über alle Berge. Sofern diese Redewendung mitten in Ostfriesland taugte.

2

Haufenwolken zogen am strahlend blauen Himmel gen Osten. Sie veränderten fortwährend ihre Gestalt, was man nur sah, wenn man die Muße hatte, sie länger zu beobachten. Es wehte ein stetiger, nicht allzu starker Wind, in den sich das Geschrei von Möwen, Austernfischern und der ein oder anderen Seeschwalbe mischte. Die Nordsee sendete immerfort ihre Wellen gegen den Strand, der jetzt, bei aufkommender Flut, zusehends schmaler wurde. Er begann im Westen in Form einer gigantisch großen Plate, aus der sich Richtung Osten Dünen erhoben, die allerdings ein von Wind und Wetter reichlich beanspruchtes Aussehen an den Tag legten. Hier gelangte die tagtägliche Flut bis nahe an die Dünen und erst später wurde der Strand, der sich 17 Kilometer lang von West nach Ost erstreckte, fortwährend breiter.

Es gab drei ausgewiesene Badebereiche, einen beim sogenannten Loog, zwei vor dem Hauptdorf. Hier wurden die Urlauber von Rettungsschwimmern bewacht, für Kinder standen Spielgeräte zur Verfügung und die Kurverwaltung bot Frühgymnastik und diverse andere sportliche Aktivitäten an. Hinter dem östlichsten Bad wurde es wieder ruhiger, und obwohl über 10.000 Menschen in der Badesaison die Insel bevölkerten, bot sie spätestens hier – wie auch im Westen – jedem die Möglichkeit, den Blick in aller Ruhe über das Meer schweifen zu lassen und die Charakteristika zu genießen, mit denen sie um Gäste warb: die Weite, die Stille, das Licht …

Eine Silbermöwe gackerte laut und vernehmlich, als sie im Tiefflug über den Strandkorb von Hauptkommissarin Tanja Itzenga raste und sie weckte, nachdem sie bei leichter Brise eingenickt war. Schon gut vier Wochen war Itzenga auf dem Töwerland, der Zauberinsel Juist. Ihr Strandkorb stand unterhalb des Kurhauses, dessen Glaskuppel an das Reichtagsgebäude in Berlin erinnerte. Doch hier war Nordseeküste, Hauptstadtpolitik interessierte allenfalls bei der Lektüre der Tages- oder Wochenzeitung. Die fiel lautlos in den Sand, wenn man die Nase voll hatte von Berichten über Parteien-Hickhack, Krieg, Mord und Totschlag, Intrigen, Atomunfälle, Plagiatssünder und den wieder und wieder gescheiterten Versuchen, drängende soziale Probleme zu lösen. Dann konnte man sich den Gedanken an Wind, Wellen und Meer hingeben und mit einem Lächeln auf dem Gesicht einschlafen – nicht ohne vorher noch einmal die wunderbare Luft tief eingesogen zu haben. Wann atmete man im normalen Alltag schon einmal so tief durch?

Am Vormittag hatte Tanja Itzenga über ihren Masseur von der Eselsbrücke erfahren, die den Inselschulkindern half, sich die Reihenfolge der Ostfriesischen Inseln zu merken. ›Welcher Seemann liegt bei Nanni im Bett?‹ Jeder Anfangsbuchstabe stand für eine Insel: Wangerooge, Spiekeroog, Langeoog, Baltrum, Norderney, Juist, Borkum. Auf alten Seekarten war des Öfteren der Name ›Iuist‹ vermerkt worden, aus dem sich später ›Juist‹ entwickelte. So gesehen hatte das I für Juist eine gewisse Berechtigung. Streng genommen fehlten zwei Inseln in der Liste, Memmert und Lütje Hörn, aber das war wohl der Tatsache geschuldet, dass dies geschützte Gebiete waren und daher dem Seebäderdienst und Tourismus weitestgehend verschlossen blieben. Und wer wusste heute schon, ob man für die langsam zur Insel werdende Sandbank ›Kachelotplate‹ irgendwann einmal ein K in den Spruch einbauen müsste, falls sie nicht eines Tages mit Juist oder Memmert zusammenwächst.

Tanja Itzenga blinzelte in den Himmel. Der Roman, den sie gerade las, war spannend. Ein mächtiger Eisblock hatte sich vor Norwegens Küste gelöst und einen Tsunami verursacht, der halb Europa verwüstete. Zufällig hatte sie ein paar Tage vorher in der Zeitung gelesen, auch renommierte Wissenschaftler hielten es für möglich, dass so etwas passieren könnte. Darüber hinaus hatte es in der Vergangenheit nachweislich Monsterwellen in der Nordsee gegeben. Nach dem Unglück in Japan waren alle Politiker schnell dabei, so etwas für die deutsche Küste auszuschließen – aber wie war das mit dem Quäntchen Unsicherheit, das jeder Prognose anhaftete? Das Zusammenkommen eines so schweren Erdbebens und eines derart zerstörerischen Tsunamis war auch vor Japans Ostküste als überaus unwahrscheinlich eingeschätzt worden. Und schon war es passiert und führte der Welt vor Augen, dass Wahrscheinlichkeiten zwar schätzbar waren, es aber niemals eine endgültige Sicherheit gab.

Kurz stellte sich die Hauptkommissarin vor, wie sie am Juister Strand säße und aus der Ferne eine Riesenwelle heranrollen sah, die Inseln und die Küste erreichend, die Elbe, Brunsbüttel, Krümmel … Tanja Itzenga schüttelte die Gedanken weg, beinahe krampfhaft. Es war zu fürchterlich. Fukushima! Drei Wochen Sensationsmeldungen und dann nicht mal mehr ein paar Zeilen auf Seite fünf wert, dabei war die Region für menschliches Leben unwiederbringlich verloren … Nein, nicht diese Gedanken, nicht jetzt. Sie wollte an etwas anderes denken. Die Dinge passten nicht zur ihrer Situation.

Sie suchte lieber nach passenden Worten für ihr gegenwärtiges Dasein. Herrlich, wunderbar, eben zauberhaft? Sie fand, dass diese Worte, jedes für sich, eine gewisse Berechtigung hatten. Sie schienen zu passen und doch nicht alles zu erfassen, was in dem Gesamtbild steckte, das sie in diesem Moment wahrnahm.

Als der Bescheid bei ihr zu Hause in Aurich eingetroffen war, die Kur sei genehmigt und sie könne sechs Wochen auf der Insel Juist verbringen, war ihr fast so, als wäre ihre Abgeschlagenheit, ihr angegriffenes Nervensystem, ihre Glieder- und immer häufiger auftretenden Kopfschmerzen, kurz, all die Anzeichen eines Burn-outs, für einen Moment vergessen. Selten war sie beim Arzt gewesen, doch dann waren ihr die Arbeit, die Überstunden, die Verbrechen, Betrügereien, Lügen und Morde über den Kopf gewachsen. Sie fand immer weniger Ruhe, hatte sich, fast trotzig, noch intensiver in die Arbeit gestürzt, wollte alles immer schneller und perfekter erledigen. Sie fand Anerkennung, wurde von Polizeipräsident Eilsen belobigt, und mit jedem abgeschlossenen Fall kamen neue Aufgaben hinzu: ›Frau Itzenga, für Sie ist das doch kein Problem … Sie als Expertin …‹ Irgendwann sträubten sich ihr die Nackenhaare, wenn sie so etwas hörte. Sie begann, gedanklich abzuschweifen, obwohl ihr ein neuer Fall vorlag, war bei Vernehmungen nicht mehr bei der Sache, machte Fehler, was Versäumnisse nach sich zog.

Ihr Kollege Ulferts fragte: ›Tanja, was ist los?‹, Polizeipräsident Eilsen sagte: ›Liebe Kollegin – Ihre Arbeit hat nicht mehr die Qualität, die sie einmal hatte. Verstehen Sie mich nicht falsch, es ist wohl allzu viel gewesen in den vergangenen Monaten. Irgendwann leidet die Qualität. Das ist ganz normal. Ich mag sie gar nicht fragen, ob sie Folgendes noch tun könnten …‹, und sie antwortete: ›Es war viel, Herr Eilsen, sehr viel, aber … kein Problem, ich bügele das aus, und übernehme gerne die Aufgabe, ehrlich, das wird schon werden.‹ Was sollte sie auch sonst tun? Schwäche zeigen gegenüber ihrem Vorgesetzten? Entgegnen, dass sie Urlaub bräuchte, eine Auszeit? Zugeben, dass sie den Aufgaben, im Moment zumindest, nicht gewachsen war? Nein, das war in einer Welt, in der es darum ging, zu funktionieren, nicht vorgesehen.

Dann landete ein komplizierter Fall auf ihrem Tisch. In der ostfriesischen Krummhörn hatte ein überarbeiteter und zu risikobereiter Banker angetrunken eine junge Frau angefahren und war kurz danach mit hoher Geschwindigkeit gegen einen Baum gerast. Dabei wäre er beinahe selbst umgekommen. Durch einen Fund der Spusi fanden sie heraus, dass noch mehr hinter diesem

Vorfall steckte. Einige Pannen später lösten sie schließlich den Fall, nachdem einer der Verdächtigen sie zum Täter führte. Zwar hatte eben dieser Verdächtige bis zuletzt nicht immer die Wahrheit gesagt, das interessierte jedoch, als der Fall ad acta gelegt wurde, niemanden mehr. Ihre dahin gehenden Bemühungen liefen bei Polizeipräsident Eilsen völlig ins Leere. Ihm ging es um das angeschlagene Bild *seiner* Polizei in der Öffentlichkeit. Während der Ermittlungen zu diesem Fall bemerkte Tanja Itzenga ein ums andere Mal, dass ihre Konzentrationsfähigkeit, ihre Kombinationsgabe und ihre sichere Urteilsfähigkeit in Mitleidenschaft gezogen wurden. Sie schweifte ab, während sie Gesprächspartner, Verdächtige oder Kollegen wie durch einen Schleier ansah und dennoch mit ihnen sprach. Der Fall wurde, trotz einiger Ermittlungsfehler, gelöst, doch der Polizeipräsident machte ihr anschließend die Hölle heiß. So etwas hing nach, manchmal Jahre. War es nicht immer so, dass man die Fehler, die jemand gemacht hatte, noch nach langer Zeit im Kopf hatte, die vielen, oft tagtäglichen positiven Leistungen aber nicht weiter beachtet wurden? Da konnte jemand zehn Jahre gut arbeiten, machte einen Fehler und sogleich hieß es: ›Er ist gut, aber damals, da …‹

Dann kam der Moment, in dem sie einfach ohnmächtig wurde. Während einer Dienstbesprechung rutschte sie langsam vom Stuhl. Sie hatte verschlafen, war zur Arbeit gehastet, hatte nicht gefrühstückt und dann, viel zu schnell, zwei Tassen starken Kaffee getrunken, obwohl sie ansonsten längst dem Ostfriesentee frönte. Der herbeigerufene Arzt sagte: Da steckt mehr dahinter. Und Kolleginnen und Kollegen bestätigten, die Hauptkommissarin habe sich verändert, sie habe oft sehr lange gearbeitet und ein zunehmend dünneres Nervenkostüm. Das gleiche Adjektiv traf auf ihre Figur zu. Regelmäßiges Trinken und ebensolche Mahlzeiten waren über die vergangenen Monate zu kurz gekommen. Weiter, immer weiter, schneller, besser, und nur keine Schwäche zeigen!

Die Hauptkommissarin fand sich im Krankenhaus wieder, wurde nach ihrer Entlassung mit zwei Wochen Zwangsurlaub versehen und der beinahe verpflichtend ausgesprochenen Empfehlung, sich in eine Kur zu begeben, die sie wieder auf beide Füße stellen sollte. Erstaunlicherweise setzte sich der Polizeipräsident persönlich dafür ein, und Kollege Ulferts raunte ihr zu: ›Der hat ein schlechtes Gewissen – der weiß genau, was er an dir hat!‹ Sie wusste nicht so recht, ob das stimmte, nahm sich aber vor, ihre Lebensweise zu überdenken und die Zeit zu nutzen, auch grundlegendere Fragen zu Sinn und Zweck des für jeden doch nur einmaligen Lebens zu stellen.

Entgegen ärztlichem Rat, aufgrund dessen sie in die Berge geschickt werden sollte, argumentierte Itzenga bereits beim ersten Gespräch zum Thema Kur, dass sie eine Insel kenne, quasi vor der Haustür, das wäre der richtige Ort.

Und hier war sie nun. Sie schloss die Augen. Ein

bisschen schlafen und sich die laue Brise um die Nase wehen lassen … Dann noch einmal kurz in die Nordsee springen, bevor es gegen Abend zu einem Therapiegespräch ging. Bereits in der ersten zwei Wochen hatte sie gelernt, den Schalter umzulegen, wenn negative Gedanken kamen: Fehler, die geschehen waren, würde sie kein zweites Mal machen. Die Geschehnisse im Privaten tauchten wie vereinzelt aufleuchtende Flammen von Zeit zu Zeit in ihren Gedanken auf. Trennungen, Sterbefälle, Meinungsverschiedenheiten … Man konnte nicht ewig über all das grübeln. Ihre Gedanken wanderten wieder den Strand entlang, zur Massage am nächsten Morgen, und ein wohliges Kribbeln lief ihr über den Rücken. Der Masseur war ein echter Profi, ihre Rückenbeschwerden schienen wie weggeblasen. Und dazu war er noch nett und humorvoll. Danach ein Salat mit Krabben und, vielleicht, nach vielen Wochen, mal wieder ein kühles Bier, ein friesisch-herbes? Hatte nicht neulich der leitende Arzt selbst die alte Weisheit bestätigt: ›Ein Gläschen Wein oder ein Bier, das schadet niemandem, im Gegenteil!‹

Wieder überflog eine Silbermöwe gackernd ihren Strandkorb. Schnell wurde ihr Geschrei mit dem Rauschen der Nordsee und dem Pfeifen des Windes weggetragen. Der Traum, den Tanja Itzenga jetzt träumte, hatte nichts mit Tsunamis und Reaktorunfällen, nichts mit Raub, Mord und Totschlag zu tun. Für all dies war im Moment kein Platz in ihrem Kopf.

3

Der Mann war groß und sportlich, ein Hüne, den scheinbar nichts erschüttern konnte. Doch jetzt zeigte sich auf seinem Gesicht Entsetzen. Das Hemd war nass geschwitzt und klebte an Brust und Rücken. Er war braun gebrannt und konnte sich auf sein Aussehen einiges einbilden, angesichts der Tatsache, dass er nicht mehr der Allerjüngste war, was diverse, beim genaueren Hinsehen deutlich sichtbare graue Haare verrieten.

Das Wetter war gut und wenn nicht alle gewusst hätten, dass gerade aus heiterem Himmel zwei Schüsse gefallen waren, wovon einer den Mann am Oberarm gestreift hatte, würde man meinen, er läge dort im Gras, um sich an diesem herrlichen Sommertag ein Nickerchen zu gönnen.

Die Ruderer hatten guter Dinge und ahnungslos in dem neuen Doppelvierer gesessen, der Steuermann erzählte einen Döntje nach dem anderen und man genoss den Tag. Plötzlich hatte es geknallt. Vollkommen unerwartet.

Der Schuss war aus den weiten Schilfflächen gekommen. Nichts hatte bis dahin auf etwas Ungewöhnliches hingedeutet. Gerade wollte die Mannschaft eine kleine Pause einlegen, da passierte es. Den lauten Schmerzensschrei ihres Ruderkameraden hörte man vermutlich bis zum Gasthaus am Meer auf der anderen Seite des Sees, in dem sie Rast gemacht hatten.

Nach erster Verwirrung wickelte man dem angeschossenen Dietmar Stöwers ein T-Shirt stramm um den Oberarm, um die Blutung zu stillen. Dann dirigierte der Steuermann seine Mannschaft mit deutlichen Worten über die Kanalkreuzung hinweg zu einer Stelle, an der die Ruderer aussteigen konnten, die sie dank ihrer kräftigen Schläge schnell erreichten. Die Durchschusslöcher – einer der Schüsse war am Bug steuerbords eingedrungen und an der Backbordwand wieder ausgetreten – waren glücklicherweise oberhalb der Wasserlinie, sodass nur die Wellen dafür sorgten, dass sich langsam Wasser im Boot sammelte.

Sie legten Stöwers auf das Gras. Er hatte einen Schock, war aber bei Bewusstsein, und Harm Wientjes rief sofort einen Arzt, erklärte dabei so gut wie möglich ihren Standort. Zwei der Ruderer rannten zur Gaststätte, die einige hundert Meter weiter am Kanal lag. Hier sollte der Arzt eintreffen, näher kam man an den Angeschossenen mit einem Fahrzeug nicht heran, der Rest musste zu Fuß zurückgelegt werden. Das zweite Boot, ein Doppelzweier ohne Steuermann, hatte hinter ihnen festgemacht.

Die Situation hatte etwas Unwirkliches. Vorhin waren sie noch alle gut gelaunt gewesen. Diese drei, vier Tage Rudern sparten sie von ihrem Jahresurlaub. Die Boote hatten sie in Emden geliehen, waren von dort nach Greetsiel gerudert, später weiter an das Große Meer. Am heutigen Tag wollten sie an den Ausgangspunkt zurückkehren. Sie waren wegen des guten Wetters früh gestartet; eine Kiste Bier im Heck verstaut. Und jetzt …

Dietmar Stöwers lag im Gras. Die Wunde schien noch immer zu bluten, das T-Shirt war tiefrot. Er atmete in einer Weise, die einem Angst und Bange machen konnte. Noch hatte er die Situation nicht begriffen und schnell hob und senkte sich seine Brust. Die Kameraden redeten ihm beruhigend zu, während Harm Wientjes und Gernot Jande darüber spekulierten, ob nicht ein weiterer Schuss fallen könnte.

»Mann, haltet mal die Gosch!«, rief Steuermann Kromminga ihnen zu. »Das hilft Dietmar und uns allen nun gar nicht, wenn ihr über so etwas redet!«

»Wieso? Ist schließlich nicht unmöglich!«, rief Wientjes. »Vielleicht sollten wir uns irgendwie schützen!«

»Mann, wie du jetzt reden kannst! Und was, bitte, sollen wir tun? Erst mal eine Mauer ziehen? Blödsinn. Außerdem kamen die Schüsse aus dem Schilf, jetzt sind wir ein gutes Stückchen weiter, da vorn beginnen die Meerbuden. Hier wird wohl keiner einfach herumballern. Der Arzt ist unterwegs, die Polizei wird sicher bald hier sein. Wahrscheinlich war das alles ein Versehen, ein blöder Zufall, ein Irrtum, was weiß denn ich«, sagte Kromminga und klopfte Stöwers freundschaftlich auf die Schulter. Der sah ihn nur mit großen, verstörten Augen an.

»Ist ja gut, ist ja gut. Ich meine ja nur …«, raunte

Wientjes und machte sich daran, den Vierer vernünftig zu befestigen, sie hatten bislang lediglich die Steuerleine um ein paar Zweige eines Busches gebunden, damit das Boot nicht herrenlos Richtung Kanalmitte trieb.

»Wo bleibt denn der Arzt, verdammt noch mal?«, fragte Gernot Jande. Er ruderte bereits seit langer Zeit, hatte früher als Schlagmann im Vierer gesessen. In ihren starken Jahren hatten sie so manchen Regattasieg nach Hause gebracht. Als Ruderer kam man selbst als Schüler weit herum. Während die Fußballer nur ins nächste oder übernächste Nachbardorf fuhren, um ein Spiel zu absolvieren, kamen sie hingegen nach Leer, Bremen, Hamburg, Berlin, Heidelberg oder ins Ruhrgebiet, nach Bochum-Witten, Duisburg, Herdecke und in andere Städte. Kleinere Regatten, die mittlerweile starke Teilnehmerzahlen erreichten, fanden dort statt, wo es eine geeignete Strecke und engagierte Leute gab, die halfen, solche Ereignisse zu organisieren. Otterndorf, Kleve, Bad Segeberg, Schwerin oder Kurzstreckenregatten wie in Wilhelmshaven und viele andere Städte warben jährlich um Ruderer aus der ganzen Bundesrepublik und darüber hinaus. Er hatte es als Schüler bis zum Bundesentscheid gebracht, im Doppelvierer ohne Steuermann, München, Olympiastrecke. Dort hatten sie es vermasselt, wie er jedem erzählte, der es wissen wollte. Immerhin hatte es damals für den Endlauf und den fünften Platz gereicht. Das war doch was, fünftbester der ganzen Republik. Und wenn der Schlagmann, ausgerechnet der Schlagmann, nicht einen Krebs gefangen hätte, ja dann ... Immer wurde er gefragt, wie man denn bitte während des Ruderns einen Krebs fangen könne, woraufhin er erläuterte, dass dieser Ausdruck den Vorgang beschrieb, wenn ein Skull nicht mit der richtigen Neigung ins Wasser getaucht wurde und dann nicht schnell genug aus dem Wasser herausgehoben werden konnte. Das brachte in einem Mannschaftsboot den gesamten Rhythmus durcheinander. Man musste im schlimmsten Fall neu starten – das kostete Zeit und ein, zwei Längen waren da gar nichts, die wieder zurückgewonnen werden mussten. Meistens war damit das Rennen verloren.

Jetzt stand Gernot Jande da und wusste nur, dass man die Blutung stillen musste und ein ordentlicher Verband das Beste wäre. Schuldbewusst gestand sich die Mannschaft ein, dass sie keinen Erste-Hilfe-Kasten dabei hatte. Fest drückte er jetzt seine Sportjacke auf die Wunde am Oberarm. Wientjes lief zu einer Meerbude in der Nähe, von der er wusste, dass sie einem Nachbarn gehörte, den er zwar überhaupt nicht schätzte, doch hier handelte es sich um einen Notfall. Vielleicht hatte der Verbandsmaterial im Haus. Aber er klopfte vergeblich an die Tür.

Endlich ein Martinshorn in der Ferne. Der Wind kam aus West, sonst hätten sie es kaum wahrgenommen. Nach weiteren, endlos erscheinenden Minuten des Wartens erreichten die Ersthelfer die Anlegestelle.

Die Sanitäter hatten eine Trage dabei. Als sie den

Verletzten sahen und realisierten, dass er nicht in Lebensgefahr schwebte, wurden sie etwas gemächlicher. Der Arzt erklärte, er würde die Wunde verbinden, allerdings sei es besser, wenn der Verletzte mit ins Krankenhaus käme. Dort könnte man untersuchen, wie tief die Kugel das Fleisch verletzt habe und ob eventuell der Knochen in Mitleidenschaft gezogen worden sei. Außerdem würde man das Ganze ordentlich desinfizieren und ein Antibiotikum gegen eine mögliche Infektion geben. Stöwers hatte sich wieder im Griff und lehnte ab – das sei nicht nötig, er erhole sich zusehends. Der Arzt insistierte jedoch, Stöwers musste mit. Die Sanitäter legten Stöwers auf die Trage, der glaubte zwar, selbst gehen zu können, sie akzeptierten aber keine Widerrede, sie mochten ihre Gründe haben. Es waren einige hundert Meter bis zum Rettungsfahrzeug zurückzulegen.

Zurück blieben sechs Ruderer. Den Doppelvierer und den Doppelzweier hatte ihnen der Bootswart in Emden zur Verfügung gestellt. Wobei das ›Doppel‹ nichts mit der Anzahl der Ruderer zu tun hatte. ›Ein Doppelvierer ist dann ein Achter?‹, fragte mancher Laie. Die Bezeichnung bezog sich jedoch darauf, ob ein Ruderer zwei Skulls in Händen hielt, in jeder eines, oder einen Riemen, der länger und schwerer als die Skulls war und der entweder back- oder steuerbord gerudert wurde. Ein Vierer war somit ein Riemen-, ein Doppelvierer ein Skullboot. Und Zweier und Vierer gab es mit und ohne Steuermann. Wanderfahrten wurden meist mit Steuermann gemacht – die Variante ohne ihn war für Rennen bei Regatten interessanter und natürlich schwieriger, da die Ruderer selbst dafür Sorge trugen, das Boot auf Kurs zu halten.

Der Bootswart kannte die meisten der Ruderer und wusste, dass sie ordentlich mit dem Bootsmaterial umgehen würden. Ruderboote waren sehr empfindlich. Sie mussten wie rohe Eier behandelt werden, zumindest, wenn es nicht die früher gängigen Klinkerboote waren, die es schon mal aushielten, wenn man über einen Baumstamm oder auf einen Stein fuhr. Für die empfindlichen Sperrholz- oder Kunststoffboote bedeutete so etwas ein Leck. Ein solches Leck war fachmännisch zu flicken und erforderte besondere handwerkliche Fertigkeiten. Am Rande hatte der Bootswart erwähnt, er hätte genug zu tun und könne auf zeitraubende Bootsreparaturen durchaus verzichten, man möge also bitte pfleglich mit dem Material umgehen. Andererseits wusste er Boote so zu reparieren, dass man die Schadstelle später gar nicht mehr entdeckte.

Nun waren zwei Schüsse gefallen, ein Projektil hatte Stöwers Arm gestreift, eins hatte zwei Löcher im Bug des Vierers hinterlassen. Man würde nun doch ein beschädigtes Boot zurückbringen müssen. Jedem stand nach diesem Erlebnis der Schock ins Gesicht geschrieben, an ein Fortsetzen der Rudertour war nicht zu denken. Jetzt war Schluss, hier am Großen Meer. Die Boote trieben träge im Wasser, das Wetter spielte mit, eigentlich herrschten ideale Ruderbedingungen. Doch zwei blutgetränkte T-Shirts und eine rot befleckte Jacke zeugten von dem schier unglaublichen Vorfall.

Harm Wientjes, zwischen Erstaunen und Erschütterung hin- und hergerissen, wollte die aufkommende Stille brechen: »Leute, die werden Dietmar sicher wieder hinkriegen. Was auch immer passiert ist – es wird aufgeklärt werden. Die Polizei kommt vermutlich bald, sie müsste eigentlich längst da sein – die Rettungsfuzzis sind ja schon wieder weg!«

»Die waren ja gerade in der Nähe, auf der B 210 unterwegs …«, warf Karl Kromminga ein.

»Stimmt, da hatten sie es nicht so weit bis zu uns. Egal, die Polizei muss das klären. Wir können nur so gut wie möglich für Dietmar da sein. Alles Weitere können nur die Ärzte für ihn tun. Also Hänger holen und zurück nach Emden. Auf dem kürzesten Wege. Mir ist die Lust am Rudern vergangen – aber die Boote müssen wir zurückbringen, nützt ja nix.«

»Sehe ich genauso«, stimmte Kromminga zu und die anderen nickten stumm.

»Das schafft ihr allein, oder?«, fügte Wientjes an. »Ich würde gern zu Dietmar ins Krankenhaus fahren, sehen, wie es ihm geht. Gernot, kommst du mit? Dietmar ist schließlich unser langjähriger Ruderkamerad.«

Die Ruderer sammelten sämtliche Gegenstände aus den Booten, stellten die Bierkisten ans Ufer und hoben mit vereinten Kräften zunächst den Vierer, dann den Zweier aus dem Wasser. Sie bemühten sich, die langen, schmalen Holzboote so zu lagern, dass sie keinen weiteren Schaden nahmen. Man brauchte ein paar Balken, um sie kopfüber darauf legen zu können, damit Ausleger und Dollen den Boden nicht berührten. Die Skulls wurden unter dem Boot verstaut, die Steuerleine aufgewickelt und das Steuer darauf gelegt.

Die Männer beschränkten sich auf kurze Anweisungen, als sie die Boote abholfertig herrichteten, um sie zum Ruderverein bringen zu können. Eines würde direkt in die Werkstatt gebracht werden, wenn dort Platz war. Ein Einschussloch im Bug zu flicken wäre wohl Neuland für den Bootswart.

Sie gaben noch einem älteren Mann Bescheid, der hier eine Meerbude besaß, direkt am Kanal gelegen. Er wollte ein Auge auf die Boote werfen; das Material kostete eine Menge Geld, unbeaufsichtigt wollten sie das alles nicht liegen lassen. Der Mann zeigte sich sehr beunruhigt wegen der Schüsse, hier, in dieser Gegend. Das sei sicherlich ein dummer Zufall gewesen, es würde sich aufklären, glaubte er. Vor Jahren habe es schon einmal einen ähnlichen Fall in der Gegend gegeben. Damals hätte es aber einen Paddler getroffen, keinen Ruderer. Das war schließlich ein Unterschied.

4

Eibe Kremers lebte seit seiner jüngsten Kindheit in der Nähe des Großen Meeres, nunmehr seit 75 Jahren. Als Junge war er durch das Marschland gerannt, war mit seinem Onkel in einem der schmalen, schwarz geteerten Langboote, die Jülle genannt wurden, über die Kanäle zum Schilfschneiden gefahren. Heute wurde das Schilfrohr, das Reet, maschinell geerntet, nur noch selten sah man die langen Kähne, vollgepackt mit Reetbunden, auf den Kanälen. Dass die Pflanze mit Hafer, Roggen, Weizen, aber auch Bambus verwandt war, war den meisten nicht bekannt. Kremers' Onkel war damals in demselben Boot auf Entenjagd mit ihm gegangen. Später, als Schüler und während der Lehre, die er auf dem elterlichen Hof und einem bei Suurhusen, dem Dorf mit dem schiefsten Kirchturm der Welt, gemacht hatte, war er immer wieder auf die Pirsch gegangen mit bald ebenso großem Erfolg wie sein Onkel. Er war als sehr guter Schütze anerkannt.

Das Große Meer, ein Flachmoorsee, der am Übergang von der Marsch zur Geest entstanden war, hatte touristisch eine Menge zu bieten. Vom nördlichen Seeufer bis zum Südrand betrug die Entfernung etwa 4,5 Kilometer, die Gesamtfläche von 460 Hektar lud zu Wassersport in allen Facetten ein – Ruderer, Paddler, Kanuten, Segler und Surfer waren hier zu finden.

Vorteilhaft war, dass alle sogenannten Meere eine sehr geringe Wassertiefe aufwiesen, weil sie aus Grundwasseransammlungen in der von Flachmooren geprägten Landschaft entstanden waren. Über weite Flächen waren sie meistens nur bis einen Meter tief, ideal für Wassersportler, denn ging etwas schief, konnte man fast überall stehen, um Schäden zu beheben und Kenterungen oder Havarien ohne größere Gefahren zu meistern. Schwimmen musste man nur an wenigen Stellen. Benachbart zum Großen Meer lagen das Loppersumer Meer und das Kleine Meer, ähnliche Flachmoorseen, allerdings erstreckten sie sich über eine wesentlich geringere Fläche. Zum Teil wurden die Uferbereiche von breiten Schilfgürteln eingenommen, wenn sie nicht erschlossen waren; das galt besonders für das Kleine Meer, während das Große Meer weite Schilfflächen umfasste und das Loppersumer Meer fast vollständig von der Pflanze umsäumt war.

Diese Landschaft, die Kanäle, Gräben, Meere, die sich anschließenden Weideflächen, die stolz in den Himmel ragenden Bäume waren ideal für die Entenjagd. Eibe Kremers war bevorzugt hier, an den Kanälen und Meeren, manchmal auch auf Einladung von bekannten Landwirten zu Treibjagden in der Marsch oder hinterm Seedeich. Er brauchte nicht nach Mallorca, Gran Canaria oder wohin auch immer. Er hielt sich an das Motto aus einem der Lieder von Hannes Flesner: ›Wat will'n wi in Europa? Ostfreesland is so mooi!‹

In dieser Gegend war ihm jeder Meter Gewässer genau bekannt, er wusste alle Wege zu beschreiben und konnte neben den langjährigen Einwohnern beinahe alle Meerbudenbesitzer benennen. Er konnte sagen, welches der Häuschen wann gebaut worden und wie in einigen Fällen mit fehlenden Baugenehmigungen umgegangen worden war. Mit diesem Wissen hielt er meistens, jedoch nicht immer, hinter dem Berg. Nicht dass er jemanden ans Amt verpfiffen hätte, so etwas würde er nicht tun. Aber im Gespräch eine Bemerkung fallenzulassen, konnte manchmal Türen öffnen, wenn es nötig war.

Kremers kannte jedes Stück Land und wusste, zu welchem Hof es gehörte – oft mit zugehörigen historischen Daten. Kremers hatte im Kopf, wer wo die Angel- oder Jagdrechte besaß und wann der Unterhaltungsverband das letzte Mal Maßnahmen zur Entkrautung von Wasserläufen oder zum Uferschutz durchgeführt hatte. Wer dachte, ein computergestütztes Informationssystem sei notwendig, um all das zu speichern, der irrte. Kremers, obwohl nicht mehr der Jüngste, war der lebende Beweis, dass sich umfangreiche Datenbanken ausschließlich in einem menschlichen Hirn befinden konnten, inklusive widerspruchsfreier Abfragemöglichkeit. Im Gegensatz zu einer Software, die immer Information lieferte, wenn man formal korrekt danach fragte, setzte eine Frage an Eibe Kremers allerdings dessen Gesprächsbereitschaft voraus. Eibe Kremers wog jedoch genau ab, wem er was erzählte.

Herbst und Winter waren die ideale Zeit für die Entenjagd. Die Wochenendbesucher und Touristen blieben mehr und mehr aus, das Wetter wurde ungemütlicher, immer früher wurde es dunkel. Kremers mochte diese Jahreszeit. Jede hatte eben ihre schönen Seiten. Die Stille mancher Tage, an denen man beinahe die Blätter zu Boden fallen hören konnte, das ferne Quaken von Enten oder am Himmel in fest vorgegebenen Formationen gen Süden ziehende Vogelschwärme – diese Zeit hatte Wundervolles zu bieten, was Städter in ihrer künstlich beleuchteten Umwelt oft nicht bemerkten, dachte er. Gerade in dieser Zeit brach er oft auf, Gewehr geschultert, voller Elan. Sog die gute Luft ein, wanderte auf kleinen Fußwegen, von denen manche nur wenige kannten, in die Schilfgürtel der Meere, pirschte sich an Vogelgruppen an und ging mit ein bisschen Stolz, den nur er allein für sich genoss, nach Hause, wenn er dem ein oder anderen Tier die Lebensgeister genommen hatte und sich ausmalte, wie er es zubereiten würde. Doch auch ohne Jagdbeute genoss er die Streifzüge durch diese einzigartige Landschaft in der Mitte Ostfrieslands. Manchmal war er an der anderen Seite des Großen Meeres unterwegs, in der Umgebung von Bedekaspel oder Forlitz-Blaukirchen, wo er Landwirte oder andere Anwohner kannte, die zum Teil ähnliche Interessen hatten.

Ente war für ihn, und seine Frau, das Beste aus der Wildküche. Wenn er Enten erlegt hatte, nahm er die

Küche in Beschlag und zauberte wahre Delikatessen. Ein kleineres Tier von vielleicht einem Kilo konnte man mit wenigen Zutaten zu einem Gaumenschmaus für zwei Personen verwandeln. Grobe Würfel von zwei Zwiebeln, einer halben Karotte, einer Steckrübe und zweier Birnen. Die mit Ahornsirup bestrichene Ente wurde zusammen mit dem Gemüse in eine Kasserolle gegeben, wenn vorhanden kam ein wenig Rosmarin dazu, und ab und an musste er mit Fleischbrühe ablöschen. Nach ungefähr 40 Minuten war der Vogel gar und er konnte ihn tranchieren. Ein paar Thymianblätter über das Gemüse und ein Mahl war kreiert, welches seinesgleichen suchte.

Nur selten kam Kremers erfolglos von der Jagd – als Jäger nahm er das sportlich, wenn seine Frau ihm auch immer eine gewisse Enttäuschung ansah. Natürlich machte es ihm mehr Spaß, wenn er sich vorstellte, wie das Tier noch am Nachmittag fröhlich am Himmel entlang geflogen oder auf der Wasseroberfläche daher geschwommen war, und er es durch einen gekonnten Schuss ins Jenseits befördert hatte. Lotte, ein schönes Exemplar eines niederländischen Kooikerhondjes, hätte den Vogel gefunden, apportiert und wäre mit dem Jagdgut stolz zu ihm gekommen.

Nun ging er dem Ende des letzten Drittels entgegen, dachte Kremers. Vielleicht gab ihm der da oben ja ein paar Jahre mehr, denn er lebte gern.

Nur ein Mal, ein einziges Mal, hatte er in all den Jahren einen rabenschwarzen Tag erwischt. Und wie es so war unter den Menschen, erinnerte sich nach wie vor jeder daran. Das war bitter, denn Kremers war ohne Zweifel ein exzellenter Jäger.

Er war auf den Wiesen vor dem Schilfgürtel gewesen, als er eine ganze Gruppe von Enten auf dem Wasser sah. Er hatte sein Kleinkalibergewehr dabei, somit kein Schrot, da er eigentlich Wasserratten jagen wollte. Aber die Tiere schwammen still vor sich hin – warum es nicht versuchen? Er wusste, dass es fragwürdig war, zumal die Kugel sehr weit fliegen konnte. Gleichwohl kannte er die Breite des Schilfgürtels und sah keine Gefahr. Kremers näherte sich vorsichtig, legte an und schoss. Dabei hatte er – und den Vorwurf musste er sich gefallen lassen – nicht bedacht, dass hier nach wie vor ein paar alte Eisenträger einer begonnenen, jedoch nie einsatzbereiten ehemaligen Flakstation aus dem zweiten Weltkrieg im Wasser standen. Mitten im Schilf störten sie kaum jemanden, es waren außerdem Warnschilder aufgestellt worden. An diesem Tag prallte eine von Kremers abgefeuerten Kugeln genau auf einen dieser rostigen Eisenträger, wurde abgelenkt und flog in einer anderen Richtung weiter. Beinahe wäre es zur Katastrophe gekommen. In der Nähe hielt sich ein Kajakfahrer auf, der sich, mit dem Paddel stakend, weit in das Schilf vorangetrieben und in der Abendsonne gedöst hatte.

So etwas tat man nicht, zudem war es nicht erlaubt, ärgerte sich Kremers noch heute. Die Kugel hatte den Wassersportler fast getroffen. Der Kajakfahrer erschrak heftig und rief sofort lauthals, dann versuchte er, mit dem Paddel Halt suchend, sich aufzurichten, um seine Anwesenheit zu signalisieren.

Eibe Kremers fiel fast sein Gewehr aus den Händen. Er stürzte ins Schilf, rief und fand den Paddler, der zunächst, gleichsam angstvoll und konsterniert, auf den Landwirt mit der Jagdwaffe starrte. Als er Eibe sah, fing er sofort an, zu lamentieren, ob er ihn umbringen wolle. Was er denn für ein Jäger sei, ob er seinen Jagdschein, den er wahrscheinlich gar nicht hatte, allenfalls im Lotto gewonnen habe, und … Kremers entschuldigte sich fortwährend, wütend und entsetzt zugleich. Dass ihm solche Vorwürfe gemacht wurden, gerade ihm! Insgeheim wusste er aber um sein leichtsinniges Verhalten. Der Mann hatte recht. Eibe fiel nichts Besseres ein, als dem Kajakfahrer eine Entschädigung zu bieten. Er fragte ihn, ob er nicht mit zu seinem Hof kommen wolle, man könne bei einem Tee alles in Ruhe besprechen. Der Mann blieb jedoch hart: Er würde Kremers anzeigen, und so geschah es wenig später.

Kremers war am Boden zerstört, als Greta Wübben, eine Polizistin aus Suurhusen, mittags auf seinen Hof fuhr, die Anzeige überbrachte und ihn zu dem Fall befragte. Schließlich musste er ein Bußgeld zahlen, eine Überprüfung seines Waffenbestandes und dessen Aufbewahrung über sich ergehen lassen und wurde abgemahnt. Seine Jägerehre war angekratzt. Schlimmer aber war, dass der Fall durchs Dorf und durch die lokale Presse gegangen war. Sein Ruf litt darunter, das wurmte ihn. Der Vorfall hatte sich tief in Eibe Kremers eingegraben, ein für allemal.

5

Es war einige Zeit her, als sich Siebold de Vries und Gernot Jande in einer Emder Gastwirtschaft getroffen hatten, um noch einmal über eine Geldangelegenheit zu sprechen, an der vor allem de Vries gelegen war. Die Kneipe machte keinen gemütlichen Eindruck, sie war funktional eingerichtet, das Mobiliar wies Spuren jahrlanger Nutzung auf, Gardinen und Vorhänge konnten eine Wäsche vertragen. Kneipen dieser Art gab es nicht mehr viele. Wer nach einer Wirtschaft suchte, wäre an dieser wahrscheinlich achtlos vorübergegangen. Denjenigen, die hier ein- und ausgingen, schien es zu gefallen, aber vielleicht war es einfach nur dieses Die-kleine-Kneipe-in-unserer-Straße-Gefühl.

Durch die Stammgäste hatte sie sich wohl schon Jahrzehnte an der Ecke zweier sich kreuzender Straßen gehalten. In diesem Viertel lebten überwiegend Menschen, die in der Seehafenstadt Emden auf irgendeine Weise ihr Auskommen gefunden hatten, nicht das große Geld, aber genug, um sich auch einmal ein Bier oder ein Essen auswärts leisten zu können, wobei das Angebot in dieser Gastwirtschaft überschaubar war.

Zwei Tische waren besetzt. An einem spielten vier Männer Doppelkopf, tranken Bier und aßen kalte Frikadellen mit Senf. An einem anderen gönnte sich ein Pärchen einen strammen Max. An der Theke standen zwei Männer, der eine etwas größer und breiter als der andere. Hinter der Theke spülte der Wirt Gläser. Man sah ihm die vielen Jahre in dieser Kneipe an – die Haare waren ergraut und sein Gesicht schien eine ähnliche Farbe angenommen zu haben. Natürliches Licht war rar, die Sonnenstrahlen hatten angesichts der Verschattung durch die anderen Gebäude der Straße und der ungewaschenen und durch betagte Gardinen verhängten Fenster keine Chance, ins Innere zu gelangen.

Ab und zu blickte der Wirt auf, um zu sehen, ob ein Gast etwas wünschte. Wenn sein Blick auf die beiden Männer fiel, die seitlich von ihm standen und bei denen er wieder einmal das Vergnügen hatte, zuhören zu können, schienen sich Sorgen bei ihm breitzumachen. War das Zuhören diesmal kein Vergnügen? Was hatte er in all den Jahren nicht schon an Geschichten gehört. Betrunkene sagen die Wahrheit, so hieß es. Zwar hatten ihm viele ihr Herz ausgeschüttet, am Realitätsgehalt so mancher Geschichte zweifelte er jedoch nicht nur einmal. Betrunkene versuchten vielleicht, die Wahrheit zu sagen, die Zunge war aber eben auch lockerer und der Geist getrübt vom selig machenden Gesöff. Fakten konnten verdreht und Erlebnisse in einem günstigen Licht dargestellt werden. Man machte etwas passend, nach ein paar Bieren, vielleicht unterbrochen von dem ein oder anderen Kurzen. Passend zur Situation, die fröhlich, traurig, oder irgendwo dazwischen sein mochte, je nachdem, was der- oder demjenigen passiert war auf dem Weg zwischen Kreißsaal und Grab, auf dem die Kneipe eine weitere Station war mit dem Unterschied, dass man sie des Öfteren besuchte.

In solchen Gaststätten waren Wirt oder Wirtin Gesprächspartner, wenn es keinen anderen gab, der zuhörte. Die konnten nicht einfach gehen, und die Abwehr ›Ich habe noch zu tun …‹ wäre unhöflich gegenüber dem Gast, der grundsätzlich König war. Das Schicksal eines Wirtes war das Ausharren hinter der Theke und das Zuhören.

Die beiden Männer brauchten den Wirt indes nicht. Sie unterhielten sich und ein Außenstehender hätte das Gespräch mit Attributen wie ›intensiv‹ oder ›anregend‹ beschrieben. Die Mienen verrieten unterschiedliche Meinungen. Während einer lässig, jedoch mit ernstem

Gesicht an der Theke stand, halb auf diese aufgelehnt und sich an seinem Bier festhaltend, sah sich der andere sorgenvoll um, blickte mal zu seinem Gesprächspartner, mal zum Wirt, mal leer in den Raum, ohne Fixpunkt. Er knabberte manchmal an der Unterlippe, was Nervosität signalisierte.

»Mann, Mann, Mann, und ich dachte all die Jahre, man könne sich auf dich verlassen. Aber da hört sie eben auf, die Freundschaft – beim Geld … Aber nee, mein Lieber. 2.500 Mark? Ich ärgere mich tierisch, dass wir das nicht schriftlich gemacht haben. Es waren 2.500 Euro, somit 5.000 Mark, keinen Pfennig oder Cent weniger!« Siebold de Vries sah Gernot Jande kritisch an. Er hatte ein paar Pils intus, man sah es an den glasigen Augen und, wenn man ihm nahe kam, roch man es auch. Er fügte hinzu: »Ohne Zinsen, ja? Ohne Zinsen kannst du es mir zurückgeben. Das nenne ich Entgegenkommen, nach all den Jahren. Ich halte mich an Abmachungen!«

»Ich doch auch. Es ist aber einfach nicht wahr. 2.500 waren es, aber D-Mark, verstehst du? Es ist ewig her, aber du kannst doch nicht vergessen haben, dass wir das damals vor der Währungsreform ausgehandelt haben.«

»Währungsreform! Wie klingt das denn?«, warf de Vries spöttisch ein.

»Na ja, war's doch … Du hast mir damals nicht fünf Tausender in die Hand gedrückt. Mann, so viel Asche! Das weißt du genauso gut wie ich. Es waren fünf Fünfhunderter. Siebold, als damals mein Job weg war, brauchte ich das Geld. Ich musste eine Schuld begleichen und, na, man muss auch ein bisschen was zum Leben haben. Ich hatte nicht einmal das, was der Politiker mit diesen dubiosen Theorien in seiner Zeit als Berliner Sozialsenator als notwendig berechnet hat, diese 3 Euro 98 am Tag. Oder war es weniger? Ist ja völlig egal. Mein Job war unwiederbringlich weg, du erinnerst dich? Ich war irgendwann abends bei dir, weil ich die Kohle brauchte. Dringend. So schnell was Neues finden, das war damals nicht drin. Und kreditwürdig war ich erst recht nicht.«

»Ach, richtig bemüht hast du dich nie!«, warf de Vries ein und nahm einen großen Schluck, »außerdem ...«, fügte er an, »außerdem ist es nicht besonders schlau, mit neuen Schulden alte zu begleichen!«

»Das brauchst du mir nicht erklären!«, fauchte Jande zurück, »hör mal, das stimmt einfach nicht«, er wurde jetzt forscher, dann, nach einer Pause, besann er sich: »Ich bin dir sehr dankbar, dass du mir die 2.500 Mark geliehen hast. Dadurch konnte ich mir mit Janne die kleine Wohnung mieten und endlich in Ruhe Gedanken fassen, Bewerbungen schreiben und so. Dein Geld war tatsächlich erst die Voraussetzung dafür, mich zu besinnen und ...«

»Besinnen! Hör mir auf mit deinen Leidensgeschichten. Und mit deiner Währungsreform, so ein Blödsinn. Der Euro ist 2002 eingeführt worden – ich habe dir wesentlich später das Geld gegeben! So lange, wie du meinst, kann es noch gar nicht her sein. Immerhin hättest du Tagesjobs annehmen können – irgendwo gibt's immer Kohle zu verdienen!«

»Das sind Sprüche, sonst gar nix!«

»Sind's nicht. Ich war nie arbeitslos!«

»Na prima! Es gibt aber massenhaft Leute, die sind's. Du willst nicht etwa behaupten, die hätten alle Spaß daran?«

»Ach, die Wirtschaft schwankt eben immerzu, mal haben mehr Leute Arbeit, mal weniger. Wenn man sich richtig bemüht, zumal, wenn man Schulden hat …«, de Vries machte nichts weiter als eine wegwerfende Handbewegung, führte den Satz nicht zu Ende.

Jande fixierte ihn voller Wut.

Es entstand eine Pause, in der de Vries unentwegt auf die Schnapsflaschen hinter der Theke starrte und ab und zu einen Schluck Bier nahm. Neben allerlei Likören standen dort ein paar Flaschen bester schottischer Single-Malts und de Vries schien fast so, als überlege er, einen zu bestellen. Neben vier Glens – Glenfiddich, Glenfarclas, Glenmorangie und Glengoyne – standen dort weitere feine Tropfen von den schottischen Atlantikinseln wie Laphroaig oder eine Flasche Bunnahabhain, der Seemann mit dem Südwester auf dem Etikett der Flasche schien de Vries geradezu aufzufordern … Leider war der Preisunterschied zwischen einem einfachen Weizenkorn und einem schottischen Single-Malt beträchtlich.

»Siebold, du kriegst 1.300, meinetwegen. Das wäre

gerecht und korrekt«, versuchte Jande, das Gespräch wieder in Gang zu setzen.

De Vries schwieg.

»Du kannst einfach nicht vergessen haben, wie wir uns damals geeinigt haben, verdammt noch mal!«, wurde Jande deutlicher. »Du kriegst das Geld zurück. Ich weiß ja, dass ich längst hätte bezahlen sollen. Aber die Kohle war einfach nicht da. Mann, hier mal Zeitungen verteilen, da mal Schließdienst ... das reicht nicht einmal, um mich vernünftig zu ernähren, und ein Dach über dem Kopf braucht man nun mal zusätzlich. Siebold, das brauch' ich dir jetzt wirklich nicht alles erzählen ... Nur, damals ging es um Mark! Die Sache ist verdammt lang her, und ich bin dir dankbar, dass du mir all die Jahre, die wir uns nicht gesehen haben, Zeit gelassen hast.«

»Sag' mal«, wendete sich de Vries betont ruhig seinem Gesprächspartner erneut zu, »wäre es nicht korrekt gewesen, wenn du dich gemeldet hättest? Du hattest Schulden – jetzt mal egal wie viel – da hättest du dich bewegen müssen, wenigstens dich mal melden. Aber eigentlich hättest du das Geld einfach überweisen müssen. Und wenn es in Raten gewesen wäre. Ich, mein Lieber, hatte dir nicht hinterherzurennen. Aber jetzt bin ich in einer Lage, in der ich jeden Cent brauche. Das war lange Zeit nicht so. Ich habe immer gedacht: Ach, lass man, so nötig hast du es jetzt nicht. Er wird sicher zahlen, irgendwann. Aber jetzt ist Schluss mit lustig. 2.500 Euro will ich, keinen

Cent weniger. Und ich verwechsle nichts. Ich würde viel lieber in D-Mark rechnen, glaub's mir, als in diesem Euro. Der ist eh Käse. So viele, so unterschiedliche Länder und alle haben dieselbe Währung – das funktioniert nicht. Da passt eine Währung nicht, die in Deutschland, Frankreich, Portugal und Griechenland gleichermaßen gültig ist. Einige werden immer draufzahlen, während die anderen animiert werden, über ihre Verhältnisse zu leben, sag' ich, aber wen interessiert's. Europa ist Vielfalt, nicht Einerlei! Aber zurück zu dir. Deine Geschichte über die lausige Vergangenheit, mein Lieber, die kenne ich nun bald auswendig. Ich habe die Nase voll davon!« De Vries drehte sich zum Wirt: »Einen Korn, bitte!«

Jande hasste es, wenn jemand ›mein Lieber‹ zu ihm sagte. Er sah Grimm in den Augen seines Gegenübers, das hinzufügte: »Außerdem, mein Freund«, diese Variante mochte Jande ebenso wenig, »außerdem sitze ich jetzt in der Scheiße. Ich habe Aktien gekauft, ein paar zu viel, und die Kurse sind eingebrochen. Bankenkrise wohin man schaut. So ist das, dumm gelaufen. Aber ich muss nicht ewig jammern, um mich immer und immer wieder herauszureden … Ich brauche jetzt die Asche, sofort! Ich habe dir Geld geliehen, jetzt will ich es zurück. Und ich will den gesamten Betrag, das ist recht und billig. Seit Jahren hast du Schulden bei mir. Nichts habe ich wiedergesehen.«

»Ich jammer nicht rum und will mich beileibe nicht rausreden.« Jande fummelte an einem von herabtropfenden Gerstensaft feuchten Bierdeckel herum, er war nervös und sah ein, dass de Vries nicht unrecht hatte, vom Grundsatz her. Aber er hantierte mit falschen Summen. Das machte Jande gleichermaßen hilflos wie wütend.

»Du kriegst das Geld zurück, sobald ich mich ein wenig erholt habe.«

»Willst du mich eigentlich verarschen? Du bist doch im Ruderverein, machst Wanderfahrten. Das gibt's nicht umsonst, oder? Wenn das geht, dann kannst du auch deine Schulden bezahlen, ansonsten lass es sein! Wie lange willst du dich denn noch erholen? Ein Jahr, zwei Jahre? Nee, mein Lieber, so geht das nicht. Schluss mit dem Affentanz. Du gibst mir nächste Woche das Geld, sonst passiert was!«

»Siebold, das Rudern, hier auf den Kanälen, auf dem Großen Meer, das kostet nicht viel …«

»Nix Siebold … Ich verstehe keinen Spaß mehr, Gernot Jande!« De Vries nannte Vor- und Nachnamen anderer Personen nur dann, wenn er wirklich sauer war. Seine Augen waren ein wenig glasiger geworden, aber den Zorn, der in ihnen für einen Augenblick aufflammte, verbargen sie nicht.

»Es geht nicht. Ich habe keine Ersparnisse mehr. Ich bekomme im Moment bei keiner Bank Kredit, die pfeifen mir was!«

»Leih' dir woanders was. So wie damals, falls du noch mal so einen Deppen findest wie mich«, de Vries bestellte einen zweiten Klaren und wuppte ihn weg, als wäre es nichts.

»Du bist kein Depp, Siebold. Ich bin dir ewig dankbar …«

De Vries knallte das Schnapsglas auf den Tisch, dass es fast zerbrach. Für eine Sekunde sahen die anderen Gäste der Kneipe zu ihm hinüber, was reichte, damit er nicht losschrie. Mit gepresster Stimme raunte er Jande zu: »Von deiner Dankbarkeit kann ich mir nichts kaufen, gar nichts, Gernot Jande. Ewig dankbar – so ein blöder Spruch. Zum letzten Mal: Freitag in einer Woche. Ansonsten bekommst du einen Schuss vor den Bug, der sich gewaschen hat!«

Jande starrte ihn bestürzt an, er musste sich im Zaum halten, aufgebracht zwischen Wut und Niedergeschlagenheit, als er fast flüsterte: »Siebold, drei Monate, bitte …«

»Du kannst mich mal!« De Vries drehte sich zur anderen Seite und gab dem Wirt ein Zeichen, dass er noch ein Bier wollte.

»Arschloch!«, rutschte es Jande heraus. Blitzschnell drehte sich de Vries um und Jande flog einen halben Meter zurück, als ihm der Schlag ins Gesicht für Sekundenbruchteile das Bewusstsein nahm. Er stürzte rücklings über Stühle und einen Tisch, die hinter ihm standen.

Fast ebenso schnell war der Wirt auf dem Plan: »Siebold, bist du noch zu retten? Sofort aufhören! Du bekommst Hausverbot, für immer, wenn du hier rabiat wirst!« Er hatte de Vries über die Theke hinweg am Kragen gepackt.

»Schon gut, schon gut«, murmelte der, »tut mir leid.« Er drehte sich wieder zur Theke, als sei nichts gewesen.

Zwei der anderen Gäste hatten sich Jande zugewandt, halfen ihm hoch und fragten ihn, ob alles in Ordnung sei. Die Lippe blutete, gleichwohl betonte er: »War ja nichts …«, um auszudrücken, der Schlag von de Vries habe ihn kaum beeindruckt. Sein Blutdruck war in diesem Moment aber so hoch, dass jeder sofort den Notarzt alarmiert hätte, wäre das bekannt gewesen.

»Das war nichts? Ihr seid mir so Experten!«, der Wirt schüttelte den Kopf. Die anderen Gäste, die das Geschehen mit verfolgt hatten, erkannten, dass der Streit zu Ende war. Einige wendeten sich wieder ihren Gesprächspartnern oder dem Kartenspiel zu, andere gafften noch immer zu Jande, dem der Wirt einige Papierhandtücher in die Hand gedrückt hatte, um die Blutung zu stillen.

Jande presste das Papier gegen die Lippe, holte langsam und mit unsicherem Gang seine Jacke von der Garderobe und verließ das Lokal, ohne irgendetwas zu sagen.

De Vries würdigte ihn keines Blickes und nahm einen kräftigen Schluck aus seinem Glas.

6

Der große, ein wenig übergewichtige Kommissar stapfte in einer Gummihose, die in zwei Stiefeln mündete, durch das Schilf. Hier, im breiten Uferbereich des Großen Meers, wusste man nie, wie tief das Wasser plötzlich sein konnte. Oder wie weich der Modder. Er wollte auf Nummer sicher gehen und hatte kurzerhand seine Anglerhose aus dem Keller geholt, bevor er an den Tatort gefahren war. 25 Minuten hatte er allein gebraucht, um das Große Meer von Aurich aus zu erreichen. Südbrookmerland, so hieß die Gemeinde hier. Zur Fahrzeit war noch der Fußweg für das letzte Wegstück gekommen – man konnte den Ort, an dem auf die Ruderer geschossen worden war, schließlich nicht mit dem Auto erreichen.

»Wieso sind nicht mehr alle von Ihnen hier?«, hatte der Polizist aus Aurich erbost in die Runde der geschockten Ruderer gefragt. Am Morgen war noch alles in Ordnung gewesen, sie waren bester Laune angesichts des schönen Wetters und einer neuen Ruderetappe an diesem Tag. Jetzt war alles anders.

»Zwei von uns, Herr Wientjes und Herr Jande, sind nach Emden ins Krankenhaus gefahren. Stöwers ist ein Ruderkamerad, den konnten wir nicht einfach allein lassen …«

Kommissar Ulfert Ulferts sah auf einen kleinen Zettel, den er von einem Kollegen zugesteckt bekommen hatte.

»Also, wer saß nun im Boot?«, Ulferts las die Namen, bevor er sie laut aussprach: »Herr Stöwers ist der mit dem Streifschuss. Dann sind da die Herren Jande, Wientjes, Boomgarden und Kromminga.« Ulferts sah in die Runde. »Wer ist nun wer, und wer ist in Emden?«

»Wie wir eben schon gesagt haben …«, begann einer der Ruderer, wurde aber rüde vom Kommissar unterbrochen: »Ja, ja, ich habe es gehört. Jande und Wientjes sind nach Emden gefahren«, das schien ihm nicht zu gefallen und tatsächlich sah er mit bösem Blick in die Runde: »Das war ganz und gar nicht richtig! Das behindert die Ermittlungen!«

»Wir konnten ja nicht wissen …«

»Ach, hören Sie auf. Nun ist es so. Also haben wir hier noch die Herren Boomgarden und Kromminga – und Ihre Kollegen aus dem Zweier, aber auf die hatte es der Schütze anscheinend nicht abgesehen.«

Die Ruderer starrten betreten auf den Boden oder in die Ferne. Erst zwei Schüsse, jetzt dieser ruppige Kommissar – dabei hatte alles so überaus vielversprechend begonnen.

»Stöwers ist nicht schwer verletzt worden – da wäre er durchaus allein zurechtgekommen«, machte der Kommissar nochmals sein Unbehagen über die Abwesenheit von unmittelbar Beteiligten deutlich und ergänzte: »Wir sind schließlich erwachsene Menschen! Und ich muss Ihre Aussagen aufnehmen. Aber von allen! Das wird nicht leichter, wenn zwei von Ihnen wer weiß wo stecken. Und die Aussagen will ich jetzt und hier, wo es passiert ist, nicht übermorgen! Die Abwesenden müssen wir nun später befragen, da bleibt uns nichts anderes übrig …«, kam der Polizist nicht über seinen Ärger hinweg.

Die Ruderer wunderten sich über seine Unausgeglichenheit.

»Die beiden werden Ihnen garantiert Rede und Antwort stehen …«, sagte Manfred Boomgarden leise, aber hörbar.

»Sie glauben gar nicht«, reagierte der Kommissar gereizt, »wie viel der Mensch in kürzester Zeit vergessen kann. Wie er eine Situation, die er vor wenigen Stunden selbst erlebt hat, plötzlich anders oder neu interpretiert in der vollen Überzeugung, dass alles stimmt und sich genau so zugetragen hat. Ich bin mir sicher, wenn ich die beiden heute Abend oder gar erst morgen früh nach den Gegebenheiten hier am Tatort befrage, werden sie mir einiges erzählen, was den Tatsachen überhaupt nicht entspricht!«

»Wir können es nicht mehr ändern!«, sagte der kleine Kromminga, der des Ruderns nur sehr bedingt mächtig war und deshalb die meiste Zeit steuerte.

»Nee, wohl nicht.« Der Kommissar wollte diesen Teil der Diskussion abschließen. Er begann umständlich, die Träger der Gummihose abzustreifen.

»Noch einmal zum Tathergang … Bakker?«, Ulferts sah sich nach seinem Kollegen um.

»Hier!«, meldete sich Bakker, der seinen Chef begleitete. Niemand sah ihn, er steckte irgendwo im Schilf.

»Düfel ook, wo sind Sie denn?«, rief Ulferts.

»Musste pinkeln«, erklärte Bakker, als er aus dem Gewirr mannshohen Schilfes auftauchte.

Ulferts schüttelte den Kopf. Der obere Teil des wasserdichten Kleidungsstücks baumelte an ihm herunter. Er fuhr fort, mit versöhnlicher Stimme: »Bitte schildern Sie noch einmal, woher der Schuss kam und was dann passierte.«

»Plötzlich knallte es«, begann Kromminga eifrig zu erzählen, »Dietmar Stöwers schrie auf und wir drehten uns entsetzt zu ihm um.«

»Stöwers ächzte und stöhnte – schließlich hat's ihn erwischt, um ein Haar sogar ganz«, ergänzte Manfred Boomgarden. Er war ansonsten eher für seine Schweigsamkeit bekannt und schon in Finnland, Polen, Rumänien und Kanada auf Ruderwanderfahrt gewesen. ›Aber in Ostfreesland is't am besten!‹ war einer seiner Sprüche, wenn er auf seine internationale Rudererfahrung angesprochen wurde.

»Und keiner hat irgendetwas bemerkt? Vorher? Nachher? Gesehen? Gehört?« Ulferts sah in die Runde.

»Wenn man auf Ruderwanderfahrt ist, übt man einen bestimmten Bewegungsablauf aus und unterhält sich dabei auch schon mal. Wir redeten gerade über die Fußball-Bundesliga und zogen Kromminga auf … Er ist Fan vom HSV. Da braucht man wohl nicht viel dazu sagen, im Moment, verstehen Sie? … Pauli ist da eine ganz andere Sache«, er zwinkerte Kromminga zu, er selbst war großer Fan der Kiezmannschaft, die sich allerdings nicht in Liga eins hatte halten können, nun in der darunter liegenden Klasse aber wieder aufblühte. Der Sprecher hielt für einen Moment inne, dachte nach und sagte dann, leiser: »Der Schuss fiel aus heiterem Himmel!«

»Eben nicht«, entgegnete der Kommissar, dem seine Arbeit im Augenblick nicht recht zu gefallen schien. »Nichts passiert aus heiterem Himmel, Schüsse erst recht nicht«, setzte er fort. »Der Schütze, oder die Schützin, muss im Schilf gelauert haben. Leider gibt es viele Möglichkeiten in diesem Schilf- und Weidengebüsch. Es gibt mehrere Ansitze von Jägern … Aber die Ballistiker werden herausfinden, wie die Schussbahn verlief. Also bitte, je genauer Ihre Angaben sind, desto besser für uns und letzen Endes auch für Sie. Sie wollen ja wahrscheinlich ebenso wie ich wissen, was passiert ist. Vielleicht hat es jemand auf einen von Ihnen abgesehen?«

»Auf einen von uns?« Boomgarden schreckte auf.

»Wieso?«, hakte Kromminga nach, der erst spät zum Rudersport gekommen war und sich freute, als die Freunde ihm bescheinigt hatten, er sei inzwischen immerhin so gut, dass er sie auf ihrer Wochenendtour begleiten konnte. Die Ruderer aus dem Zweier waren nach wie vor zugegen, standen jedoch etwas abseits. Da sie einige Minuten später an den Tatort gekommen waren, war es ihnen ohnehin nicht möglich, Sachdienliches beizutragen.

»Es gibt so viele Motive, warum auf jemanden geschossen wird. Ich habe da in all den Dienstjahren, die ich hinter mir habe, allerhand erlebt«, bemerkte Ulferts eher beiläufig und ergänzte, als wolle er die Fantasie der Herumstehenden anregen, »Geld, Streit, warum auch immer. Und natürlich Eifersucht. Gibt es irgendwo eine gehörnte Ehefrau? Die greifen schon mal zur Waffe, zum Brotmesser oder Hackebeilchen. Vergiften kommt ebenfalls immer wieder vor«, Ulferts blinzelte in die Runde und versuchte, die Reaktion auf seinen Scherz abzuschätzen. Sie blieb aus. Also fuhr er fort: »Oder Kombinationen aus all dem. Auf, sagen wir, dem Ruderball lernt man sich untereinander kennen, der eine verkauft dem anderen seinen Gebrauchtwagen, der kann ihn nicht sofort bezahlen, ergo hat er Schulden. Außerdem wird der Wagen nach 20 Kilometern einen Kolbenfresser haben, das stellt sich aber logischerweise erst nach dem Ball heraus. Zudem findet der Verkäufer die Ehefrau des anderen sehr attraktiv und sie ihn ebenso …«

»Herr Kommissar, entschuldigen Sie«, unterbrach Kromminga leise die Ausführungen des Kommissars, »all das trifft hier wohl kaum zu. Wir haben keine Ahnung, warum jemand unseren Bug durchlöchert und auf Stöwers geschossen hat.«

Ulferts wurde bewusst, dass er etwas weit ausgeholt hatte: »Ja, ja, sicher. Ich wollte damit nur ein paar Beispiele bringen ... und ob Herr Stöwers das Ziel war, ist alles andere als sicher. Da saßen ja noch ein paar mehr Leute im Boot. Und ...«, Ulferts überlegte einen Moment, »...und wir dürfen auch nicht die Möglichkeit eines Unfalls außer Acht lassen, ein versehentlich gelöster Schuss ein zufällig ansitzenden Jägers ... All das kommt durchaus vor!«

»Gerade wenn wir hier vorbeikommen? Ich weiß nicht ... Wieso schießt man auf Ruderer, die nichts anderes wollen, als die Luft, den blauen Himmel, das Wasser und ab und zu ein Pils genießen und sich dabei sportlich zu betätigen?«, formulierte Boomgarden die eigentlich rhetorisch gemeinte Frage.

»Wenn ich das wüsste, meine Herren, dann wäre ich just am Ziel meiner Arbeit!«, antwortete Ulfert Ulferts, »aber wie gesagt, es gibt verschiedene Möglichkeiten und im Moment wissen wir noch gar nichts. Daher brauche ich so viele Informationen von Ihnen wie möglich! Versuchen Sie, alles zu durchdenken, auch vorher, nachher ...«, seine Tonlage beschrieb bei diesen Worten seine Stimmung, die irgendwo zwischen Verärgerung, Enttäuschung und Wehleidigkeit angesiedelt war. Eine Zeit lang schwieg er und dachte daran, dass er selbst gern mal wieder etwas ganz anderes unternehmen würde, und wenn es nur für ein Wochenende wäre. Irgendetwas fehlte ihm. Das schadete seiner Tatkraft.

7

Viele Jahre waren vergangen, seitdem der damalige Feldwebel seine Schießkünste fortwährend perfektioniert hatte. Sein Vorgesetzter im Dienstrang eines Leutnants hielt indes viel von ihm.

»Sie haben heute ein gutes Gewehr, dennoch ist es eine Herausforderung!« Der Leutnant sah den kräftigen Mann mit Genugtuung an. Man mochte an einen Vater denken, der seinen wohlgeratenen Sohn betrachtet, als jener denselben Weg einschlägt, wie er selbst.

»Jawohl, Genosse Leutnant«, raunte der in der militärischen Hierarchie Tieferstehende, hatte dabei allerdings ein Lächeln im Gesicht, das zeigte, sie verstanden sich offenbar.

Der Feldwebel konzentrierte sich. Das russische Schnellfeuergewehr lag schwer in seinen Händen, glücklicherweise durfte er gerade jetzt, wo der Offizier neben ihm stand, auflegen. Er drückte den Kolben der KMS 72, liebevoll ›Kaschi‹ genannt, an seine Schulter, spannte den Zeigefinger noch einen winzigen Tick weiter an. Jetzt fehlte nur mehr ein Hauch, und die Ladung würde gezündet. 100 Schuss konnte die Waffe innerhalb einer Minute in kurzen Feuerstößen abgeben. Er atmete ruhig und versuchte, seine Anspannung richtig einzusetzen. Er brauchte einen Teil davon, es durfte allerdings nicht zu viel sein, sonst wäre er verkrampft, was einem möglichst genauen Schuss nicht zuträglich war. Der Unteroffizier war ein erfahrener Schütze, er konnte sich auf eine solche Situation einstellen und wusste, wie er zu reagieren hatte. Er kniff sein linkes Auge zu, um mit dem rechten die Zielscheibe besser fokussieren zu können – dieses kleine, runde Stück Pappe in etwa 150 Meter Entfernung. Das erschien nahe angesichts der Tatsache, dass das Maschinengewehr bis zu 800 Meter weit schoss. Gleichwohl war es schwierig genug, die Waffe richtig zu bedienen.

»Ich will Erfolge sehen! Mit der Maschinenpistole können Sie sich noch steigern!«, hatte sein Vorgesetzter gesagt und für den Schützen klang es fast so, als wolle er fortsetzen: ›Wenn es ein guter Schuss wird, verwende ich mich für Ihre Beförderung.‹ Das würde den Schritt zum Oberfeldwebel bedeuten. Angesichts seiner eher bescheidenen Leistungen auf der Polytechnischen Schule war ihm der Besuch der Erweiterten Oberschule verwehrt gewesen und damit auch eine Offizierskarriere, von der er als Jugendlicher geträumt hatte. Dennoch hatte er den Militärdienst voller Enthusiasmus begonnen, wollte auf jeden Fall den Dienstgrad eines Stabsfeldwebels erreichen. Nach gut zwei Jahren Wehrdienst erschien ihm das mittlerweile jedoch nicht mehr erstrebenswert. Die Armee, so begann er zu denken, war doch nicht das Wahre. Warum es ruhmvoll und ehrenhaft sein sollte, wenn man lernte, andere zu erschießen, ging ihm einfach nicht in den Kopf. Und noch ehrenvoller wäre es, das

Gelernte auch auszuführen? Nein, sein Denken hatte sich gewandelt.

Als er den letzten Rest Luft aus seinem Körper gepresst hatte, hielt er den Atem an. Er krümmte seinen Zeigefinger ein bisschen mehr. Ein ohrenbetäubender Kugelhagel wurde abgefeuert, der Schütze hielt die Waffe konzentriert in seinen Händen und so schnell sich die Schüsse gelöst hatten, so schnell schwieg die todbringende Konstruktion wieder. Erneut sog er Luft ein, die jetzt anders roch – Rückstände schwirrten darin herum, ein seltsames Gemisch stieg ihm in die Nase, das er gleichwohl gut kannte. Schießen konnte er. Er musste sich aber eingestehen, dass ihm nach jeder Schießübung mehr Zweifel an der Sinnhaftigkeit seines Handelns kamen. Zuerst war er strikt gegen das militärische Motto vieler Rekruten gewesen: Sei nie der Erste, sei nie der Letzte, melde dich niemals freiwillig, wofür auch immer, und das Wichtigste: sich tarnen und verdrücken in offenem Gelände. Mittlerweile konnte er verstehen, warum viele nach dieser Gangart versuchten, den Militärdienst hinter sich zu bringen.

Der Leutnant spähte mit dem Feldstecher in Richtung der Scheibe. Zunächst sagte er nichts. Dann nahm er das Ziel genauer unter die Lupe. Er schwieg, als er seinem Nebenmann das Fernglas in die Hand drückte. Der griff schweigend danach.

»Was sagen Sie?«, fragte der Leutnant.

»Nun ….«, der Schüler zögerte. Er konnte sich keinesfalls selbst loben.

»Also, was halten Sie von Ihren Schießkünsten, Genosse Feldwebel?«

›Genosse Feldwebel‹, wiederholte er gedanklich. »Na, ... ich denke, ich kann ganz zufrieden sein«, versuchte der Schütze, Bescheidenheit zu demonstrieren.

»Zufrieden, zufrieden ... Kaum einer kann mit diesen russischen Geräten so umgehen wie Sie! Gratuliere – so gewinnen Sie den Schießwettkampf der Kompanie am Ende des Monats«, der Leutnant klopfte ihm fast freundschaftlich auf die Schulter.

So kannte der Schütze den alten Schleifer gar nicht, der dafür bekannt war, seine Lieblinge zu hegen und pflegen. Wen er nicht mochte, der hatte es schwer. Manche Soldaten bekamen Aufträge, die kaum zu bewältigen waren, um dann ordentlich zurechtgewiesen zu werden. In der Armee musste man gehorchen, das nutzten militärische Vorgesetzte aus, seitdem sich die Menschheit hatte einfallen lassen, Streitmächte aufzustellen.

»Danke, Genosse Leutnant!« Er sah nochmals mit dem Feldstecher in Richtung des Zieles. Ein flüchtiger Schwenk auf die andere Schießbahn hatte ihm gezeigt, dass der Nachbar nicht so gut abgeschnitten hatte.

»Weitermachen!«, sagte nun laut und vernehmlich der Leutnant, sodass die anderen Unteroffiziere, die an Stehtischen eine Pause eingelegt hatten, aufhorchten. Dann unterhielten sie sich weiter – der Feldwebel war als einer der besten Schützen bekannt. Worauf er auch schießen sollte, er traf. Seltsam war nur, dass er immer schweigsamer wurde. Die Kameraden konnten sich keinen Reim darauf machen.

Abends, auf der Stube, sagte er kaum etwas, hörte den anderen zu, oder es sah nur so aus, während er an ganz andere Dinge dachte. Mitunter starrte er teilnahmslos aus dem Fenster, in den grauen Innenhof der Kaserne. Warum durften Staaten einen einfach in eine Uniform stecken, ob man wollte oder nicht? Früher hatten ihn solche Fragen nicht interessiert. Aber dass man sie nicht einmal stellen durfte, störte ihn mittlerweile mehr als der Dienst selbst.

8

Onno Ahlert hatte gerne seine Ruhe. Manche beschrieben ihn als Mann mit zwei Seiten. Er konnte sehr zuvorkommend und freundlich sein, aber er konnte sich in Sekundenschnelle in einen Hitzkopf verwandeln. Wenn man ihn provozierte, konnte er sich, an der richtigen Stelle getroffen, zu Dingen hinreißen lassen, die er später manches Mal bereut hatte. Ahlert war Eigentümer eines schmucken Häuschens, liebte seinen Garten und wäre mit sich und der Welt zufrieden, wenn ihm nicht der ewig währende Nachbarschaftsstreit die Suppe versalzen hätte. Mit diesem Typen nebenan war ein friedliches Auskommen unmöglich. Das war seit Ewigkeiten so. Über viele Jahrzehnte bestand dieser Clinch bereits, als wäre er genetisch übertragbar. Schon die Väter und Großväter hatten es sich regelmäßig gezeigt, den jeweils anderen diverser schlechter Taten bezichtigt. Man mobbte sich, wo man konnte, auch wenn die älteren Generationen diesen Ausdruck noch nicht kannten; das, was sich dahinter verbarg, schien seit Jahrtausenden zu den Grundeigenschaften der Menschheit zu gehören. Es hatte sogar die eine oder andere Begegnung vor Gericht gegeben.

Der Zwist musste entstanden sein, als der alte Ahlert erneut Zweifel an der Richtigkeit des Katasterplanes geäußert hatte. Von seinem Großvater, der das Grundstück an seinen Vater vererbt hatte, kannte er die Behauptung, der Nachbar, Meinhard Wientjes, habe vor vielen Jahren in einer Nacht-und-Nebel-Aktion zwei Grenzsteine versetzt. Das habe dessen Grundstück einige Quadratmeter mehr gebracht. Wenig später war die offizielle Vermessung und Grenzsteinfestlegung erfolgt. Die Geschichte besagte dazu, dass der alte Wientjes die Mitarbeiter vom Katasteramt derart geschickt in ein kleines, vorsommerliches Besäufnis verstrickt habe, dass die Grenzsteine so, wie sie in ebenjenem Augenblick standen, in die amtlichen Entwurfsbögen eingetragen wurden. Schließlich waren die Vermesser bierselig abgerückt. Es war in Zeiten gewesen, in denen noch mit Papierplänen und Bleistift gearbeitet wurde, wo amtliche Mitarbeiter die Zeit hatten, längere Gespräche mit den Bürgerinnen und Bürgern zu führen oder an kleinen Zeremonien, wie eben Grenzsteinsetzungen, Richtfesten oder Einweihungen, teilzunehmen und dabei auch mal einen mehr zu trinken, als es ihre berufliche Stellung und die dahinter schriftlich fixierten oder allgemein üblichen Vorgaben eigentlich zuließen. Mobile Computer mit georeferenzierten Karten, auf denen eine über GPS ermittelte und mittels des Satellitenpositionierungsdienstes der Landesvermessung verbesserte, zentimetergenaue Position angezeigt wurde, waren seinerzeit unbekannt.

Der ewig währende Streit hatte wohl mit dieser Grenzsteingeschichte begonnen, von deren Wahrheitsgehalt Onno Ahlert nach wie vor überzeugt war, obwohl er der Enkelgeneration angehörte. Seitdem lag ein Fluch über den zwei Grundstücken und denen, die in den Häusern darauf lebten. Die Großväter Ahlert und Wientjes hatten bereits gestritten, ihre Söhne hatten die Fehde fortgesetzt. Und nun waren es deren Kinder, denen es nicht gelang, die Feindschaft zu überwinden. Der Wille dazu fehlte auf beiden Seiten.

Obwohl Onno Ahlert, wie er immer wieder betonte, ein friedfertiger Mensch war, konnte man sich aus seiner Sicht mit *dem* Nachbarn, Harm Wientjes, nicht einigen. Der war so stur, so uneinsichtig! Was Harm Wientjes umgekehrt ebenso behauptete.

Als Ahlert die Geschichte von den versetzten Grenzsteinen wieder einmal erwähnt hatte, beim Straßenfest und so laut, dass der am Nebentisch stehende Wientjes es hören musste, wäre es beinahe zur Schlägerei gekommen. Die Aufforderung Wientjes', in der Öffentlichkeit nicht so einen Unsinn zu erzählen, hatte Ahlert nur angefeuert, die Geschichte auszudehnen und um einige Details zu erweitern. Wientjes hatte schließlich gedroht, er würde zu seinem Anwalt gehen, da Ahlert eine falsche Behauptung nach der anderen herausposaunte. Die Anwesenden versuchten schließlich, die Streithähne zu besänftigen. Nach Wientjes' Aussage »Ich scheuer dir gleich eine!« war es nur Ahlerts Ehefrau und Wientjes' Lebensgefährtin gelungen, genau dies zu verhindern.

Harm Wientjes sprach daraufhin einige Monate kein Sterbenswörtchen mit Onno Ahlert. Später hatte sich die Kommunikation zwischen den beiden wieder auf ein ›Moin‹ erweitert, allenfalls gebrummelt und nur ausgesprochen, wenn es unvermeidlich war.

»Holl mi up mit Ahlert, der Kerl regt mich nur auf!«, hatte Harm zu seiner Freundin Sonja gesagt, die, zusammen mit der Frau Ahlerts, immer wieder Versöhnungsversuche startete – jedoch erfolglos. Eher war das Gegenteil der Fall. Irgendwann hatte Wientjes eine Anzeige auf dem Küchentisch liegen. Er war erstarrt, als er den Brief vom Postboten entgegengenommen, geöffnet und gelesen hatte. Ahlert warf ihm vor, die Grundstücksmauer, die von Wientjes als eine Art Berliner Mauer errichtet worden war, zu nah an die Grenze gesetzt zu haben. Deren Verlauf sei zwar amtlich festgelegt, aber nachweislich dennoch falsch, da die Grenzsteine nicht auf den richtigen Positionen gesetzt worden waren.

Diese Mauer, zweieinhalb Meter hoch und aus massivem Backstein, sollte daraufhin zu einem endlosen Rechtsstreit führen, der Ahlert oder Wientjes viel Geld kosten würde, je nachdem, wie die Sache ausginge. Beide glaubten fest daran, in dieser Auseinandersetzung siegen zu können, doch die Mühlen der Rechtsprechung mahlten langsam, derweil sich die Männer in immer weiteren Versuchen ergingen, den anderen zu mobben.

Wientjes hatte schließlich entschieden, sich einfach nicht mehr um das Geschwätz Ahlerts, wie er es bezeichnete, zu kümmern. Der Streit um die Mauer und all die Zwistigkeiten der Vergangenheit gärte weiter.

Irgendwann kündigte Ahlert an, was Sonja von Annegret Ahlert wusste und wiederum ihrem Freund zutrug, dass er offensichtlich fürs Erste mit der Mauer leben musste und diese deshalb sinnvoll nutzen wolle. Er werde dort eine Schießscheibe anbringen, schließlich müsse er immer wieder für die Vereinsmeisterschaften im Schützenverein üben. Wientjes fühlte, wie der Druck in der Magengegend zunahm, als er das hörte, hatte es zunächst wortlos, lediglich mit einem Kopfschütteln abgetan.

Schließlich war das Fass doch noch übergelaufen. Ahlert kehrte abends angetrunken vom Schützenverein heim. Nicht dass das immer so war, meistens trank er dort nur Antialkoholisches, heute hatte aber ein Schützenbruder Geburtstag gehabt und einen ausgegeben. Ahlert war seit seiner Jugend aktiv als Schütze. Zufällig kam Wientjes zeitgleich vom Rudertraining nach Hause. Nach dessen Beendigung hatten die Sportsfreunde noch zusammengesessen, um den Wintertrainingsplan und Aktivitäten wie Grünkohlessen, Preisknobeln zu Martini und Klootschießen zu erörtern. So trafen Ahlert und Wientjes an ihren Hauszufahrten aufeinander. Wientjes erkannte sofort, dass Ahlert betrunken war, und wollte an ihm vorbeigehen, ausschließlich ein »Moin« knurrend. Doch Ahlert hielt ihn zurück.

»Wientjes«, lallte er, »das mit der Mauer, das nehm' ich dir übel! Vieles andere auch, aber das besonders.«

»Die Mauer ist meine Sache und sie bleibt, wo sie ist!« Wientjes antwortete betont sachlich und wollte dabei gar nicht unfreundlich klingen.

»Du willst nur kaschieren, dass sie auf meinem Grundstück steht, auf *meinem*!«

»Hör bitte endlich auf mit dem Scheiß. Diese uralte Geschichte, an der nichts, aber auch gar nichts dran ist. Die Mauer steht voll und ganz auf meinem Grundstück und damit basta.« Wientjes hatte 15 Ruderkilometer und längere Diskussionen hinter sich und wollte schlafen – alles andere war ihm heute Abend vollkommen egal. Ahlert sowieso.

»Ich weiß es besser – und ich werde es dir beweisen!«, rief Ahlert so laut, dass er vermutlich alle Nachbarn aus dem Schlaf riss.

»Lass mich zufrieden mit dem Gesülze«, nuschelte Wientjes und wollte sich an ihm vorbeischieben.

Ahlert flippte geradezu aus, schrie: »Beweisen werd' ich dir das! Eigentlich seid ihr alle Verbrecher, die ganzen Wientjes, du und dein Vater, dein Opa schon …«

Das ging zu weit. So einen Unsinn musste er sich nicht anhören, nachts, erschöpft von Arbeit, Training und langen Diskussionen. Die Hand war ihm ausgerutscht. Eine Backpfeife, kein wirklich harter Schlag.

Ahlert war zurückgewichen, wankte für einen Augenblick. Fast wäre Wientjes, überrascht und erschrocken über die eigene, heftige Reaktion, ihm zu Hilfe geeilt. Aber Ahlert blieb in sicherer Entfernung stehen, rieb sich die Wange, setzte ein schräges Lächeln auf und sagte nur: »Kiek äben na tegenöver, bi Meyers is noch Lücht!« Er hatte den Kopf leicht nach rechts geneigt, während er sich die Wange hielt und aussah, als habe er starke Schmerzen, was Wientjes übertrieben vorkam.

Wientjes hatte sich zum Haus der Nachbarn gegenüber gewandt und sah noch, wie die Gardine schnellstens zugezogen wurde.

»Sonst regt sie mich ja schon auf, die Meyer. Steht ständig am Fenster, immer, wenn man hier draußen etwas arbeitet oder mit jemandem redet. Ist doch auch seltsam, was? Ich glaube, sie bekommt hier eine Menge mit. Mal guckt sie einfach so, mal … Was soll's. Heute Abend passt mir das ganz gut.« Fast schien es so, als lache Ahlert, der sich nach wie vor die Wange hielt. Die schwoll langsam an.

Wientjes' registrierte das, als Ahlert kurz die Hand wegnahm und ärgerte sich. Jetzt hatte Ahlert etwas, der würde wieder aus einer Fliege einen Elefanten machen!

Nach einer Pause fügte Onno Ahlert hinzu: »Die Meyer, die wird ganz bestimmt eine ehrliche Zeugenaussage machen, wenn die Anzeige wegen Körperverletzung bei der Polizei aufgenommen wird, Harm Wientjes. So wahr ihr Gott helfe!«

9

Dietmar Stöwers würde das Krankenhaus bald verlassen können. Dr. Kurt-Thomas Rotenberg, Chirurg und Oberarzt, hatte den Streifschuss untersucht, verbunden und festgestellt, dass es lediglich eine Fleischwunde und der Knochen nicht in Mitleidenschaft gezogen worden war. Der Arzt machte einen sportlichen, aufgeweckten Eindruck. Er hatte seinen Abschluss an der Universität Münster gemacht. Das Studium war anspruchsvoll gewesen und die bei Medizinern oft übliche Vorgehensweise, die Doktorarbeit quasi neben dem Studium und den Praktika zu machen, hatte ihm manch schlaflose Nacht beschert. Schließlich wollte er allen Anforderungen und den Gesetzen der Wissenschaft, was sorgfältiges Quellenstudium und richtiges Zitieren sowie sauber durchgeführte und vollständig dokumentierte Versuchsanordnungen anging, gerecht werden.

Rotenbergs Rhetorik war brillant und seine Freundlichkeit und Kompetenz blendeten. Doch Stöwers traute ihm aus irgendeinem Grunde nicht. So viel überlegene Sicherheit und Überzeugungskraft konnte niemand allein auf sich vereinigen, dachte er.

»Glück gehabt«, hatte Dr. Rotenberg zunächst lapidar gemeint, nachdem sich seine Überraschung gelegt hatte. Schusswunden waren selten, hier war

Ostfriesland, nicht Chicago, São Paulo oder Mexico City.

»Er hat Blut verloren«, sagte Rotenberg zu einem Kollegen, und machte Anstalten, aus dem Krankenzimmer zu schweben.

»Immerhin ist der Schuss nur knapp am Knochen vorbei gegangen – außerdem hat der Mann Bluthochdruck«, stellte Assistenzarzt Dr. Schultenkämper fest, der einen bodenständigeren Eindruck machte als sein Chef.

»Ich habe es bemerkt. Wenigstens raucht er nicht und treibt Sport. Bei manchen scheint zwar gerade das zu langem Leben zu verhelfen, siehe Helmut Schmidt, und der paart das auch noch mit dem Konsum von unglaublichen Mengen Kaffee, aber ich stufe den Verzicht auf Nikotin und keine oder wenig Bewegung nach wie vor als gesundheitsfördernd ein«, Rotenberg lachte, nahm dann jedoch einen ernsteren Gesichtsausdruck an. »Ein Schuss ... Ich war mal bei einer Wandertour übers Fjell in Norwegen, da hat man uns empfohlen, bunte Jacken zu tragen. Es gäbe immer wieder Jagden, da führen besonders gerne betagte Herren hin, aus ganz Europa, um endlich ihren großen Elch zu erlegen. Und die könnten eben nicht immer so genau einen Elch von einem Menschen unterscheiden ... Wenn das sich bewegende Objekt aber grellorange oder leuchtend rot daherkäme, sei die Gefahr geringer, abgeschossen zu werden.«

»Hier gibt's aber keine Elche, und das Getier, das man schießen kann, ist signifikant kleiner als ein Mensch«, meinte Schultenkämper, der gleichzeitig irgendetwas in eine Krankenakte schrieb.

»Und es bewegt sich doch«, erwiderte Rotenberg, woraufhin seine Aufmerksamkeit eben jener Akte gehörte, die der Assistenzarzt ihm in die Hand drückte. Offenbar bedurfte es noch eines kritischen Blickes auf das Geschriebene und des Handzeichens des Oberarztes. Erst danach verließen die Ärzte das Zimmer.

Indes saßen Gernot Jande und Harm Wientjes in der Cafeteria des Krankenhauses, wo Wientjes zum x-ten Mal seinem Kaffee umrührte. Sie hatten betont, sie würden bei Dietmar Stöwers bleiben, bis klar war, wie es um ihn stünde. Jande hatte Dietmars Freundin Sigrun informiert. Mehrmals war von beiden ihre Heirat angekündigt worden, doch dann fehlte es immer an der Zeit, das Ganze vorzubereiten, wie sie sagten. Schließlich beließen sie es bei der Ankündigung und mittlerweile fragte sowieso niemand mehr danach. Sie würde sofort losfahren, hatte Sigrun gerufen, bestürzt über diese völlig unerwartete Nachricht, sodass Jande das Handy intuitiv ein wenig weiter vom Ohr abgehalten hatte.

Jande hatte sie beim Shopping erreicht.

»Was willst du denn jetzt?«, fragte sie ihn fröhlich, »endlich komme ich mal ungestört in die Stadt, ohne männliche Begleitung, ohne den ewigen Blick auf das

Portemonnaie verbunden mit Anmerkungen, welche Rechnungen noch offen sind, und nun …«

Gernot unterbrach sie. Es war gar nicht einfach, Sigrun davon zu überzeugen, dass er es ernst meinte, als er erläuterte, ihr Freund sei angeschossen worden.

»Leute, ihr habt einen gepichelt, stimmt's?«, war ihre erste Vermutung. Als Jande auf seiner Geschichte beharrte, war sie fast sauer geworden: »Erzähl' nicht so einen Mist. Was willst du eigentlich?«

Jande insistierte und schließlich glaubte sie ihm. Ihre Stimme nahm eine ganz andere Tonlage an, fast meinte Jande zu hören, wie sie zwischendurch schluchzte. Dann verschlug es ihr fast die Sprache, als sie druckste: »Wie konnte das passieren? Habt ihr irgendeinen Scheiß gebaut?«

»Hör mal«, brauste Jande auf, »wir rudern friedlich über Ostfrieslands Kanäle und da kommen Schüsse aus dem Nichts! Was sollen wir denn für Scheiß gebaut haben? Plötzlich Mitglied der ostfriesischen Mafia geworden, oder was? Nee, Sigrun, wir haben keinen blassen Schimmer, was sich da abgespielt hat. Dietmar, die arme Sau, hätte es erwischen können! Am besten, du kommst schnellstens ins Krankenhaus, packst ihm eine Unnerbüx und einen Schlafanzug ein. Keine Ahnung, aber vielleicht muss er eine Nacht dableiben. Er ist reichlich durcheinander. Im Moment hat sowieso keiner mehr Lust, irgendwelchen lustigen Freizeitaktivitäten nachzugehen.«

»Du hast recht«, flüsterte Sigrun und fügte hinzu: »Ich fahre gleich los. Danke dir. Mein Akku ist gleich leer. Ich versuche von zu Hause, Dietmar im Krankenhaus zu erreichen.«

»Ist okay. Wir bleiben hier, bis du da bist. Wir sehen uns!«

Jande drückte die rote Hörertaste seines Handys und sah seinen Ruderkameraden an, der das Gespräch verfolgt hatte.

»Das wollte sie nicht glauben, was?«, fragte Harm Wientjes.

»Ist ja auch unglaublich!«, erwiderte Jande.

Noch immer rührte Harm Wientjes seinen Kaffee um und schien den kleinen Schlieren nachzusehen, die sich auf der Oberfläche des braunen Getränkes abzeichneten. Sie waren kaum vergleichbar mit dem Wulkje, das die Sahne auf der Oberfläche des Tees bildete, wenn man sie vorsichtig hinzugab.

»Ist aber auch ein Scheiß!«, murmelte Gernot Jande in sich hinein.

»Riesenscheiß!«, stimmte Wientjes zu.

»Schüsse in dieser gottverlassenen Gegend – auf ein Ruderboot!« Jande schüttelte den Kopf. »Mann, da fallen mir tausend andere Ziele oder Leute ein, auf die man mal schießen könnte …«

»Sag' nicht so was!«, meinte Wientjes und hörte nicht auf zu rühren. Der Kaffee musste inzwischen kalt sein.

»Du hast doch mal erzählt …«, begann Jande unvermittelt und sah seinen Begleiter an, »dass du öfter Streit mit deinem Nachbarn hast.«

»Und?«

»Im Moment auch?«

»Ach, einig werden wir uns in diesem Leben wohl nicht mehr! Mal geht's, mal flippt er wieder aus und hat irgendetwas zu meckern ...«

»Ist der nicht im Schützenverein?«

»Ist er. War sogar mal Schützenkönig. Er bildet sich Gott-weiß-was darauf ein!«

»Wenn er so richtig wütend wäre auf dich – er kann mit Waffen umgehen, sogar besonders gut ...« Jande brauchte nicht weiterzureden.

»Du meinst ...«, stockte Wientjes, sah Jande konsterniert an.

»Der Gedanke kam mir so.«

Harm Wientjes betrachtete ein Foto an der weißen Wand auf der anderen Seite des Flures. Es zeigte das Emder Rathaus mit dem davor liegenden Feuerschiff ›Deutsche Bucht‹. Plötzlich schüttelte er heftig den Kopf und sagte: »Er ist ein Arschloch, aber er ist nicht kriminell!« Wientjes' Antwort war, was den ersten Teil anbelangte, wenig sachlich, dennoch klang sie überzeugend.

»Ich sag' ja, es war nur so ein Gedanke. Immerhin ist es doch seltsam, dass mitten im Schilf Schüsse fallen. Der Kommissar sagte doch schon – da gibt es Ansitze von Jägern. Ich erinnere mich, dass du erzählst hast, er gehe manchmal auf die Jagd. Und er ist öfter am Großen Meer, hast du nicht von dessen Wochenendhaus erzählt? Dazu kommt, dass er weiß, was du so treibst.«

»Auf die Jagd geht er manchmal, das stimmt. Und sein Meerhaus ist ganz in der Nähe des Tatortes. Ich wollte – obwohl ich ihn nicht ausstehen kann – dort Hilfe holen.«

»Und?«

»Niemand da!«

»Oder wohlweislich nicht geöffnet!«

»Du siehst Gespenster.«

Wientjes dachte an die vielen Kontroversen mit seinem Nachbarn, den Schlag ins Gesicht ... Er wusste, dass Ahlert schnell überhitzen konnte, aber so etwas? Er war Schütze, aber mit entsprechendem Verantwortungsbewusstsein. Oder?

»So weit würde er nicht gehen!«, entschied er. »Außerdem ist Stöwers angeschossen worden, nicht ich!«

»Vielleicht nicht richtig gezielt? Vielleicht war er duhn?«

»Nee, lass' mal. Der trifft. Hat mehrere Preise gewonnen. Darauf weist er immer wieder hin. Selbstlob stinkt bei dem nicht.«

»Die Polizei wird's klären, aber eventuell sollte man ihr einen Hinweis geben?«

»Ich will niemanden in falschen Verdacht bringen, selbst Ahlert nicht! Lass mal gut sein, die werden wissen, was sie tun. Wenn sie tatsächlich fragen, kann man das immer noch erwähnen. Jetzt ist erst einmal wichtig, dass Dietmar überlebt hat.«

»Das kann man auch von dir sagen, vielleicht von uns allen! Mann, stell' dir mal vor, es hätte wirklich einen von uns erwischt ...«

»Nee, das stell' ich mir lieber nicht vor!«

In diesem Augenblick kam der Assistenzarzt vorbei und wurde von den zwei Ruderern, die nach wie vor in ihrer Sportbekleidung dort saßen, zur Rede gestellt. Von diesem beruhigt, einigten sie sich darauf, zum Ruderverein zurückzukehren, bevor Stöwers' Freundin eintraf. Die anderen hätten wohl bereits die Boote geputzt und an ihre Plätze befördert und warteten auf Nachricht aus dem Krankenhaus. Diese wäre entscheidend dafür, wie der letzte Abend der Rudertour gestaltet würde. Ausgelassen und fröhlich sicherlich nicht – aber wenn Stöwers wieder einigermaßen fit war, könnte man sich wenigstens guten Gewissens noch ein, zwei Pils genehmigen und etwas essen. Eine Erklärung finden für das, was geschehen war, würden sie wohl kaum. Soviel war klar, hier half nur die professionelle Arbeit erfahrener Kriminaler.

10

»Moin, Bakker, gibt's irgendetwas Neues zum unbekannten Schützen am Großen Meer?« Kommissar Ulferts sah seinen Mitarbeiter erwartungsvoll an, als er morgens in dessen Büro trat. Er hatte ihn beauftragt, den Anwohnern nahe dem Tatort mit Unterstützung einer Kollegin die wichtigsten Routinefragen zu stellen. Falls dabei irgendetwas Interessantes herauskommen sollte, wollte er selbst die Sache weiterverfolgen. Bis dahin würde er sich mit dem Umfeld der Ruderer vertraut machen, Informationsdienste befragen, recherchieren.

Allerdings waren die Ergebnisse für Bakker und seine Kollegin Petra Christoffers eher unbefriedigend gewesen. Der Schuss war aus dem Schilf gekommen, die grobe Richtung hatten ihnen die Ruderer mitgeteilt. Die Spurensicherung hatte daraufhin das Schilfdickicht unter die Lupe genommen und die Kriminaltechniker hatten mehrere mögliche Geschoßbahnen rekonstruiert. Leider mangelte es an Eindeutigkeit, in dieser Umgebung konnten nicht alle außenballistischen Parameter mit hinreichender Genauigkeit bestimmt werden. Die Windverhältnisse im Schilfbereich waren kaum sicher rekonstruierbar, vor allem aber war das Geschoss nicht bekannt, denn die Kugel, die den Bug getroffen hatte, hatte die zweite Bootswand durchdrungen und war wahrscheinlich viele Meter entfernt gesunken. Das unbekannte Kaliber hatte Konsequenzen für die Berechnung der Flugbahn, die das Projektil möglicherweise genommen hatte. Nach den Kugeln selbst zu suchen war kaum möglich – Taucher hatten wegen des dichten Bewuchses keine Chance. Diesen Modder nach derart kleinen Objekten zu durchwühlen war wohl noch aussichtsloser als die Suche nach der Nadel im Heuhaufen. Da auch die Tatwaffe fehlte, war eine sichere Rekonstruktion schwierig. Immerhin gab es ein Ein- und ein Austrittsloch in den Bordwänden des Vierers, das war hilfreich für die Ballistiker. Darüber hinaus waren am Tatort kleine Schneisen aufgefallen, die geschickt ins Schilf geschlagen worden waren, um die Sicht auf den Himmel oder auch auf die Wasserfläche zu verbessern. Das war das typische Vorgehen von Jägern, die hier auf Entenjagd waren. Vermutlich hatten der oder die Täter diese Wege genutzt.

Ein Bootsfahrer, den die Polizisten befragten, erzählte, dass hier so mancher mit dem Gewehr hinter Wasserratten her sei – das half den Beamten aber auch nicht weiter: »Aanten sünd dat een. Aber dat gifft ook noch Waterrötten. De Deeren wöhlen und wöhlen in't Ufer, so dat de unnerspölt worn! Wi hemm' vööl to vööl Waterrötten, de maken de Ufer kött!« Er merkte zudem an, dass es für jeden Schwanz einer Wasserratte mindestens drei Euro gab, wo man den Schwanz dafür abgeben musste, wusste er jedoch nicht.

So hatten Bakker und Christoffers zwar allerlei über

die Gegend erfahren, sachdienliche Informationen waren aber so gut wie keine darunter gewesen. Bakker störte das nicht so sehr, er mochte die Geschichten der Einheimischen, aber seine Kollegin Christoffers schien nicht begeistert. Irgendjemand musste den Täter doch gesehen haben!

»Er hat er sich wahrscheinlich weggebeamt!«, sagte Bakker ernüchtert.

Allerdings waren nicht alle Meerbudenbesitzer anwesend gewesen, sodass hier noch weitere Personen zu befragen waren. Im Moment schien es so, als hätten ausschließlich die Ruderer den Vorfall mitbekommen.

Ulfert Ulferts wollte Neuigkeiten von Bakker.

»Ja, Herr Ulferts, dat is allens neet so eenfach, as ik mi dat vörstellt har …«, begann der Polizist seinen Rapport auf Plattdeutsch.

»Einfach, Herr Bakker, wenn alles einfach wäre, bräuchte man uns nicht!«, entgegnete Ulferts.

»Da mögen's woll recht hebben.« Dann setzte er auf Hochdeutsch fort: »Wir haben fast alle befragt, die im näheren Umkreis leben. Viele hatten Alibis, nicht alle, aber die allermeisten. Gesehen hat niemand etwas. Alle schwer beschäftigt, Herr Ulferts, da hat man gar keine Zeit, auf andere Dinge zu achten. Soll ich ihnen mal erzählen, was ich alles gehört habe? Rasen mähen war ja noch ganz normal. Einer war zur Tatzeit damit befasst, Maulwürfe zu fangen, die ihm den ganzen Garten umgegraben hatten, einer war dabei, seinen Keller zu wittjen, andere kochten Bohnen ein, banden Tomaten auf, brachten Strohballen weg, hackten Brennholz, plückten Brümmelbeeren, setten Richelpahlen – also, da scheint nicht mal Ruhe für eine Tasse Tee zu sein! Es gab nur ein, zwei Typen, bei denen Kollegin Christoffers und ich aufgehorcht haben.«

»Bei wem?«

»Landwirte und gleichzeitig Jäger. Die haben natürlich zwangsläufig Waffen im Haus.«

»Die Gegend ist landwirtschaftlich geprägt. Es ist nicht ungewöhnlich, dass es Jäger gibt, viele Landwirte haben einen Jagdschein. Und denken Sie mal an die Schützenvereine! Und an de Waterrötten, wo't tovööl van gifft!«, meinte Ulferts schmunzelnd.

»Sie haben recht, Herr Ulferts. Hier an den Seen und Kanälen …«

»Meere, Bakker«, unterbrach Ulferts, »hier heißen diese Seen Meere, das müssen Sie doch wissen! Werfen Sie mal einen Blick auf die Karte«, Ulferts wendete sich zu der hinter ihm an der Wand befestigten Ostfrieslandkarte und zeigte auf mehrere blaue Flächen. »Hier – das Ewige Meer zum Beispiel. Das Große Meer, das Kleine Meer, das Loppersumer Meer, das Timmeler Meer. Sehen Sie: keine Seen, alles Meere!«

»Gut. Also, hier an den Meeren und Kanälen haben die Jäger überwiegend Langwaffen.«

»Was sonst? Und, alles legal?« Ulferts war ungeduldig und fiel Bakker immer wieder ins Wort. Der brauchte manchmal einfach zu lange, bis er auf den Punkt kam.

»So weit schon.«

»Was heißt denn ›so weit schon‹? Kollege Bakker, als Polizist muss man sich kurz, prägnant und genau ausdrücken. Entweder ich führe eine Waffe legal, oder eben nicht. Was bedeutet ›so weit schon‹?

»Bei zwei der Jäger haben wir jeweils ein Gewehr mehr gefunden, als sie eigentlich besitzen dürften, aber beide waren, was bewiesen ist, zum Tatzeitpunkt gar nicht zu Hause.«

»Also auch nichts Brauchbares!«, stellte Ulferts enttäuscht fest.

»Nein, beide waren in Emden, einkaufen. Es war verkaufsoffener Sonntag. Einer hat den Kassenbon von Lidl gezeigt und seine Frau hat glaubhaft machen können, dass sie die danach in einem Baumarkt gekauften Blumenerdesäcke gar nicht allein ins Auto hätte hieven können.«

»Und der andere?«

»Sie werden es nicht glauben, der hatte Karten für eine Vorstellung im neuen Theater in Emden und war schon dorthin unterwegs.«

»Wieso soll ich das nicht glauben können?« Ulferts sah sein Gegenüber verständnislos an.

»Ich hätte nicht gedacht, dass Landwirte an so etwas wie Theater überhaupt denken!«

»Sehen Sie, Kollege, darin liegt ein ganz großes Unheil dieser Welt: Vorurteile! Man meint, alles über den anderen zu wissen, und liegt dabei völlig falsch. Wegen dummer Vorurteile und Schubladendenken entstanden Intrigen, wegen derer Morde vollstreckt und Kriege durchgeführt wurden. Also Vorsicht mit zu schnellen und nicht durchdachten Urteilen, Bakker! Ich glaube kaum, nebenbei gesagt, dass Polizisten öfter ins Theater gehen als Landwirte, oder wann waren Sie das letzte Mal dort?«

Bakker sagte nichts, sah seinen Vorgesetzten nur mit großen Augen an.

Ulferts warf einen kurzen Blick aus dem Fenster, wohl um seine Gedanken wieder auf das Wesentliche zu konzentrieren. Dann setzte er fort: »Was war nun aber interessant, bisher habe ich nichts Derartiges gehört?«

»Ein Jäger, gleichzeitig Landwirt, druckste ziemlich herum. Letztlich war nichts Vernünftiges aus ihm rauszuholen. ›Weiß nicht mehr‹, ›keine Ahnung‹ und so. Dabei lebt er zeit seines Lebens hier am Großen Meer! Er kennt sich also gut aus. Den sollten wir uns noch mal vorknöpfen. Er konnte nicht widerlegen, dass er zur Tatzeit mit seiner Flinte unterwegs war, zumal …«

»Nun?«

»Zumal Aline Otten, Frau eines nicht weit entfernt wohnenden Bauern, erklärte, sie habe Kremers mit Stiefeln und Gewehr an dem Nachmittag Richtung Meer gehen sehen. Sie hat sogar mit ihm gesprochen, konnte den Dialog recht genau wiedergeben.«

»Und, was haben die besprochen?«

»Es ging natürlich auf Platt, etwa so: ›Na, Eibe, wullt du weer achter Aanten an?‹, ›Weet nich, Aline, of Aanten de överhaupt sünd. Man kieken will ick woll.‹ ›Krieg ich weer een? Ick will een infreern, weetst?‹ ›Wenn ick wat schkeet, denn kannst een hebben, Aline, is doch klor.‹ Na, und so weiter. Jedenfalls war er unterwegs – zur Tatzeit und mit Gewehr und mit der angeblichen Absicht, auf die Jagd zu gehen.«

Ulferts schmunzelte zunächst, er hörte Bakker gern Platt sprechen, er rollte das R immer so schön. Auf der letzten Feier hatte er ein paar Döntjes von Hannes Flesner auf Plattdeutsch erzählt und die Leute hatten sich gekrümmt vor Lachen.

Dann bemerkte er: »Eibe?«

»Der Mann heißt Eibe Kremers.«

»Landwirt Eibe Kremers!«, wiederholte Ulferts.

»Ja, genau«, bestätigte Bakker.

»Das ist immerhin ein Anhaltspunkt. Aber warum sagen sie ›angeblich‹?

»Ich weiß nicht, ich hatte das Gefühl, die gute Frau war sich selbst nicht ganz sicher, ob das, was sie wiedergab, so stimmt. Wahrscheinlich ging sie einfach davon aus, man könnte nichts anderes vorhaben, als auf die Pirsch zu gehen, wenn man mit einem Gewehr loszieht.«

»Wir müssen den Kremers genauer unter die Lupe nehmen. Wir sollten prüfen, ob er sich schon einmal etwas hat zuschulden kommen lassen. Sonst noch etwas?«

»Da ist noch Bernward Otten, Aline Ottens Mann. Der geht manchmal angeln und ist – wie sollte es anders sein? – Jäger. Aber nur, wenn er dazu Zeit hat, wie seine Frau betonte. Schließlich hätten sie einen Hof zu bewirtschaften, und das sei in Zeiten ständig schwankender Milch-, Fleisch- und Getreidepreise und fortwährend neuer bürokratischer Regelungen aus Brüssel schwer genug.«

»Wem sagt sie das? Was ist mit Bernward Otten?«

»Er war ebenfalls unterwegs zur Tatzeit, seine Frau sagte aber – und war plötzlich sehr erregt –, er habe ihres Wissens kein Gewehr mit gehabt und wollte nur nach den Kühen sehen, die auf der Weide nahe dem Schilfstreifen am Meer stehen. Er hätte da was zu reparieren gehabt, die Tränke funktionierte nicht mehr. Die sei an einem Pfahl angebracht, so eine Schüssel mit Drucktaste, die die Kuh selbst bedienen kann, mit Schlauch zum Wasser. Und der Pfahl, der sei unten abgefault, und daher kämen die Kühe natürlich nicht mehr an die Schüssel, geschweige denn die Drucktaste …«

»Ja, ja, schon gut, Herr Bakker, die Kühe werden sicher nicht verdurstet sein. Stimmt das alles denn?«

»Keine Ahnung, ich habe Otten selbst noch nicht befragen können. Mir fiel nur auf, dass sie auswich, als es um ihren Mann ging. Sie erzählte so ausführlich von der Schüssel mit Drucktaste, dann kam sie wieder auf die Probleme der Milchbauern mit den dauernd neuen Regelungen der EU. Ich habe mich erst später gefragt, ob sie mich extra auf eine andere Spur lenken wollte.«

»Wie gesagt, Bakker, Vorsicht bei voreiligen Rückschlüssen! Weshalb sollte sie das tun?« Ulferts betrachtete den eifrigen Polizisten nachdenklich. Der hatte eher den Eindruck, als sähe sein Vorgesetzter durch ihn hindurch, als gäbe es hinter ihm etwas zu entdecken. Bakker blieb eine Antwort schuldig und Ulferts sagte: »Bleiben Sie an beiden dran, an Kremers und Otten. Hier haben wir wenigstens ein paar Anhaltspunkte. Immerhin sind die beiden oft in der Gegend unterwegs und sollten dementsprechend mitkriegen, was dort passiert. Vielleicht nutzt es was. Frau Christoffers soll noch einmal prüfen, ob alle Waffenscheine und Genehmigungen vorliegen, auch bei Otten. Wenn nötig, befragen Ihre Kollegin und Sie sie noch einmal. Nerven hilft manchmal. Und gehen Sie alle einschlägigen Informationsquellen durch. Sobald Sie mehr wissen, erbitte ich sofortigen Bericht.«

»Jawohl, Herr Kommissar«, Bakker hob scherzhaft die Hand zum militärischen Gruß an die Stirn.

Ulferts sprang auf die Vorlage an: »Wegtreten!«

Bakker drehte sich auf der Stelle um und verließ das Büro, nicht ohne »Ich melde mich« zu rufen, und, bevor sich die Tür hinter ihm schloss, hinzuzufügen: »Aber nu mutt ick erst `n Koppke Tee hebben!«

Ulferts fiel auf, dass er im Moment ziemlich allein war mit den Ermittlungen. Seine Vorgesetzte war in Kur und ihr Rat und ihre Anwesenheit fehlten ihm.

Wie lange würde sie noch auf dieser Insel sein? Er sah auf den Kalender, in den er ihre Rückkehr eingetragen hatte. Zwei Wochen? Himmel, waren vier Wochen Kur nicht genug? Er hatte selbst nie eine Kur gemacht und war bald 20 Jahre in diesem Laden. Zusammen mit ihr wäre es leichter und effektiver, die Untersuchungen und Befragungen anzugehen. Sie hatten so manchen Fall gemeinsam gelöst.

Selbst Polizeipräsident Eilsen hatte in einem Nebensatz angemerkt: ›Dass Frau Itzenga noch nicht wieder einsatzfähig ist, Mann, Mann so lange auf so einer Nordseeinsel! Nichts gegen Sie, Herr Ulferts, aber ein wenig Verstärkung …‹

Ulferts hatte nickend zugestimmt: ›Lassen Sie mal, Herr Eilsen, ich sehe das genauso.‹

Der Kommissar stand auf, ging zum Schrank neben der Tür, nahm seine braune, lange nicht gespülte Kaffeetasse und goss sich ein. Der Kaffee hatte schon Stunden auf der Heizplatte der Maschine zugebracht. Ulferts verzog das Gesicht, als er den ersten Schluck nahm. Doch er trank die Tasse leer, bereits wieder über Akten gebeugt, mit wenig Elan und ohne Lust, frischen Kaffee aufzusetzen. Wäre Tanja jetzt da gewesen, hätte sie garantiert gesagt: ›So viel Kaffee ist sowieso nicht gut für dich, Ulfert!‹

11

»Herr Kremers, ich will nicht lange um den heißen Brei reden. Mir liegen Informationen vor, dass Sie nicht zum ersten Mal von der Polizei verhört werden.« Ulfert Ulferts lehnte sich zurück und sah den Mann vor sich aufmerksam an. Als Bakker und Christoffers berichtet hatten und nach weiteren Recherchen mit neuen Details aufwarten konnten, fällte Ulferts die Entscheidung, den Landwirt persönlich aufzusuchen.

»Nee«, war die knappe Antwort des Landwirts. Mit leicht niedergeschlagenem Tonfall fügte er hinzu: »Stimmt leider.«

»Hier gibt es ein Protokoll und einen Bericht von Polizeimeisterin Wübben, die damals bei Ihnen auf dem Hof war und sie in einer Sache befragt hat …«

»Ja, ja, ja«, fiel Kremers Ulferts ins Wort, »das war eine dumme Sache damals. Ein Querschläger. Ich nehme an, Sie werden das alles gelesen haben.«

»Selbstverständlich. Sie haben damals sicherlich vollständig ausgesagt?«

»Natürlich! Und ich habe zugegeben, dass es meine Schuld war – auch wenn es verdammt großes Pech war. Zum Glück ist nichts weiter passiert …

»Nichts passiert? Der Kajakfahrer wäre um ein Haar tot gewesen!«, ärgerte sich Ulferts ob einer so lässigen Einschätzung.

»Ja, beinahe. Ist er aber nicht. Ich habe ein ordentliches Bußgeld bezahlt, einen dicken Rüffel bekommen«, in diesem Moment machte Kremers eine kurze Pause, Ulferts hatte den Eindruck, als schmerze es ihn, den ›Rüffel‹ zu erwähnen, »und damit gut. Das ist eine Ewigkeit her. Ich habe damals einen Fehler gemacht und bin dafür bestraft worden. Für den Schnitzer habe ich gebüßt. Und zwar nicht nur gesetzlich betrachtet, die Geschichte macht mir, das können Sie mir glauben, bis heute zu schaffen! Aber Sie können mir dahingehend nichts mehr vorwerfen und darum weiß ich nicht, was Sie wollen.« Kremers sagte das fast so wie ein Schuljunge, den man beschuldigte, auf dem Schulhof mit Schneebällen geworfen zu haben, und dem nun ein mehrmaliges Abschreiben der Schulordnung drohte – eine Maßnahme, die an einigen ostfriesischen Schulen bei Fehlverhalten von Schülern, und solchem, was man dafür hielt, durchaus üblich war.

»Der Fall von damals ist abgeschlossen, da haben Sie recht«, Ulferts merkte, er hatte das Gespräch ein wenig dilettantisch begonnen. Kremers an Fehler zu erinnern, die weit zurücklagen, würde ihm den Mann nicht wohlgesonnen stimmen. Schon war der Landwirt dem Polizisten gegenüber in einer Abwehrhaltung. Ulferts fuhr fort: »Also lassen Sie uns über das Jetzt sprechen ...«, wieder stockte er – was redete er daher? Kremers sah ihn an und man merkte, dass er nicht verstand, worauf der Kommissar hinauswollte.

»Herr Kremers«, setzte Ulferts erneut an, »ich bin

gekommen wegen dieses Vorfalls am Großen Meer, von dem sie sicher gehört haben. Meine Kollegen waren in dieser Sache ja auch bereits da.«

»Die Schüsse auf diese Ruderer.«

»Genau. Diese Ruderer, wie Sie sagen, hatten Glück – es war verdammt knapp, bei einem«, Ulferts überlegte kurz, »und da muss ich doch noch einmal auf diesen Fall damals zurückkommen. Es hat sich ein Schuss aus Ihrer Waffe gelöst, so das Protokoll, und weil er zum Querschläger mutierte, hätte er beinahe einen Kajakfahrer verletzt, oder schlimmer, getötet …«

»Was ist mit dem Schuss passiert?«, fragte Kremers dazwischen.

»Er ist mutiert – also, die ursprüngliche Geschossbahn ist durch ein Hindernis verändert worden, das wollte ich sagen. Eben weil das Projektil an diesem alten Eisenpfeiler abgelenkt wurde. So war es doch?«

»Ja, sicher«, Kremers nuschelte dies mehr in sich hinein, als dass er es laut und deutlich aussprach. ›Mutiert‹ ging es ihm durch den Kopf. Was die so alles daherredeten.

»Es ist unwahrscheinlich, aber nicht auszuschließen, dass so etwas noch einmal passiert.«

Kremers sprang auf. »Ach, daher weht der Wind! Sie wollen mir den Schuss auf die Ruderer in die Schuhe schieben? Noch so ein Querschläger, oder was? Dem Kremers, dem ist so etwas vor Jahren mal passiert, der war's bestimmt wieder!« Der Mann lief rot an, sein Adrenalinspiegel schien in die Höhe zu schießen.

»Wir müssen, wie Sie wissen, in alle Richtungen ermitteln. Unmöglich ist es eben nicht. Außerdem …«

»Bitte?« Kremers war tiefrot im Gesicht und sichtlich erregt.

»Außerdem ist in der Akte vermerkt worden, dass Sie nicht gerade gut auf Wassersportler zu sprechen sind, deren Anzahl seitdem wohl eher zugenommen hat.«

»Herr Kommissar, Entschuldigung, aber nun reicht's. Ich muss die Segler, Kanuten und Ruderer ja nicht lieben, oder? Ich finde schon, dass es manchmal ein bisschen viele sind und dass sich einige – ich sage wohlbedacht einige, längst nicht alle – nicht immer korrekt verhalten. Wenn sie die Vorschriften einhalten, meinetwegen. Aber wenn sie in Schutzzonen fahren, in Bereiche, wo sie nicht sein sollten oder wo es gar verboten ist, dann geht das nicht. Oder so einen Krach machen, dass jede Ente Reißaus nimmt. Und es gibt Wassersportler, die das tun, ob Sie es glauben, oder nicht. Jedenfalls sind sie mit Booten unterwegs. Erst neulich war ich auf der Pirsch, da sehe ich eine Jolle, mitten im Schilf. Die hatten die da reingezogen. Was soll ich Ihnen sagen? Zwei Leute drin, Männlein und Weiblein, vom Meer aus nix zu sehen. Na, was da im Boot los war, brauch' ich nicht weiter erläutern. Und so was ist – einfach Mist!«

»Eben. Da kriegt man doch mal die Wut und …«

»Nein, Herr Kommissar! Ich schieße deswegen nicht auf die Leute!«

»Ich sage ja, ein Versehen, ein Unglück, so wie damals …«

»Ich mach da nicht mehr mit. Das hab' ich nicht nötig, ehrlich, Herr Kommissar. Nur weil mir einmal im Leben ein Fehler unterlaufen ist, passiert das doch nicht ein zweites Mal. Und … Ach, ich sage nichts mehr. Setzen Sie sich mit meinem Anwalt auseinander. Ich sehe nicht ein, dass ich mir so etwas vorhalten lassen muss.«

»Wie gesagt, wir ermitteln …«

»… in alle Richtungen, ick weet dat woll. Aber mit mir verschwenden Sie ihre Zeit. Bin ich festgenommen? Ich denke nicht. Ich habe zu tun, Herr Kommissar, ich muss Sie bitten, zu gehen. Mein Anwalt heißt Renke Wilts. Alles andere bitte über ihn!« Kremers stand auf und ging zur Tür.

»So einfach ist das nicht, Herr Kremers«, warf Ulferts barsch ein und erhob sich vom Sofa.

»Und wieso nicht?«

»Sie müssen mir schon meine Fragen beantworten!«

»Wenn sie Ihre Berechtigung haben, gerne, Herr Kommissar, aber so nicht. Ich leide noch heute unter dem Vorfall von damals, das können Sie vielleicht nicht nachvollziehen, aber immer wieder muss ich mir diese uralte Geschichte anhören …«

»Es hätte schlimm ausgehen können!«

»Hätte, könnte, sollte … Ist es aber nicht. Es muss irgendwann mal Schluss sein. Ich habe gebüßt!«

Mittlerweile hatte Kremers die Tür geöffnet und seine Haltung sagte deutlich, er wünschte, dass Ulferts das Haus verließ. Der ging erst jetzt darauf ein.

»Wie Sie wollen. Wir werden uns wieder bei Ihnen melden, Herr Kremers!«

»Das habe ich befürchtet«, blaffte Kremers, »mein Anwalt steht Ihnen zur Verfügung. Kanzlei Wilts & Partner. In Loppersum.«

Ulferts erhob sich, ging nach einem grimmigen »Wiedersehen« aus dem Haus und verließ das Hofgelände. Vor dem Hof standen Kastanien, die bereits braune Blätter hatten – und das jetzt, wo im Spätsommer eigentlich noch alle Bäume grün waren. Die Minierraupe schlägt wieder zu, ging es Ulferts durch den Kopf. Während er zum Auto ging, wurde ihm klar, dass seine Vermutung vielleicht doch ein wenig weit hergeholt und sein Vorgehen nicht besonders klug gewesen war. Schließlich war protokollarisch festgehalten worden, dass Kremers ein guter Jäger war – und der Querschläger letztlich ein dummer Zufall, dessen Verursacher er aber nun einmal gewesen war. Obgleich er sich damals nicht ganz korrekt verhalten hatte. Im aktuellen Fall hatte es außerdem zwei Schüsse gegeben – was nicht ausschloss, einer könnte ein Querschläger gewesen sein, aber gleich beide?

Der Kommissar beschloss, am nächsten Tag Tanja Itzenga anzurufen. Sie wäre das Gespräch mit Kremers wahrscheinlich ganz anders angegangen, einfühlsamer, wäre nicht so mit der Tür ins Haus gefallen. Das konnte sie. Nach vier Wochen Kur an der Nordsee würde sie ihm bestimmt ein paar Fragen beantworten können. Und ohnehin würde er gerne mal wieder ihre Stimme hören. Die Postkarte mit dem Spruch ›Die schönste Sandbank der Welt‹ stand auf seinem Schreibtisch. Vor einiger Zeit war er selbst kurz mit der Hauptkommissarin auf Juist gewesen, um einen Verdächtigen festzunehmen, der sich mit einer Jolle abgesetzt hatte und schließlich in Seenot geraten war. Schön war das lange, schmale Eiland, geradezu grazil, eine Diva unter den Inseln …

Mit einer Mischung aus schlechter Laune und Sehnsucht fuhr Ulferts zurück nach Aurich. Wieder im Büro setzte er sich an seinen Laptop. Wie lange war das her, dieser Fall mit Kremers? Und wenn sich Geschichte doch wiederholte?

12

»Wir können sie nicht aus der Kur holen, Herr Ulferts. Die hat sie nun einmal bewilligt bekommen, und sie soll sich richtig erholen. Nachhaltigkeit ist das Stichwort, Herr Ulferts, nachhaltige Erholung! Eine Kur macht man ja nicht aus Jux und Tollerei, eine Kur wird von Ärzten verschrieben.« Polizeipräsident Eilsen zeigte geradezu menschliche Züge, als er das sagte.

Ulferts wunderte sich über diese Zahmheit und sein Verständnis für Hauptkommissarin Tanja Itzenga. Eilsen hielt es für keine gute Idee, die Hauptkommissarin vorzeitig aus ihrem Kuraufenthalt in den Dienst zurückzuholen, nur weil Ulfert Ulferts argumentierte, angesichts von Stellenstreichungen und der Versetzung wichtiger Leute an andere Einsatzorte sehe er keine andere Möglichkeit. Im Grunde hatte Ulferts jedoch recht, das wusste Eilsen. In Kreihüttenmoor hatte es einen Mord gegeben: Ein 65-jähriger Mann hatte seine Frau mit einem Beil attackiert. Es war jedoch unklar, ob sie ihm zuvor mit einem Brotmesser aufgelauert hatte, als er in die Küche trat. Szenen einer Ehe, hatte der Polizeipräsident während der Berichterstattung des zuständigen Teams gedacht. Den Fall hätte Ulferts bearbeiten sollen. Nun kamen jedoch diese Schüsse in einem der wichtigsten Freizeit- und Erholungsgebiete Ostfrieslands dazwischen.

Wäre Tanja Itzenga vor Ort, wären sie und Ulferts genau das richtige Gespann und den Fall in Kreihüttenmoor würde er irgendwie anders regeln. Sie aber aus der Kur holen? Hatte er überhaupt das Recht? Hatte er irgendeine Handhabe, gegen ärztlichen Rat zu verstoßen? Und wäre das sinnvoll, geschweige denn nachhaltig?

»Ich weiß, Herr Eilsen, ich weiß«, sagte Ulferts, »aber sehen Sie – der Fall brennt mir unter den Nägeln! Die Gastronomen, Hoteliers, Zeltplatzbesitzer, Bootsverleiher in der Umgebung des Großen Meeres werden nervös, weil es keine Ermittlungserfolge gibt. Ich war oft genug vor Ort und weiß, was da los ist. Zwar hat niemand etwas gesehen oder gehört, aber alle sind sich einig, dass es ein Skandal ist, dass der Schütze noch frei herumläuft. Und ewig können wir auch nicht sagen ›die Ermittlungen laufen‹. Die wollen wissen, was passiert ist, sonst segelt, paddelt oder rudert niemand mehr auf dem Großen Meer und drum herum. Und das hat Konsequenzen für die Gasthäuser, Hotels, Zeltplätze …«

»Das müssen Sie mir nicht erklären, Herr Ulferts«, unterbrach Eilsen seinen Mitarbeiter forsch, »erst vor einer Stunde habe ich mit dem Landrat telefoniert, der klagte, es sei schwer nachvollziehbar, dass es keine heiße Spur gäbe. Er sorge sich langsam um den Tourismus, es gäbe bereits Stornierungen … Aber Frau Itzenga zurückholen, aus ihrer Kur, das kann ich nicht machen. Es nützt uns nichts, wenn sie während der

Ermittlungen wieder umkippt. Die muss vollkommen gesund werden, dann haben wir wieder ihre volle Arbeitskraft!«

»Ich kann wenigstens mal bei ihr anrufen und vorsichtig nachhaken, ob für sie überhaupt infrage käme, sich mit dem Fall zu beschäftigen. Und falls sie positiv reagiert, dann könnte sie die Restzeit der Kur ja nachholen, das können wir zusagen, oder?«

»Der Effekt einer Kur ist gerade, eine gewisse Zeit aus dem ganzen beruflichen und vielleicht auch privaten Umfeld herauszukommen. Mal durchatmen, Ruhe einkehren lassen, den Tag genießen, das Leben durchdenken und dabei die ein oder andere Anwendung … Man hat doch nie Zeit für so etwas!«

Ulferts hätte nicht gedacht, dass der Polizeipräsident fähig war, derart menschenfreundliche Dinge zu sagen.

»Um es kurz zu machen, ich sehe voll und ganz ein, dass es zu diesem Zeitpunkt mehr als ungünstig ist, Frau Itzenga wieder in den Dienst zu holen. Aber die Schüsse am Meer sind nun einmal gefallen. Mir wäre es auch lieber gewesen, es hätte gar nichts dieser Art stattgefunden. Frau Itzenga muss ja nicht gleich wieder voll im Einsatz sein, mir geht es darum, sie wenigstens mal um Rat fragen zu können!«

»Aber gerade das reißt sie aus dem jetzigen Umfeld heraus und bringt ihr auf einen Schlag den Alltag zurück, Ulferts!«

»Ich werde ganz behutsam vorgehen. Mal anrufen,

wäre doch sowieso kollegial, wollte ich schon letzte Woche machen.«

»Ganz vorsichtig, meinetwegen«, stimmte Eilsen zu, dem es insgeheim sehr zusagte, wenn die Hauptkommissarin ihre Erfahrung in den Fall einbringen könnte. Der Polizeipräsident setzte mit etwas verschmitzter Miene hinzu: »Aber mal unter uns, Ulferts«, Eilsen näherte sich seinem Mitarbeiter, »Sie sind Kommissar – wieso wollen Sie unbedingt Frau Itzenga wieder vor die Nase gesetzt bekommen? Die lässt sich so leicht nichts sagen, Sie kennen sie!«

Ulferts wurde für einen Moment etwas verlegen. Vielleicht erschien es Außenstehenden etwas seltsam, dass er Tanja Itzenga derart herbeisehnte. Hatte der Präsident da eventuell Vermutungen? Er beeilte sich, eine Begründung zu liefern: »Die Fälle in der Vergangenheit haben einfach gezeigt, dass Frau Itzenga und ich uns hervorragend ergänzen – das wollen sie sicher nicht bestreiten?«

»Nein, nein, ich stimme Ihnen zu«, Eilsen sah Ulferts eindringlich an, dann wendete er sich ab und fuhr fort: »Damals der Pfusch am Deich, dann der Doppelunfall an der Landstraße in der Krummhörn, die ein oder andere Sache noch … Nein, sie sind ein gutes Team, zweifelsohne.«

»Die Firma dankt!« Etwas anderes fiel Ulferts zu diesen lobenden Worten nicht ein.

»Rufen Sie Frau Itzenga an. Mal sehen, wie sie überhaupt reagiert. Aber wenn sie auf die restlichen zwei

Wochen Kur besteht, können wir nichts machen, Herr Ulferts.«

»Nein, natürlich nicht. Aber im Moment drehen wir uns im Kreis. Es fehlt ein zündender Gedanke.«

Ulferts selbst fühlte sich mittlerweile selbst ausgelaugt und fand seine Ermittlungen wenig ideenreich. Das behinderte das Vorankommen. Seine Mitarbeiter zeigten zwar Einsatz, doch oft waren sie zurückgekommen mit dem Hinweis, man hätte alles Mögliche herausgefunden, aber Weiterführendes wäre kaum dabei. Geschichten wie die von Aline Otten oder die über zu groß werdende Wasserrattenpopulationen hatten sie gehört, aber handfeste Hinweise gab es nicht.

Nur Eibe Kremers befand sich momentan im Visier der Polizei. Ulferts glaubte gleichwohl nicht, dass er absichtlich auf Menschen schoss. Zumal kein Motiv vorlag, von der Abneigung gegen Wassersportler abgesehen. Die reichte doch nicht aus, um auf jemanden zu schießen? Oder hatten Kremers und sein Berufskollege Otten einen gesoffen und waren auf abstruse Ideen gekommen? Vielleicht waren sie von den Ruderern provoziert worden? In Kombination mit Alkohol konnte das verrückte Handlungen nach sich ziehen. Der Fall an der Leybucht, damals – da hatte doch auch einer strumpelhackedick einfach auf Polderbewohner gezielt und beinahe eine Unschuldigen umgebracht. Einer, der vorher keiner Fliege etwas zuleide getan hatte. Und das sowohl Kremers als auch Otten immer einen Flachmann dabeihatten, war Aline Otten herausgerutscht. Aber auch wenn es so war, fehlten die Beweise. Die mussten her.

Ulferts bemerkte, wie sehr er im vergangenen Monat das fröhliche ›Moin Ulfert!‹ vermisst hatte, wenn Tanja zur Arbeit kam, ihre Tasche auf den Tisch ihres Büros warf, durch die Verbindungstür in seines kam und ihn anlachte.

Ulferts atmete tief durch, als er das Büro des Polizeipräsidenten verlassen hatte, und betrat sein eigenes. Die Verbindungstür zum Nachbarzimmer stand offen. Dort saß seine Vorgesetzte normalerweise. Jetzt erschienen ihm die Räume trist und leer.

13

Sein Leben hatte sich nach der Haft, dem Auseinanderfallen der Ehe und dem Zusammenbruch des Staatssystems total verändert. In dieser neuen, glitzernden, von Hinter-dem-Geld-Herhetzen geprägten Welt hatte er sich zunächst nicht zurechtgefunden. Altes über Bord werfen und durch Neues ersetzen, ja. Positives übernehmen, auch das. Aber sich einfach anschließen? Alles Gewesene auf die Mülldeponie der Geschichte werfen? Nichts behalten, außer dem Ampel- und dem Sandmännchen? Das hatten er und seine Mitstreiter nicht gewollt.

Aber er hatte sich mit der Realität arrangieren müssen. Er hatte die Heimat verlassen, eine befristete Anstellung in Bremen angenommen, diese aber vor ihrem offiziellen Ende aufgegeben. Er hatte an Kraft verloren, war antriebslos. Hatte sich erneut beworben, es fand sich kein Arbeitgeber. Den Beruf, den er erlernt hatte, gab es plötzlich gar nicht mehr und die meisten fragten irgendwann nach dieser Lücke im Lebenslauf. Haft, aus politischen Gründen. So holte ihn seine Vergangenheit immer wieder ein. Seinen Gefängnisaufenthalt positiv darzustellen, hatte sich als schwieriges Unterfangen erwiesen.

Selten war er mal zu einem Vorstellungsgespräch eingeladen worden. Die Augen der Human Resources Manager, wie sie plötzlich hießen, schienen ihm immer wieder zu zeigen: Die wollen mich nicht. Sie zogen ihre Schlüsse: In einer Diktatur Widerstand gegen ungerechte und freiheitsberaubende Maßnahmen, Regelungen und Gesetze zu leisten war durchaus löblich – aber war gerade so einer nicht prädestiniert, im Betrieb aufmüpfig zu werden? Einer, der im Betriebsrat agitierte? Der zu Streik aufrief? Das war in der Demokratie doch ungleich einfacher, oder? Da musste man vorsichtig sein.

Er hatte sich schließlich abgefunden, hatte um eine Frühverrentung gekämpft, ein sehr bescheidenes Auskommen dabei erreicht, war aber danach mit den Kräften erneut am Ende gewesen. Den Kampf um eine Zusatzrente wegen politischer Haft focht er immer noch aus – aber er war fast so weit, ihn aufzugeben. Er wurde ja auch nicht jünger …

Kurze Zeit hatte er sich gehen lassen, hatte zu trinken begonnen, alles scheißegal. Das jahrelange politische Engagement unter schwierigsten Bedingungen mit dem Resultat mehrjähriger Haft hatte aus seiner heutigen Sicht wenig Sinn gehabt. Im Osten waren viele froh, die Betonkopfregierung los zu sein. Man konnte nun dem Konsum frönen, solange es das Portemonnaie mit den in Westmark umgetauschten Scheinen zuließ. Das blendete natürlich längst nicht alle, aber viele. Im Westen gab es indes nur Wenige, die begriffen, was dahintersteckte, wenn ein Ostdeutscher meinte, er habe sich die Wende anders vorgestellt.

Er wusste, dass Alkohol sein Untergang sein würde, riss sich am Riemen. Die Resignation blieb. Die Erinnerungen. Die Haft. Die zerbrochene Ehe. Eine Tochter, von der er seit vielen Jahren nichts mehr gehört hatte.

Erst in diesem einzigartigen Landstrich im Nordwesten hatte er einen Ankerpunkt gefunden. Rieke war verantwortlich dafür, dass er hier gestrandet war. Lange Wanderungen am Deich in Ostfriesland oder über einsame Straßen in der Marsch und der Geest waren für ihn eine Art Seelenbalsam gewesen. Dieses Land erschien ihm weit genug entfernt von seiner Vergangenheit, mit der er sich zunächst sehr intensiv auseinandergesetzt hatte. Manchmal, in Augenblicken, in denen er sich allein fühlte und sich selbst infrage stellte, kochte alles in ihm hoch. Zumal Rieke längst Geschichte war. Bislang war es ihm gelungen, ein Überkochen zu verhindern. Manchmal fiel es schwer, mitunter hatte er das Gefühl, er müsse etwas in die Luft sprengen. Doch was? Es war alles so lange her!

In diesem weiten, flachen Land konnte er ganz allein sein, den Gedanken nachgehen, darüber sinnieren, wie er die letzten Jahre seines Lebens verbringen, die vielen negativen Erlebnisse verarbeiten und der irdischen Existenz vielleicht doch noch ein paar positive Seiten abgewinnen könnte.

Eine Aushilfsstelle im Emder Hafen hatte es ihm ermöglicht, einen kleinen, alten Polo zu kaufen mit dem Ziel, das Land zu erkunden. Nachdem er dem Schild ›Großes Meer‹ gefolgt war, hatte es ihm der Binnensee sofort angetan. Am Deich war es windig und rau, das gefiel ihm. Hier am Großen Meer konnte es ebenso ruhig und beschaulich sein. Er hatte alle Straßen befahren, alle Wege erwandert, sich ein Paddelboot geliehen und die Seen und Kanäle erforscht. Selbst im

Herbst, wenn der Nebel über dem Wasser waberte und außer dem Flügelschlagen der Enten und Wildgänse, die irgendwo im Nichts umherflogen, kaum etwas zu hören war, empfand er es als wohltuend schön, wenigstens für Momente. Es zählte nur das Jetzt, verdrängt war die Vergangenheit, sie schlummerte, doch zu spüren war sie immer, sie nagte.

An einem Sonntagnachmittag war er mit seinem alten Polo ans Große Meer gefahren, hatte sich in der Gaststätte Meerhaus eine Tasse Tee und ein Stück Apfelkuchen mit Schlagsahne gegönnt. Sein knappes Budget ließ so etwas nur ab und an zu. Nach einiger Zeit war eine Gruppe von Sportlern in die Gastwirtschaft gekommen. Er hatte sie gleich als ein wenig zu laut empfunden, es war später Vormittag und beim Hereinkommen bestellten sie sofort eine Runde Bier. Sie saßen nicht weit von ihm an einem großen, runden Tisch und er konnte jedes Wort verstehen. Zwar hatte er einen Roman dabei, nahm immer einen mit, da er allein war, doch jetzt fand er es interessant, den Männern am Nebentisch zu lauschen. Sie schienen die weitere Tagestour zu erörtern, waren offenbar mit Ruderbooten unterwegs. Ein ums andere Mal wurden mehr oder weniger gute Witze gemacht und es wurde viel gelacht.

Für einen Moment verspürte Ralf Meinertz die Lust, sich dazuzusetzen, ein Bier mitzutrinken, zu erzählen, Spaß zu haben. Er hatte zwar das Buch in den Händen und sah hinein, tatsächlich hörte er jedoch den

Sportlern zu, die ihr Leben genossen. Als die Sportler die Gastwirtschaft betreten hatten, hatte er kurz gestutzt, weshalb, konnte er nicht sagen. Jetzt, nach einem besonders guten Witz, drehte er sich um, hätte den Ruderern beinahe zugelächelt: ›Der war gut, Jungs. Früher habe ich auch mal gerudert, Schulsport …‹ Als er sich diesen kurzen Blick auf die fröhliche Runde gönnte, erstarrte er. War sein erster Eindruck doch richtig gewesen? Er blickte nach unten, in sein Buch, vermeintlich. Er schloss die Augen. Ein kalter Schauer ergriff ihn. Nein, er musste sich geirrt haben. Das war nicht möglich.

Vorsichtig, die Leute am Nebentisch beachteten ihn nicht weiter, drehte er sich erneut zu den Ruderern. Doch schnell wendete er sich wieder ab. Kalter Schweiß trat auf seine Stirn. *Er* war es. So viel Ähnlichkeit, das hätte nur ein Klon sein können, aber menschliche gab es ja wohl noch nicht.

Wieder vergrub er sich scheinbar in sein Buch. Kein Zweifel. Er hatte mehrere Bilder von ihm gesehen, in der Akte, die er, nach langem Überlegen, akribisch durchgearbeitet hatte. Als er genug wusste, wollte er alles vergessen. Doch immer wieder schwirrte der Name durch seinen Kopf und er suchte ihn später bei Facebook, LinkedIn und wie die Netzwerke alle hießen. *Er* war wenig im Internet präsent, er hatte *ihn* aber dennoch gefunden, in einem Fotoalbum, in dem eine Bustour festgehalten war und das jemand ohne Passwortschutz ins Internet gestellt hatte. Hier hatte sich jemand viel Mühe gemacht und nicht nur die Bilder eingestellt, sondern auch kurz beschrieben, wer sich darauf befand. *Er* war auf zwei, drei Bildern zu sehen gewesen. Die Ähnlichkeit mit den alten, schwarz-weißen Aufnahmen war eindeutig. Wo genau *er* lebte, hatte Meinertz nicht herausgefunden. Immer wieder hatte er auf diese Bilder gestarrt. Hatte irgendwann beschlossen, sie nie wieder anzusehen. Jetzt saß er neben *ihm*.

Ihm gefror das Blut in den Adern. Dieses Arschloch? Hier? Heute? Sonntag? Nach dieser Ewigkeit? Über 20 Jahre ... Über 20 Jahre! Ihm traten Tränen in die Augen, doch das nahm niemand wahr. Die letzten zwei Jahrzehnte rauschten an ihm vorbei. Es war, als nage die Vergangenheit nicht mehr, sie biss zu, plötzlich, und es schmerzte. Zuerst war er völlig verwirrt. Dann verspürte er Angst, gefolgt von Wut. Schließlich fiel eine Entscheidung. Schluss damit, die Zeit war gekommen. Er trank den letzten Schluck Tee, nahm den letzten Bissen Apfelkuchen und zahlte. Er verließ das Restaurant.

Er ging zu seinem Polo, spürte eine zunehmende, ungeheure Aufregung, zitterte. Und wenn er ansonsten immer sehr unentschlossen war, wie der Tag zu beenden sei, so hatte er jetzt einen irrwitzigen Plan. Er musste schnell genug sein. Als sei er nicht mehr Herr seiner selbst, als lenkte ihn jemand oder etwas, startete er den Wagen und fuhr an. Das war es, das in seinem Inneren nagte, das ihm die Seele zerriss, unaufhörlich, seit so langer Zeit. Es *ihm* heimzahlen! Wenn nicht jetzt, wann dann?

Es war ja nicht zu überhören gewesen, wie die Rudertour weitergehen sollte.

14

»Die zwei Wochen wollte ich durchaus noch hier bleiben. Juist ist ein wunderbares Stückchen Erde, Herr Eilsen, diese Ruhe, diese Weite, diese Luft …«

»Schön, dass Sie sich gut erholen, Frau Itzenga. Ich freue mich aufrichtig. Aber sehen Sie, wir gehen hier auf dem Zahnfleisch …«

»Das Zahnfleisch war bei mir schon gar nicht mehr da, deshalb bin ich jetzt hier.«

»Sicher, selbstverständlich, liebe Frau Itzenga. Aber, sehen Sie, wir haben da einen neuen Fall …«

»Die Schüsse am Großen Meer? Kollege Ulferts hat mich bereits angerufen und davon erzählt.«

Ulferts hatte Tanja Itzenga ein ›ich muss darüber nachdenken‹ abgerungen und Eilsen davon berichtet. Der Präsident war daraufhin zu dem Entschluss gekommen, die Hauptkommissarin persönlich zu kontaktieren.

»Ich sehe, Sie sind auf dem Laufenden.« Eilsen lehnte sich in seinem Stuhl zurück. »Da hat jemand Schiffe versenken gespielt.« Eilsen bemerkte, dass Tanja Itzenga seinen Gag nicht sonderlich witzig zu finden schien, und setzte hinzu: »Also, ein Schuss ging in den Bug eines der Boote, ein Gig-Doppelvierer, habe ich mich belehren lassen. Der andere aber hat einen der Ruderer gestreift. Es hätte Schlimmes passieren können! Es ist schwer zu beurteilen, ob die Schüsse gezielt abgegeben wurden, oder nicht. Wenn der Schütze wirklich nur das Boot treffen wollte, war der erste Schuss sauber gesetzt. Der zweite passt allerdings nicht dazu. Umgekehrt ist es ebenso. Es sieht eher so aus, als wollte jemand …«

»… nicht unbedingt treffen, jedenfalls keinen Menschen?«, führte Itzenga den Satz zu Ende.

»Alles Vermutungen«, sagte Eilsen und musste sich räuspern, was dazu führte, dass er nicht weiter sprach.

»Warum kein dritter Schuss?«

Eilsen reagierte verdutzt.

»Dritter Schuss? Fragen Sie mich nicht. Wenn wir das alles wüssten.« Eilsen klang frustriert. »Und das ist es eben, wir brauchen unbedingt Fortschritte in den Ermittlungen, deshalb …«

»… rufen Sie mich an und meinen, ich könnte helfen? Ich glaube nicht, Herr Eilsen. Sie haben mit Ulferts einen kompetenten Kommissar und andere fähige Leute.«

»Ihr Urteil über die Kollegen in allen Ehren, aber Kommissar Ulferts …«

»Mir scheint, ich habe den Fehler gemacht nicht rundheraus abzulehnen, als Herr Ulferts mich angerufen hat.«

»Bitte, Frau Itzenga, er hat angedeutet, dass Sie jetzt gerade sehr fehlen. Er hat nur erwogen, Sie könnten eventuell … zumindest ein paar Ratschläge geben. So mit Blick aus der Distanz, im wahrsten Sinne des Wortes! Natürlich geht Ihre Gesundheit vor, aber wir haben uns gedacht, Sie könnten womöglich mal ein Auge auf den Fall werfen.«

»Ich bin in Kur und da möchte ich bleiben«, sagte die Hauptkommissarin bestimmt, bemerkte jedoch, dass zwei Herzen in ihrer Brust schlugen. Einerseits schmeichelte es ihr; sie wurde gebraucht, die Kollegen konnten nicht einmal das Ende ihrer Kur abwarten, so sehr ersehnten sie ihre Rückkehr. Andererseits war sie wütend, eben weil sie sie aus der Ruhe auf der Insel herausholen und wieder in die miefige Umgebung der Verbrechen holen wollten.

Die Hauptkommissarin ging nicht weiter auf die Äußerungen ihres Vorgesetzten ein, sondern änderte die Gesprächsrichtung: »Ich lese Zeitung, der Fall schlägt Wellen. Man diskutiert offenbar, ob man am Großen Meer überhaupt noch sein Wochenende verbringen kann, erst recht als Wassersportler – und davon gibt es da nun mal sehr viele. Die Zeitungen und Regionalsender berichten regelmäßig, aber …«

Eilsen unterbrach sie: »Genau. Das Aber bereitet uns Sorgen. Denn wen fragt man? Uns, die Polizei. Wir müssen schließlich Erklärungen liefern, aber, Frau Itzenga, wir haben keine! Wenn Sie also so etwas sagen wollten wie ›… aber bislang gibt es offenbar keine Spur‹, haben Sie völlig recht – mit der Bitte um Verschwiegenheit, versteht sich!«

»Das sind alles Argumente, Herr Eilsen, die mir zeigen, wie froh ich sein kann, hier auf der wunderschönen Insel Juist zu sein«, antwortete Itzenga.

»Frau Kollegin, ich verstehe Sie und wäre selbst gerne dort, Sie wissen, auch ich bin Fan der ostfriesischen Inseln, habe sie mittlerweile alle besucht und jede hat ihren eigenen Reiz. Wir bräuchten Sie jedoch hier, ganz dringend! Ich meine das ehrlich. Ich verstehe Ihre Situation und ich bin zu vielen Zugeständnissen bereit. Wenn Sie sich durchringen könnten, wenigstens für ein, zwei Tage nach Aurich zu kommen, um die Ermittlungen zu unterstützen. Vielleicht ist das ja sogar ganz gut – so ein schrittweiser Wiedereinstieg, nicht gleich in die Vollen!«

»Ich bin mir da nicht so sicher …«, Tanja Itzengas Stimme war sehr leise geworden, und es war nicht herauszuhören, ob die Polizistin eher in die eine oder die andere Richtung dachte.

»Ich tue das nicht gerne, liebe Frau Itzenga …«

Itzenga dachte: Jetzt wird's ernst, so ist er nur in Ausnahmefällen. Doch es tat durchaus gut, wie der Polizeipräsident flötete, um sie dazu zu bringen, vorzeitig aus der Kur zurückzukehren.

»… aber ich sehe ein, dass es eine echte Bereicherung des Ermittlungsteams wäre, wenn Sie, sagen wir mal, Ihre Einschätzung der Dinge einbringen könnten. Ich betone nochmals: Wir können über Ausgleichsmaßnahmen sprechen.«

»Ausgleichsmaßnahmen? Die kenne ich nur aus dem Naturschutz.«

»Nun, Sie haben die Kur verdient – die Zeit, die Sie Juist vorzeitig verlassen, können Sie selbstverständlich nachholen, und zwar unabhängig von dem Urlaub, der Ihnen rechtmäßig zusteht. Außerdem können wir, nach erfolgreicher Lösung des Falls, über eine weitere Woche Sonderurlaub verhandeln.«

»Die Dauer der Kur ist therapeutisch begründet, Herr Eilsen. Das kann man nicht mal so, mal so machen.«

»Das ist mir bekannt, durchaus. Aber es ist unendlich dringend. Wie stehen wir denn da? Wie die Trottel! Der ganze Tourismus in Zentralostfriesland gerät ja aus den Fugen. Bedenken Sie die Folgen! Sonst ist hier doch nichts, außer der Landwirtschaft, aber die bietet heute kaum noch Arbeitsplätze bei dem Mechanisierungsgrad. Im Tourismus muss es brummen, der schafft wenigstens ein paar Stellen.«

»Ich glaube nicht, dass ich die entscheidende Person bin, was die tourismuswirtschaftliche Weiterentwicklung Ostfrieslands angeht!«

»Sagen Sie das nicht, Frau Itzenga, sagen Sie das nicht. Gerüchte und schlechte Presse sind Gift für den Tourismus. Wer sich hier nicht mehr sicher fühlt, wählt andere Ziele, fährt an die Ostsee, nach Dänemark oder Holland. Die Niederländer haben auch sehr nette Inseln, ich war mal auf Schiermonnikoog und auf Vlieland. Und das Ijsselmeer mit den darum liegenden Orten: Enkhuizen, Monnickendam, Stavoren, und wie sie alle heißen, durchaus Konkurrenz zum Großen Meer!« Dann versuchte Eilsen, Charme und Chefposition zu mischen, und fragte seine Mitarbeiterin: »Ach, liebe Frau Itzenga, es geht mir wirklich um Ihr ganz persönliches Urteil! Wie stehen Sie dazu? Können Sie uns unterstützen?«

Tanja Itzenga überlegte, dass Eilsen vielleicht deswegen Polizeipräsident geworden war, weil er sich manchmal unglaublich gut an Situationen anpassen konnte. Die richtige Miene, das richtige Wort, die richtige Bemerkung im passenden Augenblick. Denn beim Fachwissen schien es manchmal zu hapern, wie sie und Ulferts mitunter feststellen mussten.

»So schnell kann ich mich nicht entscheiden, Herr Eilsen, ich bitte um ein wenig Bedenkzeit. Ich rufe Sie an, morgen früh.«

»Jederzeit, Frau Kollegin, jederzeit. Morgen ist Freitag – aber Sie können gerne auch Samstag oder Sonntag anrufen. Warten Sie, ich gebe Ihnen meine

Handynummer durch. Ach, das klingelt gerade, Sie erlauben?«

»Sicher …« Tanja Itzenga stellte fest, dass ihr Chef sie soeben gefragt hatte, ob er telefonieren dürfe. Wieder kam dieser Zwiespalt über sie. Geschmeichelt von der Umgarnung des Präsidenten und ihres Kollegen Ulferts. Angeödet von der Idee, die Kur abzubrechen und wieder in diese Anstalt zurückzukehren. Andererseits war es ein Kampf gewesen, überhaupt die sechs Wochen zu bekommen, vier waren ursprünglich angesetzt und die waren jetzt vorbei.

Polizeipräsident Eilsen sprach indes auf der drahtlosen Verbindung. Sie bekam nur Wortfetzen mit, merkte aber, wie Eilsens Stimmlage sich veränderte. Sie nahm eine Mischung aus Entsetzen, Wut und Ärger wahr.

Plötzlich hörte sie: »Frau Itzenga, ich rufe zurück, ich habe da gerade etwas Wichtiges auf der anderen Leitung.« Und schon hatte er aufgelegt.

Da war ja ziemlich viel los auf dem Festland, dachte sie und beschloss, bei einem Strandspaziergang eine Entscheidung zu treffen.

15

Das Meeting im Polizeipräsidium verlief zäh. Polizeipräsident Eilsen hätte es gar nicht einberufen, hätten da nicht kurz hintereinander der Landrat und ein Vertreter des Hotel- und Gaststättenverbandes angerufen, die der Meinung waren, es müsse unbedingt etwas geschehen, um die Gäste nicht zu vergraulen. Schüsse auf Wassersportler am Großen Meer – das war alles andere als gute Werbung. Außerdem war ein Vorstandsmitglied des Sportverbandes auf ihn zugetreten, meinte, man könne niemanden mehr guten Gewissens auf Meere und Kanäle schicken, angesichts der Situation und der Unfähigkeit der Polizei … Eilsen hatte kurzerhand in das Polizeipräsidium eingeladen, nun saßen die Herren in seinem Büro und so recht wusste er nicht, was er ihnen eigentlich sagen sollte. Die Bemerkungen während der Telefonate hatten ihm einen schweren Schlag versetzt, er wollte mit diesem Treffen die Flucht nach vorn antreten. Er musste die Gemüter beruhigen.

»Wir arbeiten auf Hochtouren, meine Herren, der Tatort ist gleichwohl sehr unübersichtlich, gut geeignet, Spuren zu verwischen. Die Spurensicherung hat noch nicht alles ausgewertet«, das war eine glatte Lüge, »und wir sind sicher, bald erste Anhaltspunkte zu haben, die die Ermittlungen schnell zum Ziel führen werden.«

»Ihr Wort in Gottes Gehörgang, Herr Polizeipräsident, aber wir haben schon eine Menge Stornierungen vorliegen. Die Leute fahren lieber nach Schleswig-Holstein oder Meckpomm, da fühlen sie sich sicherer«, rief der Mann vom Hotel- und Gaststättenverband, dem DEHOGA. »Oder per Billigflug noch weiter weg. Und die Griechen schmeißen einem die Low-cost-Wochen all-inclusive bestimmt auch bald hinterher, wenn sie erst mal pleite sind!«

»Mal ehrlich, Herr Eilsen, würden Sie im Moment auf dem Großen Meer segeln, surfen, paddeln oder rudern?«, fragte der Sportverbandsvertreter mit zusammengekniffenen Augen.

»Ich …« Eilsen war in der Bredouille. »Ich verstehe Sie vollkommen. Aber Sie müssen auch uns verstehen. Ein vollkommen unerwartetes Ereignis, an einer Stelle, die wir nicht in null Komma nichts erreichen konnten. Dann noch Zeugen, denen man mitunter jedes Wort aus der Nase ziehen muss. Aber selbstverständlich ist das für uns nur Veranlassung, weiterhin intensiv nachzudenken und …«

»Nachdenken? Denken Sie nicht zu lange nach, sonst bekommen Sie stapelweise Regressforderungen auf den Tisch, wenn die Hotels und Gaststätten bei uns pleite machen!« der Mann vom DEHOGA schien zusätzlich ein wenig Öl ins Feuer gießen zu wollen.

»Die Polizei können Sie ganz gewiss nicht in Regress nehmen!«, ereiferte sich Eilsen, was redete der denn für ein dummes Zeug.

»Nun malen Sie nicht gleich den Teufel an die Wand!«, mischte sich der Landrat in das Gespräch ein. Er wollte, dass schnell wieder Ruhe einkehrte in diese Region und alles seinen Gang ging.

»Teufel? Der sitzt irgendwo im Schilf, so scheint mir!«, erwiderte der Vertreter des Sportverbands.

»Meine Herren, wir sollten sachlich bleiben!«, fuhr Eilsen dazwischen, um die Zügel in der Hand zu behalten. »Sie können sich voll und ganz auf die Polizei verlassen. Wir ermitteln mit zahlreichen Beamten rund um die Uhr, um herauszubekommen, welche Verbindungen es zwischen den Schüssen und den Mitgliedern des Ruderteams gibt, es muss ja, wenn es nicht ein dummer Zufall war, einen Zusammenhang geben.«

»Beamte? Rund um die Uhr? Ist das nicht ein Widerspruch?«, ätzte der Hotel- und Gaststättenvertreter. Er schien langsam alle Hemmungen fallenzulassen, was seine Bemerkungen anbetraf.

»Und wenn das so ein Amokläufer ist? So einer, der einfach in irgendwelche Fenster schießt? Da war doch mal was in den USA. Und Norwegen, da auf dieser Insel Utøya, so grausam kann es zugehen, wenn Verwirrte frei herumlaufen! Solche Meldungen wollen wir hier nicht! Oder Heckenschützen, mal hier, mal da. Kein wirkliches Ziel, keine Verbindungen. Vielleicht sollten man mal dahin gehend recherchieren!«

Aha, lauter Kommissare!, ging es Eilsen durch den Kopf, gleichzeitig ärgerte er sich über die Tatsachenverdrehungen, denn der Täter von Utøya war kein Verwirrter gewesen. Aber es schien hier wie im Fußball zu sein, wenn am Samstagnachmittag Hunderttausende Trainer auf den Rängen und vor dem Fernseher saßen. Auf die Bemerkung mit den Beamten wollte er gar nicht erst eingehen. Er antwortete: »Natürlich gehen die Überlegungen auch in diese Richtung. Ich bin sicher, in ein paar Tagen haben wir erste Erfolge.«

»In ein paar Tagen haben wir weitere Stornierungen. Sie haben die touristische Entwicklung am und um das Große Meer herum auf dem Gewissen, wenn nichts passiert. Außerdem macht das die Runde – im Internet müssen Sie mal gucken. Da stehen hanebüchene Dinge! Da wird gechattet, getwittert und gebloggt, dass sich die Balken biegen. Ohne dass irgendjemand etwas weiß. Das ist Negativwerbung hoch drei!«

Immer diese maßlosen Übertreibungen, waren Eilsens Gedanken, bevor er entgegnete: »Eben! Und dem setzen wir Sachlichkeit, Augenmaß und professionelle polizeiliche Arbeit entgegen.« Eilsen war ein wenig lauter geworden, wie konnte man diesem Mann denn mal das Maul stopfen?

»Ich bin ganz der Meinung des Polizeipräsidenten«, pflichtete der Landrat bei, »ich habe vollstes Vertrauen zu unserer Polizei. Wir haben keinen Grund, dieses Vertrauen zu schwächen!«

»Wollen wir's mal hoffen.« Der Sportverbandsvertreter sah auf seine Armbanduhr. »Ich muss los. Sitzung wegen der Sicherheitslage am Großen Meer und den Konsequenzen für den Wassersport. Das müssen Sie sich mal auf der Zunge zergehen lassen, Herr Präsident!«

»Ich wünschte, diese Sitzung müsste es nicht geben. Bitte, nehmen Sie mit, dass wir alles tun, um dem Treiben ein Ende zu setzen. Vielleicht war es ein einmaliges Ereignis …« Sogleich merkte Eilsen, dass er sich diesen Nachsatz lieber gespart hätte.

»Von wegen! Das wäre ja wohl allzu einfach. Was ist, wenn morgen wieder einer herumballert? Nee, nee, Herr Präsident, einmalig, da würde ich nicht drauf setzen. Wird schon nicht wieder vorkommen, lasst uns mal weiter Däumchen drehen, das scheint mir auch besser zu einer Behörde zu passen …« Der Gaststättenmann lehnte sich mit überlegenem Gesichtsausdruck zurück.

»Hier dreht niemand Däumchen, verdammt noch mal!« Für einen Moment hatte sich Eilsen vergessen, war aufgesprungen und hatte seinen Ärger laut in den Raum gerufen. Er fasste sich schnell und fuhr fort: »Es war nur eine Bemerkung, die zeigt, dass wir alle Möglichkeiten in Erwägung ziehen.« Eilsen hätte den Mann, wenn er gekonnt hätte, der Sitzung verwiesen.

»Wir müssen Vertrauen in die Polizei haben. Bleiben Sie also bitte sachlich und tun sie nicht Unüberlegtes!«, betonte der Landrat. »Sie sollten der Polizei alle Unterstützung geben, die möglich ist!«

»Wir brauchen schnelle Ergebnisse, schnell, sonst

sehe ich schwarz!«, unterstrich der DEHOGA-Mann.

»Ich bin sicher, wir werden alsbald begründete Hinweise haben. Wir haben sehr gute Leute auf den Fall angesetzt und verstärken das Team zudem. Die machen das. Ich informiere Sie!«, sagte Eilsen und war dem Landrat dankbar, dass er immer wieder versuchte, die Gemüter zu beruhigen und eine sachliche Atmosphäre zu schaffen.

»Sie haben unsere Unterstützung. Aber vorerst müssen wir den Wassersportlern sagen, dass sie auf eigene Gefahr ihrem Sport nachgehen. Das tun sie zwar immer – aber normalerweise ohne das Risiko, erschossen zu werden«, bemerkte der Sportsverbandsvertreter.

»Meinen Sie nicht, das ist verfrüht?«, fragte Eilsen. Ihm war klar, was eine solche Empfehlung bedeutete in einem Landstrich, in dem der Großteil der Gäste gerade am, auf und im Wasser sein wollte.

»Nein, das meine ich nicht«, antwortete sein Gegenüber, und der Mann vom Hotel- und Gaststättenverband nickte sehr auffällig dazu.

16

»Moin, Ulfert!« Hauptkommissarin Tanja Itzenga warf ihre Tasche auf den Schreibtisch, setzte sich und lachte ihren Kollegen an. Einen Augenblick lang war er sich nicht sicher, ob er eine Halluzination hatte.

»Moin, Tanja«, antwortete er und das Gesicht, das er machte, schien die Frau ihm gegenüber zu belustigen.

»Du guckst wie ein Auto, das nicht fährt«, sagte sie.

»Was tust du hier?«, mehr konnte Ulferts nicht erwidern.

»Na hör mal, hast du nicht den Vorschlag gemacht, mich aus meiner wohlverdienten Kur zu reißen? Jedenfalls hat das der Oberguru dieser Anstalt, der verehrte Polizeipräsident Eilsen, erzählt, nachdem du mir es selbst schon mit zugegebenermaßen sehr netten Worten gesagt hattest.«

»Wir kommen ohne dich nicht klar!«

»Ach, hör auf, Ulfert. Irgendwann muss jedem einmal klar werden, dass er ersetzbar ist. Da wir alle einmal sterben, muss das sogar so sein. Leider sehen das nicht alle ein, aber es wäre gerade für diejenigen wichtig, die sich für ganz und gar unentbehrlich halten … Aber lieb, dass du das sagst.«

Die letzten Worte gingen Ulferts runter wie Öl.

»Ist natürlich schön, dass ihr hier alle meint, es gehe ohne weibliches Genius und Intuition nicht. Wenn das nur in allen Chefetagen angekommen wäre, aber Frau von der Leyen arbeitet ja wie eine Bärin daran!« Sie lachte und Ulferts freute sich. Verglichen mit dem Zustand vor ihrem Aufenthalt auf der Nordseeinsel sah sie wesentlich besser, kräftiger, gesünder aus, für ihn einfach blendend. Julia Roberts oder Michelle Hunziker waren nichts dagegen, ging es ihm durch den Kopf.

»Das ist eine Überraschung, ich weiß gar nicht, was ich sagen soll …«, Ulferts war sich seiner Worte nicht sicher und fühlte sich wie Obelix, der Falbala einen Blumenstrauß überreichen will und kein Wort herausbringt, als er ihr gegenübersteht.

»Jetzt trinken wir erst einmal einen Tee und du erzählst mir alles über den Schilfschützen am Großen Meer und was ihr bisher erreicht habt.«

»Tee ist da, zum Fall haben wir wenig Brauchbares …«, fasste sich Ulferts.

»Ich war ja auch nicht da«, flötete Itzenga und versuchte dabei so zu wirken, als sei sie tatsächlich fest davon überzeugt, dass der ganze Laden in ihrer Abwesenheit nicht liefe.

»So kann man das nicht sagen, Tanja. Wir haben diverse vage Hinweise, mehr nicht!«

»Also alles ganz normal. Gibt's Verdächtige?«

»Nicht wirklich.«

»Und?«

»Vage Motive, sonst nichts.«

»Geht's etwas genauer oder muss ich dir alles aus der Nase ziehen?«

»Also …«, begann Kommissar Ulferts und erläuterte die Geschehnisse und die bis zum aktuellen Zeitpunkt erfolgten Untersuchungen. Er holte weit aus und redete sich langsam warm. So redselig war er schon lange nicht mehr gewesen. Das war wohl auch dadurch bedingt, dass seine Kollegin plötzlich wieder vor ihm saß und sich offenbar entschieden hatte, in die Ermittlungen um die dubiosen Schüsse am Großen Meer einzusteigen.

Schließlich endete er mit den lapidaren Worten: »So sieht's aus!«

»Kremers und Otten … Wenn du das so erzählst, ich weiß nicht. Und Zufall, daran glaube ich nur bedingt. Es muss etwas anderes dahinterstecken.«

»Vermute ich ebenfalls. Ich begreife nicht, wieso wir nichts Handfestes vor Ort gefunden haben. Niemand hat etwas bemerkt …« Ulferts strich sich durch das Gesicht und sah seine Chefin mit sorgenvoller Miene an.

Sie erwiderte den Blick, begann zu lachen und sagte: »Kopf hoch, begossener Pudel. Bislang haben wir noch jeden Fall gelöst!« Sie drehte sich um und verließ das Büro.

»Ich geh' beim Kollegen Bakker Kluntje klauen!«, rief sie im Weggehen.

Ulferts gab zwei Teebeutel in die Kanne und ärgerte sich, weil er keinen losen Tee gekauft hatte, den er aufbrühen könnte, wie man das eben auf ostfriesische Art machte. Aber wie hatte er wissen können, dass Tanja so schnell wieder bei der Arbeit auftauchte. Es war ihm, als habe sie den frischen Nordseewind eingefangen und hierher in die Büros gebracht.

17

»Ist ja eine bunte Truppe, die da auf Ruderwanderfahrt war …«, dachte Tanja Itzenga laut nach, als Ulferts sich ihrem Schreibtisch näherte. Sie saß über diversen Akten, der Bildschirm vor ihr schien leicht zu flimmern.

»Wird Zeit, dass die Monitore mal erneuert werden, meine Augen tun schon weh!« Das hatte zwar auch der zuständige IT-Beauftragte angemerkt und eine Bestellung angefertigt. Die war jedoch nicht genehmigt worden. Sparzwang.

»Das Geld dafür ist nach Griechenland, Irland und

Portugal gegangen, für uns bleibt da nichts übrig«, kommentierte Ulferts.

»So kann man das doch nicht sagen!«, hatte Itzenga erwidert, war sich aber nicht ganz sicher dabei. Sie wendete sich wieder dem Fall zu.

»Ich frage mich, wieso an einer solchen Stelle auf ein Ruderboot geschossen wird – der Täter wird es doch nicht auf die gesamte Mannschaft abgesehen haben? Vielleicht hat er gar keinen Bezug zu irgendjemand, sondern feuerte aus völlig anderen Motiven auf das Boot? Und wieso gerade bei dieser Freizeitaktivität? Da gäbe es doch Orte und Zeiten, die ein Täter wesentlich sicherer planen könnte, falls er eine oder mehrere Personen fest im Visier hat.«

»Stimmt«, bestätigte Ulferts, »wenn Männer sich zu einer Tour treffen, sei es nun Ruder-, Wander- oder Segeltour, haben sie natürlich einen Start- und einen Zielpunkt. Was dazwischen passiert, ist aber nicht so genau festgelegt, vermute ich mal. Und der Täter müsste es ja wissen! Für die Ruderer zählt doch nur, dass sie gemeinsam Sport machen und die Landschaft genießen können und dass man ab und an eine Pause für ein kühles Pils einlegt.«

»Männer sind nun einmal primitiver als Frauen. Hauptsache saufen, alles andere ist zweitrangig.« Die Hauptkommissarin sah kurz auf.

»Das stimmt so nicht. Eine echte Männergemeinschaft guckt jedenfalls nicht danach, wie einer gekleidet ist oder wie viel Geld im Knipp ist«, hielt Ulferts dagegen. Knipp nannte man auf Plattdeutsch das Portemonnaie. Tanja Itzenga reagierte nicht, daher setzte er hinzu: »Apropos Frauen. Wer begeistert die ›Lindenstraße‹, ›In aller Freundschaft‹ oder ›Sex and the City‹ guckt, kann ja nun auch nicht die Weisheit mit Löffeln gefressen haben, oder?«

»›In aller Freundschaft‹ ist die meistgesehene Serie in Deutschland!«, antwortete Tanja Itzenga und versuchte dabei, ein wenig Schärfe in ihre Stimme zu legen, »selbst auf Juist habe ich es genossen, am Dienstagabend mit einem schönen Glas Rotwein die neuesten Storys von Professor Simoni, Dr. Eichhorn, Dr. Stein und den Heilmanns zu sehen. Und dann noch Frau Marquardt ... Ich glaube übrigens, dass Männer solche Serien gar nicht begreifen – deshalb können sie nichts damit anfangen.«

»Ein simples Argument. Und Klamotten? Wie ist es damit? Das schert Männer nicht, aber Frauen ... Himmelheiland!«

»Nee, mein Lieber, jetzt vergleichst *du* dich mit allen Männern. Entschuldige bitte, aber nur weil du zehn Jahre lang dieselben Oberhemden trägst und Jeans noch anziehst, wenn sie total verwaschen sind, trifft das nicht gleich auf alle Männer zu. Und zu den Fernsehserien: Diese Mischung aus Liebe, Arbeit, Leidenschaft, Schmerz, Not und Unsicherheit und die Menschen, zwischen denen sich all das abspielt – diese Mischung macht es aus. Das ist nämlich, von ein paar inszenierten Dingen abgesehen, nicht groß anders als das wahre Leben.«

»Na, ich weiß nicht.« Ulferts grübelte, ob er sich eigentlich jemals ernsthafte Gedanken darüber gemacht hatte, was in der Mode für Männer gerade up to date war. Wahrscheinlich hatte Tanja Itzenga recht: Ihm war das egal, anderen nicht. Hauptsache gewaschen und sauber. Aber man musste alle Seiten sehen. Vielleicht waren da nachvollziehbare Gründe, schließlich gab es etliche, die es sich schlicht nicht leisten konnten, jederzeit neue oder saubere Kleidung zu tragen. Man durfte nicht immer so schnell sein mit den Urteilen über die Mitmenschen! Kleidung war aus Ulferts' Sicht jedenfalls nicht das Entscheidende im Leben. Die Kommissarin unterbrach seinen Gedankengang, sie war noch bei den Seifenopern, die immer wieder beste Einschaltquoten bekamen.

»Jeder findet sich irgendwo wieder in diesen Serien. An irgendeiner Stelle, in irgendeiner Szene denkt man: Genau das hätte mir passieren können oder: Das hätte ich in diesem Moment genauso gesagt oder getan. Das schafft Bezüge zum Zuschauer selbst – daher gucken das so viele.«

»Du hättest Fernsehkritikerin werden sollen.«

»Vielleicht. Dann hätte ich jetzt nicht das Problem mit diesen Ruderern und den Schüssen im Schilf!«

»Gibt's was Interessantes? Hast du irgendetwas gefunden?«

»Ich sitze über den einzelnen Beteiligten. Die müssen wir uns alle wesentlich intensiver vorknöpfen. Neben den Hiesigen auch den Ossi.«

»Hä? Hiesige sind die Ossis!«

»In diesem Fall meine ich die Leute aus Ostdeutschland, nicht so Torftreter wie dich«, Itzenga sah ihren Kollegen herausfordernd an.

»Bist du nicht selbst so eine Ostgotin?«, reagierte er prompt. »So eine arme Sau aus Dunkeldeutschland?« Er lächelte überlegen.

»Fatzke! Typisch Wessi. Über Dinge fabulieren, von denen man keine Ahnung hat, aber immer den tollen Hecht markieren.« Sie beließ es dabei. »Jetzt mal im Ernst: Wer von uns befragt wen?«

»Wir sollten das zusammen machen. Hat sich in der Vergangenheit immer bewährt, Scharfsinn und weibliche Intuition plus mein Spürsinn für männliche Eigenschaften und Denkweisen.«

»Spürsinn?«, wieder lachte Itzenga Ulferts an.

Er erschauerte. Die von der Juister Sonne gebräunte Haut der Hauptkommissarin, ihr blondes Haar und die kleinen Fältchen um die Augen …

»Wie gehen wir vor?«, fragte er etwas verwirrt.

»Mal von Anfang an: Gernot Jande stammt aus Emden, Harm Wientjes aus Westermarsch bei Norden, wohnt aber auch schon seit längerem in Emden. Dietmar Stöwers ist ebenfalls Emder, seit ein paar Jahren jedenfalls, stammt aus Mecklenburg. Karl Kromminga wurde in Bremen geboren und wohnt da wieder, nachdem er einige Jahre Leeraner war. Außer denen ist da noch …«, Itzenga machte eine kurze Pause. Sie schien kurz zu überlegen, sprach dann weiter: »Es nützt nix, wir müssen so oder so alle befragen. Irgendwelche Anhaltspunkte müssen sich ja mal ergeben!«

Ulferts brummelte etwas Unverständliches vor sich hin. Tanja Itzenga deutete es als Äußerung der Unzufriedenheit ob der unbefriedigenden Sachlage.

»Ansonsten haben wir wohl nichts!« Ulferts sprach wieder halbwegs verständlich, atmete danach aus.

»Jande und Wientjes, Stöwers, Kromminga und Boomgarden«, Ulferts blätterte in der Akte, »Jande, Jande ... kommt mir irgendwie bekannt vor.«

»Den Zweier können wir wohl außen vor lassen?«

»Der Schütze ...«

»Oder die Schützin ...«

»Meinetwegen. Er oder sie hat zwei Schüsse abgefeuert. Beide gingen ganz deutlich in Richtung des Vierers. Der Zweier war laut den Zeugen mehr als 20 Meter hinter dem Vierer.«

»Ich meine ja nur. Wir müssen alles durchleuchten. Ich habe einige weitere Leute darauf angesetzt. Über Wientjes wissen wir bereits allerhand, Stöwers und Jande sind keine unbeschriebenen Blätter. Zu Kromminga haben wir in Bremen um Amtshilfe gebeten, in Leer ist man dabei. Boomgarden ist seit drei Jahrzehnten recht erfolgreicher Betreiber eines kleinen Betriebes in Boekzetelerfehn, nahe bei Warsingsfehn. Liegen beide auf der deutschen Fehnroute, da kann man tolle Radtouren machen, ich bin mal ein Stück gefahren. Boomgarden fährt trotz vieler Arbeit zweimal wöchentlich zum Rudern nach Emden. Er macht Gas- und Wasserinstallationen, Bäder und so etwas. Der Laden muss ganz gut laufen, einer unserer Leute hat das recherchiert. Der Mann ist ehrlich – keine Steuerhinterziehung, keine unlauteren Geschäfte. Also kein Anhaltspunkt für uns.

»Stöwers kommt aus den sogenannten neuen Ländern, war in der DDR Lehrer gewesen. Für Marxismus-Leninismus und Physik. Ersteres war nach der Wende wohl nicht mehr so angesagt. Er ist später in den Westen gegangen. War erst einmal so etwas wie Buchhalter in einer kleinen Möbelfirma in Oer-Erkenschwick. Wahrscheinlich kann er gut rechnen.«

»Oer-Erkenschwick? Da möchte ich nicht tot überm Zaun hängen ...«

»Kennst du die Stadt?«

»Nee, aber allein der Name!«

»Na hör mal. Hier in Ostfriesland gibt es Dörfer, die heißen Rechtsupweg oder Upgant-Schott. Oder versuch' mal, einem Ausländer Ortsnamen wie Boekzetelerfehn, Hilgenriedersiel oder Schwittersum-Resterhafe beizubringen.«

»Ich weiß, unglaublich!«

»Wir haben die Daten aller Ruderer gesammelt, die man so herausbekommen kann über unsere Informationssysteme. Aber bisher sehe ich kein Motiv für einen Mordversuch an einem der Ruderer.«

»Lebt Jande auch in Emden?«

»In Pogum an der Ems. Aber er arbeitet in Emden – und rudert dort.«

»Was macht er?«

»Irgendetwas in der Metallverarbeitung. Mit dem Betrieb soll es aber schon lange bergab gehen.«

»Aha … und Stöwers?«

»Er ist in Rente gegangen, vorzeitig. Bis dahin hatte er lauter kleine Jobs, mal zwei, mal drei Jahre. Nach Ostfriesland zog er, weil er eine Stelle in Wiesmoor bekam, natürlich in einem Blumengroßhandel.«

»Natürlich?«

»Tanja, Wiesmoor ist bekannt und berühmt für die Blumen … über Ostfrieslands Grenzen weit hinaus!« Ulferts warf ihr einen Blick zu, der sie für ihre Unwissenheit bestrafen sollte.

»Da sollten wir mal hinfahren.«

»Blumen kaufen?«

»Vielleicht auch das. Manchmal kommen gute Hinweise von wer weiß woher!«

»Manchmal.« Ulferts zuckte die Schultern und sein Gesichtsausdruck verriet, dass er die Hoffnung Tanja Itzengas nicht teilte. »Zuletzt war Stöwers so etwas wie Hausmeister in Emden, bei einer Firma im Hafen.«

»Wientjes ist da stabiler. Hat seit vielen Jahren eine feste Stelle in einer Emder Firma. Eigenes Häuschen, alles normal. Aber wer weiß, vielleicht hat er sich irgendwo Feinde geschaffen?« Nachdenklich sah Itzenga aus dem Fenster. Plötzlich drehte sie sich schnell zu Ulferts: »Ich schlage vor, wir nehmen uns die vier Ruderer vor, Komminga lassen wir erst einmal außen vor, bis weitere Informationen aus Bremen und Leer da sind.«

»Einverstanden.« Ulferts machte einen lustlosen,

niedergeschlagenen Eindruck. So wenig Konkretes zu haben, hieß, die polizeiliche Sisyphusarbeit in ganzer Tiefe durchzuführen.

»Na, denn man tau. Ich fahre zu Stöwers und Jande, du zu Wientjes und diesem Boomgarden, okay?«

»Ich weiß nicht«, murmelte Ulferts und machte der Hauptkommissarin mit seinem Blick deutlich, dass er nicht einverstanden war.

»Ist was?«

»Lass uns Jande, Stöwers, Wientjes und Boomgarden gemeinsam befragen. Es stimmt doch, dass wir in der Vergangenheit festgestellt haben, wie gut wir zusammenarbeiten. Jeder sieht und hört Details, die der andere nicht wahrnimmt, und wenn wir die zusammenschmeißen … Wir sollten mit Stöwers beginnen, immerhin hat es ihn beinahe erwischt!«, schlug Ulferts vor.

»Pustekuchen«, entgegnete Tanja Itzenga, »gut, dass du es sagst, warte mal!« Sie kramte in einer Ablagebox und hielt schnell einen kleinen Zettel hoch.

»Was ist das?«, fast hatte es den Anschein, als wolle Ulferts ihr im nächsten Augenblick das Papier aus der Hand reißen.

»Eine ärztliche Bescheinigung, die besagt, dass Dietmar Stöwers noch mindestens zwei Tage absolute Ruhe braucht, um sich von dem Streifschuss und der damit in Zusammenhang stehenden psychischen Belastung zu erholen.«

»Na prima. Da können wir ihn nicht befragen?«

»Jedenfalls nicht sofort.«

Ulferts schüttelte den Kopf und grummelte: »Dann fangen wir eben mit den anderen an, Betonung auf ›wir‹, okay?«

»Gebongt, du hast mich überzeugt!«, sagte Tanja Itzenga. »Morgen früh legen wir los. Ich geh' jetzt!«

»Schon?« Ulferts sah sie entgeistert an.

»Eilsen hat mir zugesichert, ich kann angesichts meiner vorzeitig abgebrochenen Kur jederzeit nach Hause gehen, wenn es zu viel wird.«

»Wird's dir zu viel?«

»Weißt du«, erwiderte Tanja Itzenga sehr nachdenklich, »mir hat Juist unglaublich gut getan. Das möchte ich nicht gleich alles wieder in ein paar Tagen verspielen.«

Ulferts überlegte, pflichtete ihr dann bei: »Das verstehe ich.«

Itzenga sah ihn an: »Mir ging es wirklich dreckig. Diese Geschichte mit Bruno, der Tod meines Vaters … dieser Fall mit der Reemts und diesem miesen Bankertypen. Ach, was soll's, ist abgehakt. Danach war ich aber am Ende, ist ja einiges schiefgelaufen, dienstlich, privat … Es geht bergauf, Ulfert, aber jetzt nicht zu viel auf einmal.«

»Auf keinen Fall! Ab nach Hause mit dir und …«

»Ja?«

»Wenn irgendetwas ist, wenn ich dir helfen kann …«

»Danke, Ulfert, ich weiß, ich kann mich auf dich

verlassen. Auch wenn du verantwortlich dafür bist, dass ich schon wieder hier bin.«

»Das war mehr meine Verzweiflung mit diesen ganzen … Geschehnissen!«

»Bis morgen, Kollege!«

»Denk' heute Abend an die Insel, nicht an den Fall!«

»Ich werd' mir Mühe geben.«

Tanja Itzenga verließ das Büro und Ulferts sah ihr versonnen hinterher. Als die Tür ins Schloss gefallen war, verscheuchte er den Bildschirmschoner seines Computers, indem er die Maus bewegte, und wendete sich wieder der Arbeit zu.

18

Kommissar Ulferts klingelte an der Tür eines Mehrfamilienhauses. Den Namen Jande hatten er und die Hauptkommissarin schnell gefunden. Gernot Jande betätigte den Türöffner, er bewohnte mit seiner Frau eine Wohnung im zweiten Stock. Der Kommissar schob die Tür auf und machte sich zusammen mit seiner Kollegin daran, die drei Treppen zu nehmen, ehe sie an die Tür zu Jandes Wohnung gelangten, in der dieser sie erwartete.

»Ulferts, Polizei Aurich, und Hauptkommissarin Itzenga«, stellte er sie vor. Das Wort ›Mordkommission‹ vermied er, seinen Ausweis hatte er nur kurze Zeit unter Jandes Nase gehalten.

»Jande, Gernot Jande«, der Mann sah den behäbigen Kommissar und Itzenga etwas verunsichert an. »Kommen Sie rein.«

Wortlos geleitete Jande die Polizisten in das Wohnzimmer. Hier stand ein neu aussehendes Ledersofa nebst Sesseln. Eine Schrankwand mit zentral angeordnetem und extrem schmalem LCD-Fernseher schmückte eine, das Sofa mit einem großen Gemälde darüber die andere Seite des Raumes. Geradeaus ging es auf einen großen Balkon, diese Seite wurde fast vollständig von einem Fenster und der Glastür eingenommen. Das Gemälde über dem Ledersofa zeigte eine holländische Tjalk, die bei stürmischem Wetter durch die schwere See des Ijsselmeers pflügte. Ulferts gefiel es, er mochte diese Art Bilder.

»Tee?«, fragte Jande.

»Danke, Sie müssen nicht extra Tee aufsetzen«, antwortete Ulferts.

»Lassen Sie mal, es ist Teezeit. Ich mache schnell eine Kanne.«

Schnell?, dachte Ulferts, wie sollte man ostfriesischen Tee schnell machen? Schließlich musste man Wasser kochen, das Teegeschirr bereitstellen, für Kluntje und Sahne sorgen, den Tee lange genug ziehen lassen. Je nach Vorgehensweise war der Tee daraufhin in eine wärmespeichernde Kanne umzugießen oder die Teekanne auf ein Stövchen zu stellen, um das Getränk warmzuhalten und Tee nachgießen zu können. Die Variante, die Teekanne auf dem Kessel mit köchelndem Wasser stehen zu lassen, war mühselig, musste man doch für jede Tasse in die Küche gehen. Deshalb war sie nicht mehr besonders verbreitet. Die Mutter eines Bekannten von Ulfert hatte den Tee immer auf diese Weise serviert. Er war beeindruckt gewesen, dass der Tee nie bitter wurde, obwohl er die ganze Zeit auf dem Kessel zog. Es gab noch weitere Trinkgepflogenheiten: Tee wurde so lange nachgegossen, wie der Trinker den kleinen Teelöffel nicht in die Tasse gestellt hatte. Stand der Löffel in der Tasse, wusste der Gastgeber, der Gast wünscht keinen weiteren Tee – darüber brauchte man keine Worte verlieren.

Als Jande mit einem Tablett zurückkehrte, erwachte Ulferts aus seinen Gedanken. Offenbar hatte auch Tanja Itzenga irgendetwas beschäftigt. Auf Jandes Tablett standen drei Tassen des rot-weißen Geschirrs, das unter dem Namen ›Ostfriesische Rose‹ in der Region und darüber hinaus bekannt war. Das Stövchen und die Kanne, die auf diesem stand, waren ebenfalls aus Porzellan und zeigten dasselbe Muster. Das Sahnekännchen und die kleine Schüssel für den Kluntje passten dazu. Wahrscheinlich hatte Jande das Geschirr wegen seines, wie er fand, hohen Besuches gewählt – oft gab es in ostfriesischen Haushalten das gute Geschirr für besondere Anlässe und für den Alltag die einfachen ›Arbeitertassen‹, wie manche sie nannten.

»Kluntje und Sahne?«, fragte Jande.

»Aber immer!«, erwiderte Ulferts in freundlichem Ton. Er wollte eine positive Atmosphäre schaffen; Jande sollte Vertrauen gewinnen.

»Für mich bitte auch«, ergänzte Itzenga.

»So selbstverständlich ist das nicht – Tee wird heutzutage auf so viele unterschiedliche Weisen getrunken. Und wie viele Teesorten es gibt!«, bemerkte Jande.

»Das ist wohl wahr. Wir sind aber nicht gekommen, um mit Ihnen über Tee zu sprechen«, lenkte Tanja Itzenga das Gespräch in die Richtung, die Anlass ihres Besuches war.

»Das habe ich mir gedacht. Sie kommen sicher wegen der Schüsse.« Jande sah die beiden Beamten ein wenig unsicher an.

»So ist es. Es kann ja nicht angehen, dass da jemand wild um sich schießt, einfach so«, meinte Ulferts.

»Allerdings nicht, nein!«

»Die Vermutung liegt nahe, dass auf ein Mitglied der Mannschaft gezielt wurde.«

»Aber weshalb nur?« Jande mochte sich diese Frage zwar bereits gestellt haben, aber wenn die Polizei dieser Vermutung nachging, musste mehr daran sein.

»Das wollen wir herausfinden. Deshalb sind wir hier. Wir würden gerne wissen, Herr Jande, ob es irgendwelche Anhaltspunkte aus Ihrer Sicht gibt. Gibt es beispielsweise jemanden, der etwas gegen Sie haben könnte? Haben Sie Streit oder Ärger, Meinungsverschiedenheiten mit irgendeinem Bekannten, Verwandten? Wer weiß eigentlich, dass Sie öfter mal auf den Kanälen und dem Großen Meer rudern?«

Jande hatte ruhig zugehört bevor er erwiderte: »Dass ich rudere, wissen fast alle, die mich kennen. Aber Ärger? Streit? Eigentlich nicht.« Was geschehen war, war schlimm genug. Er wollte die Sache so schnell wie möglich vergessen. Seine Antwort, die er soeben gegeben hatte, traf gleichwohl nicht ganz zu, das war ihm bewusst.

»Wir gehen davon aus, dass es jemand auf einen der Ruderer im getroffenen Boot abgesehen hat, zumindest wenn es kein ganz dummer Zufall war.« Ulferts sah Jande fest in die Augen. Dem gelang es nicht, dem Blick lange standzuhalten, was Ulferts registrierte.

»Das ist aber nicht mehr als eine vage Theorie, oder?«, fragte Jande leise, er hatte auf eine weitere Frage Ulferts' gehofft, die dieser aber nicht stellte.

»Bei der Polizei ist es ein bisschen wie in der Wissenschaft. Alles beginnt mit einer Theorie, eine Hypothese, wenn Sie so wollen. Dann gilt es, die Fakten zu finden, die eine Theorie festigen oder sie zum Einsturz bringen.«

»Ich kann nichts dazu sagen«, betonte Jande.

»Sie könnten uns Hinweise geben. Wenn es jemanden gibt, der Ihnen etwas Böses will, Herr Jande, wäre das ein solcher Hinweis.« Ulferts machte eine kleine Pause, setzte, da Jande keine Anstalten machte, etwas zu sagen, fort: »Geht es Ihnen rundherum gut? Was macht Ihre Frau? Wo ist sie eigentlich?«

»Woher wissen, dass ich verheiratet bin?«, fragte Jande.

»Das, und vieles mehr, herauszufinden ist wirklich nicht schwer und gehört zu unserer Routinearbeit. Das machen bei uns die Praktikanten. Also?«

»Meine Frau arbeitet noch.«

»Welcher Arbeit geht Ihre Frau nach?

»Sie ist Raumpflegerin, stundenweise. Miserabel bezahlter Job – aber eben ein Zubrot. Wir haben den einen oder anderen Kredit abzubezahlen, haben es nicht so dicke!«

»Sie selbst arbeiten als was?« Ulferts wusste es, aber er wollte Jande aus der Defensive locken.

»Ich arbeite in einem metallverarbeitenden Betrieb, hier in Emden, allerdings nur noch halbtags, der Besitzer geht demnächst in Rente und einen Nachfolger gibt es nicht. Er will verkaufen, ein Käufer hat sich allerdings bislang nicht gefunden. Da hat er uns sozusagen auf Kurzarbeit gesetzt. Aber wie lange wir in dem Betrieb überhaupt noch etwas zu tun haben werden, steht in den Sternen. Er kümmert sich ja kaum noch um neue Aufträge.«

»Guter Job?«

»Gibt sicher Schlimmeres ... Der, Entschuldigung, Mist ist eben, dass ich schon jetzt wegen der gekürzten Bezüge kaum über die Runden komme. Darum hat meine Frau den Job als Putz... als Raumpflegerin angenommen.« Jande besann sich kurz, plötzlich schien sich seine Miene jedoch aufzuhellen: »Ach, es läuft, ich bin zufrieden, meistens zumindest. Ist eh sehr anstrengend, man wird schließlich nicht jünger ... Viel schweißen, ich sage Ihnen, Jahr um Jahr schweißen ...«

»Tja, das liebe Geld ... Dafür strampeln wir uns alle jeden Tag von Neuem ab«, sagte Ulferts und dachte kurz, wie froh er war, einen Job ausüben zu können, ohne schweißen zu müssen. Er hatte von Leuten gehört, die ließ man kopfüber zwischen den Bordwänden doppelwandiger Schiffe herab, um dort Nähte zu schweißen! Dann entschied er sich, zum Eigentlichen zurückzukehren.

»Aber Herr Jande, wieder zum Thema. Wenn man so knapp bei Kasse ist, entstehen mitunter Spannungen ...«

Jande sah ihn mit einem leicht verstörten Gesichtsausdruck an.

»Spannungen? Was meinen Sie?«

»Mit der Bank, mit Geldgebern im Allgemeinen ...«

»Nein, Herr Kommissar, da fällt mir ... wirklich nichts ein.« Jande zögerte, bevor er fortfuhr: »Wir hatten ein Haus, in Emden-West, aber das ist uns irgendwann zu teuer geworden. Da wollten wir verkaufen – oder mussten, wenn Sie so wollen. Das haben wir nur mit einem argen Verlust hinbekommen. Seitdem klappt das mit dem Geld nicht mehr so. Ist lange her! Wir arbeiten seit Jahren daran, unser Konto auszugleichen. Etwas ansparen, das können wir nach wie vor vergessen.«

»Der Druck, der ist also fortwährend da … In dem Zusammenhang gibt es nichts, was für uns interessant sein könnte?« Itzenga hatte Resignation in dem, was Jande gesagt hatte, bemerkt und hakte nach. Jande schien mit sich zu ringen. War da noch etwas?

»Ich wüsste nicht, was unsere Bankangelegenheiten mit den Schüssen am Großen Meer zu tun haben sollten. Die Bank wird kaum auf diese Weise die Ratenzahlungen eintreiben wollen.« Jande rang sich ein mühevolles Lächeln ab.

»Geht es da um einen Kredit, um mehrere? Alle bei einer Bank, bei verschiedenen?«

»Muss ich Ihnen das sagen? Das ist nun wirklich meine Privatangelegenheit, oder?«

»Sie müssen es nicht, natürlich nicht. Nur, Geld spielt oft eine Rolle, wenn es Streit gibt. Und Menschen mussten zigtausendfach ihr Leben lassen, überall auf der Welt, wegen irgendwelcher Geldgeschichten.«

»Hören Sie mal, wir haben da nichts mit Kriminellen zu tun. Wir haben den Karren in den Dreck gefahren, wir holen ihn wieder raus. Das haben wir uns gegenseitig zugesagt, meine Frau und ich. In dieser Gesellschaft zählt eben nur das Geld!«

»Wohl wahr. Also, danke fürs Erste, falls Ihnen noch etwas einfallen sollte …«, weiter kam sie nicht.

»Es gibt da etwas …«, begann Jande, schränkte jedoch sogleich wieder ein: »Aber nein, das hat mit all dem nichts zu tun.«

»Nun haben Sie uns neugierig gemacht«, entgegnete Ulferts in fast väterlichem Ton, »was gibt es da?«

»Ich hatte vor einiger Zeit Streit mit einem … wie soll ich sagen, einem Bekannten. Der hat mir mal …«, Jande stockte.

»Nun?«

»… Geld geliehen. Jetzt will er es zurück.«

»Das scheint mir ein normaler Vorgang zu sein.«

»Es gibt dabei das Problem, dass er das Doppelte zurückverlangt. Er verwechselt aus meiner Sicht Euro und D-Mark, das Ganze ist ewig her, er weiß nicht mehr, wann wir das vereinbart haben. Ich habe mir damals einen Betrag in D-Mark geliehen. Zwischenzeitlich haben wir lange Zeit nichts voneinander gehört. Er will nun denselben Betrag in Euro von mir. Das ist aber nun mal ein großer Unterschied und stimmt so einfach nicht. Ich will und kann das nicht zurückzahlen. Nicht diesen Betrag! Ich seh' das nicht ein, ehrlich nicht!« Jande schien sich zu erregen. »Wir sind darüber in Streit geraten. Ich finde das nicht korrekt. Vielleicht ist es gut, wenn Sie das wissen.« Für einen Moment dachte Jande, er könne den Konflikt mit Siebold de Vries vielleicht auf diese Weise lösen. Wenn die Polizei im Spiel war, würde de Vries vielleicht seinen Fehler einsehen, nachgeben und zu den aus Jandes Sicht richtigen Forderungen zurückkehren.

»Ernster Streit?«, fragte Ulferts.

»Er hat …«

»Also?«

»Na, bei einem Treffen in einer Kneipe, nicht weit von hier, sind wir ein wenig in Rage geraten … Ich war wütend auf ihn und habe ihn ein bisschen angeranzt. Und wissen Sie, was der gemacht hat: Er hat mir eins auf die Nuss gegeben, einfach so. Das war völlig übertrieben!« Jande machte große, erregte Augen, die das Gesagte glaubwürdig erschienen ließen. Dann fügte er an, ruhiger: »Es war sicher eine Momentaufnahme. Ich will ihn deshalb nicht bei Ihnen anschwärzen, ganz und gar nicht!«

»Tatsächlich? Ist die Polizei damals gerufen worden?«

»Nein – der Wirt hat uns auseinander gebracht. Ich bin daraufhin gegangen.«

»Und Ihr, sagen wir, Geschäftspartner? Hat der sich nicht wieder gemeldet?«

»Seitdem nicht. Er hat nur …«

»Ja?«

»Er hat mir gedroht.« Jandes Abneigung, die seit dem Vorfall in der Kneipe gegen de Vries enorm angestiegen war, gewann Oberhand.

»Womit hat er gedroht?«

»Wenn ich das noch wüsste … Jedenfalls hat er mir eine Drohung hinterhergerufen.«

»Na, Herr Jande, da hätten Sie uns aber fast etwas ganz Wichtiges verschwiegen, nun mal Butter bei de Fische: Meinen Sie, Ihr Geschäftspartner würde das zum Anlass nehmen, um auf Sie zu schießen?«

»Sind Sie verrückt? Nein!«, rief Jande, doch Ton und Gesichtsausdruck wirkten nicht so, als sei er davon überzeugt. Wenn de Vries sich etwas in den Kopf setzte … wer weiß? Außerdem hatte er selbst nach wie vor nicht gezahlt, nach so vielen Jahren. Mein Gott, wie lang war das her, dass er sich die Kohle geliehen hatte.

»Sicher?«

Fast hätte Jande vergessen, dass Ulferts und Itzenga immer noch bei ihm auf dem Sofa saßen, vor sich eine Tasse Tee. Er machte eine abfällige Handbewegung. »Ach, was weiß ich. Ich hatte ihn lange nicht gesehen; wir haben wohl mal telefoniert, also, er hat mich angerufen. Ich weiß gar nicht, wann die Sache zu einer echten Meinungsverschiedenheit wurde. Plötzlich war unser gegenseitiges Einverständnis weg – von da an gab es Ärger zwischen uns. Wir haben uns in der Kneipe getroffen, um das Ganze noch mal zu besprechen, persönlich. Da ist es zu dieser Handgreiflichkeit seitens de Vries gekommen.«

»Und seitdem ist Funkstille?«

»So ist es.«

»Das ist doch komisch, oder? Warum tut er nicht alles, um sein Geld zu bekommen?«

»Weiß nicht. Mir kam es zugute. Ich habe im Moment nichts auf der hohen Kante und Margret putzt wie ein Wilde. Wie ich schon sagte – es gibt Verbindlichkeiten bei den Banken. Da will ich gar nicht um den heißen Brei reden, wir haben nach wie vor einen Berg Schulden. Aber er wird kleiner, langsam aber sicher, Dröpje för Dröpje. Aber die Banken muss ich natürlich zuerst bedienen, bevor die privaten Geschäfte geregelt werden.«

»Jeder will mal sein Geld zurück«, sagte Ulferts beiläufig.

»Aber nur das, was er tatsächlich gegeben hat!«, bemerkte Jande bissig.

»Ja, ja, sicher«, beschwichtigte Itzenga in versöhnlichem Ton. »Macht Ihnen das keine Angst? Sollten Sie nicht zahlen?«

»Den vereinbarten Betrag, nicht das, was de Vries fordert.«

»Gibt es eigentlich einen Vertrag?«

»Was für eine Frage! Dann wäre die Sache klar!«

»Aussage gegen Aussage. Wie soll man das lösen?«

»Meine Güte, das weiß ich ja auch nicht.«

»Vielleicht will er Ihnen Angst machen? Und gibt mal einen Schuss ab …«

»Dann müsste er es mir doch irgendwie mitteilen?«

»Eben nicht … Wenn Sie denken, Sie könnten gemeint sein, reicht das. Und vielleicht meldet er sich noch.«

»Weit hergeholt, oder?«

»Sie kennen sicher den Spruch aus jedem Fernseh-Krimi: Wir müssen allen Spuren nachgehen.«

»Ich kann das nicht glauben.«

»Gut, Herr Jande, das mag Ihnen so gehen. Aber wissen Sie, nach fast 20 Jahren bei der Polizei könnte ich Ihnen Geschichten erzählen, die hätte ich vorher auch nie und nimmer geglaubt.«

»Mag sein. Aber das traue ich ihm nicht zu.«

»Immerhin hat er zugeschlagen! Das ist Fakt! Da hat er sich vielleicht mehr überlegt. Es muss ja nicht gleich eine Tötungsabsicht dahinterstecken. Man hat schon Pferde kotzen sehen! Sie sollten vorsichtig sein, Herr Jande. Ich hätte gerne den Namen, die Adresse, Telefonnummer und so weiter Ihres Geschäftspartners.«

»Schöner Geschäftspartner …«, Jande starrte aus dem großen Fenster über die Dächer von Pogum.

»Also?«

»Ich weiß nicht. Ich will, wie gesagt, niemanden anschwärzen, selbst wenn er so ein Typ ist.«

»Wir werden vorsichtig vorgehen«, versprach Tanja Itzenga mit sonorer Stimme.

Jande überlegte, sah mal hierhin, mal dorthin. Schließlich entschied er, dass es vielleicht nützlich für ihn sein könnte, und sagte: »Er heißt de Vries, Siebold de Vries.«

19

Als Hauptkommissarin Tanja Itzenga und ihr Kollege Ulfert Ulferts vor dem roten Backsteinhaus hielten, stand Siebold de Vries im Garten und schnitt die Hecke. Wahrscheinlich der letzte Schnitt in diesem Jahr. Er war sich nicht bewusst, dass die blonde Frau und der Mann von der Polizei waren, erst recht nicht, dass sie zu ihm wollten.

»Herr de Vries?«, fragte Itzenga freundlich und de Vries betätigte den Ausschalter seiner elektrischen Heckenschere, die trotz umweltschonenden Antriebes einigen Lärm verursacht hatte.

»Bitte?«, fragte er zurück.

»Sind Sie Siebold de Vries?«, wiederholte Itzenga.

»Das bin ich allerdings«, antwortete er.

»Moin, mein Name ist Itzenga, Kriminalpolizei Aurich, und hier mein Kollege Ulferts. Können wir Sie mal sprechen?«

»Mich? Ich habe nichts verbrochen«, entgegnete de Vries.

»Das haben wir ja nicht behauptet …«, erwiderte Itzenga und fuhr fort: »Aber vielleicht gehen wir ins Haus?«

De Vries stand immer noch auf der zweiten Stufe der Alu-Trittleiter, da er gerade dabei gewesen war, den oberen Teil der Hecke zu schneiden. Mehrere sehr schnell geschossene Triebe standen weit über den anderen. Er wirkte verdutzt, schien zu überlegen, fasste sich und sagte: »Ich habe zwar keine Ahnung, was Sie von mir wollen, aber Sie werden es mir sicher erklären.«

»Darum sind wir da«, sagte Ulferts und folgte seiner Chefin, die wiederum ein paar Schritte weitergegangen war, durch das Gartentor. Dabei durchquerte man einen kunstvoll geschmiedeten Rosenbogen, an dem rosa und tiefrot gefärbte Blüten dieser schönen Züchtung bewundert werden konnten. Der Rosenbogen selbst hatte bereits Rost angesetzt, was aber gut passte, obwohl er auf diese Weise vielleicht nicht so lange hielt, als wenn man ihn mit Schutzfarbe bestrichen hätte. De Vries wies mit der Hand den Weg zur Haustür, die offenstand. Es war warm, die Sonne schien.

»Am besten gehen wir in die Küche, mit meinen Arbeitsklamotten setze ich mich ungern ins Wohnzimmer, wenn's Ihnen recht ist.«

»Kein Problem«, sagte Itzenga und folgte dem Mann in eine kleine, aber gemütliche Küche, in der ein Tisch mit vier Stühlen stand, sodass jeder Platz nehmen konnte.

»Was wollen Sie nun von mir?«, wollte de Vries wissen, nachdem seine Frage, ob er etwas anbieten könne, sowohl von Itzenga als auch von Ulferts verneint worden war.

»Kommen wir gleich auf den Punkt. Ihnen ist ein Gernot Jande bekannt?«

»Jande!«, rief de Vries aus. »Hätte ich mir ja denken können, dass der Probleme macht!«

»Tatsächlich?«, fragte Ulferts. »Weshalb?«

De Vries schwieg eine Weile. Vielleicht war seine Reaktion ein wenig heftig gewesen, wenn der Polizist derart darauf einging.

»Ach, eine alte Geschichte. Aber die geht eigentlich nur Jande und mich was an«, erwiderte de Vries, dessen Miene einen anderen Ausdruck annahm.

»Herr Jande hat Sie in Zusammenhang mit …«, Ulferts wurde rüde unterbrochen.

»Hat der Kerl Sie etwa hierher geschickt?« De Vries' Augen sprühten urplötzlich vor Wut.

»Uns schickt niemand irgendwo hin, Herr de Vries. Wir sind gekommen, um einen Sachverhalt zu klären.« Tanja Itzenga blieb ganz ruhig.

»Sie sagten vorhin, Sie sind von der Kriminalpolizei?«

»So ist es.«

»Und *Sie* kümmern sich um solche Sachen?«

»Welche Sachen?«

»Nachtigall, ick hör dir trapsen! Wie ich Jande einschätze, hat er Ihnen sicher verklickert, dass er mir einen Batzen Geld schuldet. Aber damit Sie gleich Bescheid wissen: *Er* zahlt es mir seit Jahren nicht zurück! Das finde ich, gelinde ausgedrückt, nicht ganz richtig, Sie wohl ebenfalls nicht, oder? Er wird es wahrscheinlich anders geschildert haben. Aber dem dürfen Sie nichts …«

Itzenga stoppte den Redefluss: »Genau deswegen kommen wir. Aber bitte der Reihe nach. Herr Jande hat das tatsächlich ein wenig anders dargestellt, er meinte …«

De Vries ließ die Hauptkommissarin nicht ausreden.

»Was Jande meint, sollten Sie nicht unbedingt für bare Münze nehmen. Jande hat vordergründig sein Erinnerungsvermögen verlassen – das ist sein Problem. Ich glaube allerdings, dass er nur so tut. Er weiß ganz genau, was er mir schuldet, behauptet aber, es wäre anders. Es sind einige Jahre vergangen, den Trumpf will er ausspielen. Aber noch bin ich nicht dement, noch habe ich nicht Alzheimer«, er machte eine Pause, bevor er anfügte: »Und jetzt hetzt er mir die Polizei auf den Hals!« De Vries lehnte sich zurück und sah die beiden Polizisten erzürnt an.

»Er hetzt uns nicht auf Sie, das ist Unsinn. Wir sind ganz freiwillig zu Ihnen gekommen.« Tanja Itzenga lächelte freundlich. »Er meint, dass Sie die damalige Abmachung falsch darstellen und viel mehr von ihm zurückwollen, als Ihnen zusteht.«

»Das ist ja der Unfug. Ich weiß, was wir vereinbart haben. Früher, da war der Jande ein ganz netter Kerl. Wir waren nie Freunde, aber ich dachte, man könne ihm trauen. Inzwischen weiß ich, dass ich mich da getäuscht habe.«

Ulferts mischte sich ein: »Stimmt es, dass es Streit zwischen Ihnen und Herrn Jande gegeben hat, der in einer Schlägerei geendet hat? In der Eckkneipe, nicht weit von hier?«

»Ach was, Schlägerei! Von Schlägerei kann keine Rede sein.« Er schien zu überlegen. »Also gut. Er hat mich in dem Gespräch wirklich zum Äußersten getrieben. Wir hatten uns getroffen, um die Sache ein letztes Mal zu besprechen. Irgendwann ist mir dann ... die Hand ausgerutscht. Der Typ kann aber auch nerven. Er jammert und nörgelt und ... was soll's. Ich gestehe, ich habe ihm eine geschallert. Nichts Schlimmes, wirklich nicht, fragen Sie den Wirt. Und ich will es gar nicht vertuschen. Ich gebe das offen und ehrlich zu! Deswegen werde Sie mich doch nicht festnehmen wollen?« Er lachte die beiden Kommissare auf eine Weise an, die ihnen zu verstehen geben mochte, dass er nicht wusste, weshalb die Polizei mit ihm ihre Zeit verschwendete.

»Deswegen nicht ...«, rutschte es Ulferts heraus, was ihm böse Blicke der Hauptkommissarin einbrachte.

»Weshalb dann?«, fragte de Vries, und Itzenga schaltete sich ein: »Wir sind hier, um Sachverhalte zu klären. Festnehmen wollen wir in diesem Moment niemanden, wir wollen die Wahrheit herausfinden. Immerhin haben Sie Herrn Jande geschlagen, hinter so etwas steckt schon mehr als ein kleiner Streit um Geldschulden, oder?«

»Eine Ohrfeige, Himmel, mehr nicht. Absolut harmlos. Jande ist damals beleidigt abgezogen. Er hätte mich ja anzeigen können. Und, warum tat er es nicht? Wahrscheinlich, weil er weiß, dass ich recht habe.«

Itzenga wunderte diese Logik und Ulferts blickte skeptisch drein.

»Es ist doch nicht harmlos«, begann Itzenga, »wenn man jemanden schlägt, ich bitte Sie. Die Absicht allein – und bei Ihnen wurde sie ja sogar in die Tat umgesetzt – wäre schon verwerflich. Wo ist der Unterschied, wenn ich jemanden schlage und der trägt einen Kratzer davon oder er fällt schwer verletzt um? Ich frage mich, abgesehen von den Folgen für das Opfer, ob man deswegen die Tat selbst unterschiedlich bewerten kann! Sie können von Glück sagen, dass Sie damals keine Anzeige wegen Körperverletzung bekommen haben. Sie sollten Jande dankbar sein!«

De Vries dachte kurz über diese Äußerung nach, sagte dann, etwas leiser: »Dankbar, dem Typen! Dass ich nicht lache. Ich gebe zu, jemanden zu schlagen ist nicht richtig, aber …«

»Es gibt nun mal kein Aber! Die Fakten: Sie waren in der Kneipe, das steht fest. Jande ist nach unseren Informationen etwas später gekommen und Sie hatten bereits etwas getrunken, das steht ebenfalls fest, oder? Und Sie haben Jande geschlagen, auch das ist Fakt.«

»Einen trinken ist ja wohl nicht verboten in diesem Land, was? Wenn ich schon im Winter bei minus zehn Grad draußen stehen muss, um eine Zichte zu qualmen, darf ich wenigstens mein sauer verdientes Bierchen im Inneren der Kneipe konsumieren. Rauchverbot, okay. Aber das Gesetz zum Saufverbot kenne ich nicht, oder bin ich nicht auf dem neuesten Stand?«, trotzte de Vries.

»Es ist nicht verboten, einen zu trinken, nein. Allerdings sollen psychologisch-medizinische Untersuchungen gezeigt haben, dass Alkoholkonsum bei *allen* Menschen zu Enthemmung führt und bei *einigen* zur Zunahme von Aggressionen! Wenn man somit alkoholisiert jemanden schlägt, Herr de Vries, dann …«

»Machen Sie mich jetzt zum blindwütigen, besoffenen Schläger, oder was? Fragen Sie meine Frau, die Nachbarn, die werden bestätigen, dass ich das nicht bin!« Der Mann erhitzte sich.

»Langsam, langsam. Das haben wir doch gar nicht behauptet. Sie fühlten sich von Jande provoziert, daher ihr aggressives Verhalten …«

»Oh nee, kommen Sie mir jetzt nicht mit tiefenpsychologischen Erklärungen, Frau Kommissarin. Provokation, Aggression! Klingt alles toll, aber eines dürfen Sie mir glauben, und damit will ich gar nicht prahlen, ich muss schon einiges intus haben, bis ich nicht mehr weiß, was los ist oder war. Und an dem Abend habe ich kaum etwas getrunken, vielleicht zwei Bier«, entgegnete de Vries, dem bewusst war, das Letzteres nicht der Wahrheit entsprach. Zum einen waren es mehr Bier gewesen, zum anderen unterschlug er die drei, vier Groß Mackenstedter Korn, die er konsumiert hatte.

»Sie haben nun einmal überreagiert, das ist Fakt.

Und könnte es nicht sein, dass Sie nach wie vor einen großen Groll gegenüber Jande hegen?« Itzenga sah ihm fest in die Augen. Das verwirrte ihn. Er staunte kurz über ihr frisches Aussehen – gab es nicht so viel Stress bei der Polizei? Als käme sie gerade aus einem Karibikurlaub.

»Was wollen Sie eigentlich von mir? Ich verstehe nur Bahnhof. Jande muss ja ganz schön vom Leder gezogen haben. Ich bin kein wilder, um mich schlagender Unhold, verdammt noch mal. Ich bin sauer auf Jande, na klar, aber wer wäre das denn nicht? 2.500 Euro sind für mich alles andere als ein Pappenstiel. Denken Sie mal: 5.000 Mark! Die will ich wiederhaben, das ist alles. Was soll der ganze Popanz?« Man merkte, dass de Vries Mühe hatte, sich unter Kontrolle zu halten. Er war aufgestanden und sprach die Worte mit größtmöglicher Bedachtsamkeit aus. Schließlich merkte er an: »Bei Ihnen weiß man wirklich nicht, ob man sich in irgendetwas hineinreitet.«

Ulferts nutzte die entstehende Gesprächsunterbrechung: »Herr de Vries, können Sie schießen?«

De Vries war verblüfft. Die Frage kam unerwartet: »Bitte?«

»Können Sie schießen?«

»Ich habe früher geschossen. Als Kind hatte ich ein Luftgewehr und habe auf Lüntjes geschossen …«

»Auf was?«, fragte Tanja Itzenga.

»Lüntjes – das sind Spatzen, plattdeutsch«, warf Ulferts ein.

»Ist ja ein niedlicher Ausdruck für die Vögel, auch wenn ich keinen Grund sehe, auf sie zu schießen …«, bemerkte Itzenga, konzentrierte sich aber sogleich wieder auf das Gespräch. »Und später?« Sie sah zu de Vries.

»Danach war ich bei der Armee, da kommt man ums Schießen nun mal nicht herum. Das hat zuerst mit am meisten Spaß gemacht in dem seltsamen Laden, obwohl wir einen Vorgesetzten hatten, der ständig neben einem stand und einen korrigierte. Wenn man gut schoss, hatte man aber bei ihm einen Stein im Brett.«

Ulferts und Itzenga sahen sich vielsagend an.

»Später habe ich noch einige Male bei einem Kumpel im Garten geschossen. Er wohnte damals auf'm Dorf, an der Ems. Da konnte man das machen. Er hatte ein Gewehr, warum, weiß ich gar nicht. Wieder auf Lüntjes, Tauben, Wasserratten, die Scheißviecher, Entschuldigung, aber auch auf Schießscheiben.«

»Also kurz: Sie können schießen!«

»Leidlich, besagter Kumpel war immer besser.«

De Vries überlegte einen Augenblick, bevor er fortfuhr: »Das geht mir alles zu weit. Und jetzt ist sowieso mal Schluss!« De Vries knallte mit der Faust auf den Tisch, dass die Blume, die in einer kleinen Vase stand, beinahe umgekippt wäre. »Können Sie mir vielleicht mal erklären, weshalb Sie überhaupt hier sind? Worauf Sie hinauswollen? Sonst schneide ich lieber meine Hecke weiter! Ich will nicht unhöflich sein, aber Sie kommen aus heiterem Himmel zu mir und fragen mich Dinge, die Sie, Verzeihung, nichts angehen. Und Sie sagen mir nicht, was eigentlich los ist. Ich glaube kaum, dass Ihr Vorgehen so akzeptabel ist.«

»Sie haben allen Grund auf Gernot Jande sauer zu sein. Sie haben ihn geschlagen. Wir fragen uns, ob Sie auch auf einen Menschen schießen könnten«, erklärte Tanja Itzenga mit deutlich gesetzten Worten.

De Vries blieb einen Moment kerzengerade stehen, dann ließ er sich auf seinen Stuhl fallen.

»So einen Blödsinn habe ich noch nie gehört!«

»Sie wissen von den Schüssen auf das Ruderboot?«

»Es stand groß in der Zeitung und des Lesens bin ich mächtig.«

»Was wissen Sie davon?«

»Das, was dort stand natürlich. Es ist auf eine Rudermannschaft geschossen worden. Punkt.«

»Nichts Punkt. Gernot Jande saß im Boot!«

De Vries sah die Beamten an. Mit einem Mal begann er zu lachen, verächtlich zu lachen. Es war ein angestrengtes, gespieltes Lachen.

»Sie glauben nicht etwa, dass ich das gewesen …« Er führte den Satz nicht zu Ende. Kopfschüttelnd lehnte sich de Vries übertrieben lässig in seinem Küchenstuhl zurück.

Itzenga und Ulferts beobachteten ihn. Wie würde er jetzt reagieren? Was würde er sagen?

»Wissen Sie was?«, begann er wieder. »Jetzt wird's mir zu blöd. Ich sage hier nichts mehr ohne meinen Anwalt. Sie drehen es eh alles so, dass ein Unschuldiger nach einer Viertelstunde schon halb verurteilt ist!«

»Nun mal halblang, Herr de Vries. Was haben Sie zur Tatzeit gemacht?«

»Ich weiß nicht einmal, wann das alles passiert ist.«

»Tatsächlich nicht? Am Sonntag des vorletzten Wochenendes.«

»Sonntag, Sonntag ... Da muss ich zu Hause gewesen sein.«

»Zu Hause ...«, wiederholte Ulferts.

»Mein Gott – wieder was Falsches gesagt, was?« De Vries versuchte, sarkastisch zu sein. »Ach ja, selbstverständlich nutze ich den Sonntagnachmittag besonders gern, um zum Großen Meer zu fahren und auf Schuldner zu schießen, die da gerade irgendwo mit einem Boot rumschippern.«

»Haben Sie Zeugen?«

»Zeugen? Mann, wie soll ich Zeugen haben? Ich melde mich nirgendwo an oder ab und meine Frau war zwei Tage bei ihrer Mutter, die ist krank. Kinder haben wir nicht.«

»Sie haben kein Alibi.«

»Wozu? Und jetzt sage ich nichts mehr ohne meinen Anwalt. Und der wird Ihnen was erzählen!« De Vries' Stimme klang wieder gereizter.

»Nun erregen Sie sich nicht immer gleich so«, bat

Tanja Itzenga, »wir stellen Fragen, das ist unsere Pflicht im Rahmen seriöser Ermittlungen.«

»Dann glauben Sie mir – nicht Jande. Das wäre seriös.« De Vries machte Anstalten, das Gespräch zu beenden. »Ich würde gerne die Hecke zu Ende schneiden. Ich will damit fertig sein, bevor es dunkel wird.«

»Wie Sie wollen.«

Ulferts und Itzenga verabschiedeten sich von Siebold de Vries, dessen Gesichtsausdruck sein Missfallen über den Besuch der beiden Polizisten zeigte.

Ohne weitere Worte gingen die Kollegen zu ihrem Auto, setzten sich, Itzenga auf den Fahrer-, Ulferts auf den Beifahrersitz. Dann sahen sie zu de Vries' Haus. Der hatte seine Heckenschere wieder in Gang gesetzt und ihnen einen grimmigen Blick zugeworfen.

Itzenga wendete sich Ulferts zu.

»Und?«

»Er hat ein leicht erhitzbares Gemüt, ist beileibe nicht immer sachlich, er kann schießen …«, zählte Ulferts auf.

»Beweise sind das alles nicht, Ulfert«, zweifelte Itzenga.

»Er hat kein Alibi.«

»Das hört sich an, als seist du berufsmüde, so nach dem Motto: immer dasselbe!« Tanja Itzenga sah ihren Kollegen ein wenig mitleidig an.

»Das müsstest gerade du verstehen können!«, war Ulferts' resigniert klingende Antwort.

Die Hauptkommissarin startete den Wagen und fuhr an.

»Ich hatte es wirklich nötig – du hast es damals selbst gesagt«, riss die Hauptkommissarin ihren Kollegen aus dessen Gedanken und stellte Überlegungen über das weitere Vorgehen an: »Wir müssen bei de Vries nachhaken. Wir sollten tatsächlich seine Frau befragen, vielleicht die Nachbarn einbeziehen. Ein Alibi für den Tag fehlt ihm. Falls es eines gibt, finden wir es in seinem Umfeld. Da müssen wir noch mehr Informationen einholen.«

Die beiden Polizisten schwiegen eine Weile. Dann schaltete Tanja Itzenga das Radio ein und drückte die Taste zum Abspielen der CD, die noch im Gerät steckte. Sie sah derart gedankenverloren nach vorn, als Ina Müller ihr ›Du schweigst unsere Liebe tot‹ sang, dass Ulferts nicht wagte, in diesem Augenblick zu stören. Schließlich nahm er den Gesprächsfaden wieder auf.

»Und Kremers? Was ist nun mit Kremers?«

»Kremers? Ich weiß nicht. Der hat einmal Scheiß gebaut, und es war ein Versehen. Das macht er nicht noch mal. Zweimal passiert so etwas nicht.«

»Wer weiß? Vielleicht ist sein Hass auf Wassersportler mit ihm durchgegangen?«

»Hass … ist das nicht zu extrem, Hass? Kremers hat doch gewaltig unter seinem Fauxpas gelitten.« Itzenga war nachdenklich. Sie bog auf die B 210 Richtung Aurich ab, als sie anmerkte: »So einem de Vries, dem traue ich da schon mehr zu!«

20

Die kräftigen Lebensbäume, aus denen die Hecke bestand, boten erstklassige Deckung. Er hatte sich geradezu hineinzwängen müssen, die Pflanzen standen in zwei Reihen, immer auf Lücke gesetzt. Jetzt, in der Dunkelheit, konnte ihn niemand sehen, zumal er dunkle Kleidung trug. Selbst wenn jemand sehr nah an ihm vorbeigekommen wäre, wäre er nicht entdeckt worden.

Es war nicht schwer gewesen, Namen und Adressen herauszufinden. Die Fotos von Ruder- und Radtouren, Lauftreffs oder sonstigen Veranstaltungen, die im Internet veröffentlicht waren, auf der Vereinshomepage, bei Facebook, Picasa, MyAlbum oder sonst wo, ermöglichten ihm, Namen zu erfahren und sie Gesichtern zuzuordnen. Adressen waren dort mitunter ebenso vorhanden, und das Online-Telefonbuch gab auch einiges her. Man wurde nicht immer fündig, Harm Wientjes' Anschrift war jedoch recht schnell gefunden. Nach wenigen Mausklicks war es getan und er hatte sich gewundert, wie kurz die Distanz zwischen dessen Haus und seiner Wohnung war. Via Google Earth hatte er sich das Wohngebiet angeschaut, herangezoomt und beschlossen, einen Gang dorthin zu machen, was er am späteren Abend in die Tat umsetzte. Es waren keine zehn Minuten zu Wientjes' Haus. Er versuchte, durch die Hecke zu lugen, die das Haus von dem dahinter verlaufenden kleinen Fußweg, dem ›Pad‹, wie man hier sagte, trennte. Er sah, dass Wientjes Besuch hatte.

Plötzlich entwickelte sich wieder diese innere Erregung. Als spräche der Anblick *dieses* Menschen irgendwelche Synapsen direkt an. Dass *er* anwesend war, änderte die Sachlage. Es bedeutete eine neue Chance zur Vergeltung. Ohne zu überlegen, urplötzlich wieder von diesem Gefühl eingenommen, lief er nach Hause, holte den Rucksack, in dem immer die kleine schwarze Tasche ruhte, und ging eilig zu Wientjes' Haus zurück. Sich noch einmal umsehend, zwängte er sich zwischen die Zweige der Lebensbaumhecke.

Der Blick auf das Wohnzimmerfenster war verhältnismäßig gut. Und die Tatsache, dass Harm Wientjes zwar Gardinen vor dem Fenster hatte, aber, falls vorhanden, die Vorhänge nicht zugezogen oder die Jalousie nicht heruntergelassen hatte, kam ihm entgegen. Die Gardine erschwerte zwar den Blick ins Haus, aber umgekehrt war es ebenso notwendig, sie wegzuziehen, um einen Blick in den Garten werfen zu können, wobei der Lichtschein aus dem Wohnzimmer allenfalls bis zur Hälfte der Rasenfläche reichte, die sich zwischen Hauswand und Hecke erstreckte. In deren Mitte diente ein Buchsbaum als Blickfang, was ihm wiederum zusätzliche Deckung bot.

An der einen Längsseite des Gartens stand ein einfacher Jägerzaun, an der anderen gab es eine Mauer, die etwas überdimensioniert erschien, als wollten sich dort zwei Nachbarn auf gar keinen Fall in die Quere kommen. Hier hätte er sich kaum verbergen können. In der Hecke war es ohne Weiteres möglich. Der kleine Pad war ein Fluchtweg, wie er besser nicht sein konnte.

Der Mann zielte, nachdem er die Pistole aus der schwarzen Tasche genommen hatte, probehalber. Daraufhin nahm er die Waffe wieder herunter und versuchte angestrengt, Details zu erkennen. Das Muster der Gardine war verwirrend, wenn man sich jedoch bemühte, sah man genug. Wientjes und seine Freundin Sonja Rabenstein hatten Dietmar Stöwers und dessen Lebensgefährtin zum Essen eingeladen. Letztere war allerdings an diesem Abend verhindert, so hatte Stöwers entschieden, allein die Einladung wahrzunehmen.

Er war also offenbar aus dem Krankenhaus entlassen worden und vielleicht hatten sie ihn eingeladen, um den Schock vom Großen Meer gemeinsam zu verarbeiten. Eine gute Konstellation, wussten sie doch nicht, dass schon bald der nächste folgen sollte. Nicht ahnend, dass der Schilfschütze zum Heckenschützen mutieren und in Kürze erneut zuschlagen würde. Wientjes' Freundin kam zur Tür hinein und schien, soweit er das erspähen konnte, so etwas wie eine Auflaufform auf den Tisch zu stellen.

Er zielte auf die Schläfe. Dort würde der Schuss mit Sicherheit Wirkung zeigen, gleichwohl nicht unbedingt zum sofortigen Tod führen, wie er vor einiger Zeit gelesen hatte, er wusste nicht mehr, wo. Aber das war gar nicht sein Ziel. Wer auf der Stelle tot war, konnte nicht leiden, keine Angst haben. Die sollte sich entwickeln, langsam, aber sicher. *Er* sollte erleben, wie es ist, wenn man bedroht wird, aber nicht weiß, von wem, wenn man Angst haben musste, weil man nicht wusste, was als nächstes passiert.

Er suchte sich ein neues Ziel. Die Waffe wäre für einen Unerfahrenen gewöhnungsbedürftig, sie war alles andere als ein hochmodernes Gerät. Genutzt hatte er sie nur selten. Dennoch hatte er sie fast immer dabei – niemand wusste, dass er sie besaß, registriert war sie nirgendwo. Ein Schwarzmarktgeschäft, unter der Hand. Vor Jahren.

Er musste treffen, aber nicht die Schläfe. Er würde jetzt nicht töten, er würde *ihn* und die anderen Anwesenden in Angst und Schrecken versetzen, das wäre ihm für den Moment genug. Vorerst. Wie am Großen Meer. Die zwei anderen hatten mit der Sache eigentlich gar nichts zu tun, sie würden in Mitleidenschaft gezogen werden, weil sie nun mal gerade hier waren. Wie nannten die Militärs das? Kollateralschaden?

Er besah die alte Handfeuerwaffe. Er hatte sie nie aus der Hand gegeben und sie in der kleinen schwarzen Tasche gehabt. Er hatte sie oft dabei, im Rucksack, wenn er wandern ging, im Handschuhfach seines kleinen Wagens, wenn er damit unterwegs war. Er hätte nie begründen können, weshalb er sie mitführte. Erst jetzt, so schien es ihm, machte es Sinn. Vielleicht hatte der Moment erst kommen müssen. Vielleicht wollte das Schicksal das alles so – auch wenn er nach wie vor behauptet hätte, nicht daran zu glauben.

Wientjes und seine Freundin kamen erneut ins Wohnzimmer. Sie stellten Schalen auf den Tisch. Harm Wientjes schenkte Wein nach. Es wurde eifrig gesprochen. Waren die Schüsse vom Großen Meer das Thema? Oder die Artikel in den Zeitungen, die darüber berichteten und die die Sicherheit in diesem schönen Feriengebiet in Zentralostfriesland infrage stellten? Diskutierten sie die Ermittlungen der Polizei, die nichts vorzuweisen hatte? Der Heckenschütze lächelte in sich hinein. Im Grunde sprachen und schrieben doch alle über ihn!

Schwierig wäre es wiederum, so schnell und unauffällig wie möglich den Tatort zu verlassen. Die Situation war günstig, aber man wusste ja nie. Er war schon einmal hier gewesen, um den Ort zu erkunden, unauffällig, als niemand sonst auf diesem Weg hinter den Häusern unterwegs war. Es waren knapp 30 Meter zu überwinden, dann teilte sich der Fußweg und es gab mehrere Möglichkeiten, eine neue Richtung einzuschlagen. Bis jemand hier war, wäre er verschwunden.

Er hob die Pistole an, nahm sein Ziel ins Visier. Den Arm konnte er nicht ausstrecken, das war ihm jedoch egal. Er schoss aus allen Lagen.

Er zielte, und die Erregung erfasste seinen Körper, sein Denken. Schweiß tropfte von der Stirn. Auch am Großen Meer war ihm der kalte Schweiß ins Auge geronnen, just als er abgedrückt hatte. Rational betrachtet war das irrsinnig, was er betrieb. Er konnte nicht anders.

Niemand würde ihn hier vermuten, keiner wusste von seinem Vorhaben. Das war sein Vorteil. Noch. Bereits beim nächsten Mal wäre es vielleicht anders. Die Polizei ermittelte schließlich.

Er zielte auf die Schüssel, die in der Mitte des Tisches stand. Was mochte darin sein? Kartoffeln? Reis? Nudeln? Gemüse? Er würde keine Zeit haben, das zu prüfen. Er würde die Schüssel zertrümmern, ein Schuss, vielleicht zwei. Und dann abhauen.

Sein Zeigefinger berührte den Abzug. Er musste sich wahnsinnig anstrengen, das Zittern zu unterdrücken. Wieder ein Schweißtropfen. Ich will Erfolge sehen!, ging es ihm durch den Kopf. Was hatte das mit Erfolg zu tun? Er verscheuchte alle Gedanken.

Er spannte die Muskeln seines Fingers an, schloss einmal kurz die Augen, um das Ziel daraufhin etwas klarer vor sich zu sehen. Die schöne Schüssel, die Fensterscheibe. Es würden Kosten auf Harm Wientjes zukommen.

Er betätigte den Abzug. Ein lauter Knall. Schon war er dabei, eiligst zu verschwinden. Das Geschoss nahm seinen Lauf, flog auf das große Fenster zu. Es bohrte sich durch die Scheibe, unerbittlich, Risse formten sich um das Einschussloch. Dann traf es die Porzellanschüssel, der Inhalt verteilte sich im Wohnzimmer, spritzte in alle Richtungen. Das Projektil flog weiter, bis es in der hölzernen Schrankwand stecken blieb. Schreie.

Der Mann war an der Weggabelung angelangt. Er lief nach links. Im Nu hatte ihn die Dunkelheit verschluckt.

21

»Es muss endlich Fortschritte geben! Wir dürfen uns nicht zum Narren machen!« Polizeipräsident Eilsen war außer sich. »Das kann doch nicht wahr sein!«

Eilsen ging nervös hin und her, sein Kopf war rosarot. Nach dieser nervenaufreibenden Mitteilung nahm er sein Handy, wählte eine Nummer aus der Kontaktliste und drückte die Anruftaste.

»Frau Itzenga?«

»Am Apparat!«

Eilsens Festnetztelefon klingelte zum x-ten Mal

an diesem Tag. Während er abnahm, sprach er in das Handy in der anderen Hand: »Bleiben Sie dran, bitte!«

Tanja Itzengas Worten: »Hallo, Herr Eilsen, es ist gerade ungünstig, ich muss …«, hatte der Präsident schon nicht mehr gehört. Er sprach auf der anderen Leitung.

Also blieb sie dran, wie gewünscht.

Sie zuckte zusammen, als sie Eilsen plötzlich schreien hörte: »Es gibt einen Höllenärger! Wir müssen baldigst Fahndungserfolge vorweisen!« Seinem Gesprächspartner mussten die Ohren wehtun.

Nach kurzer Zeit meldete sich Eilsen wieder am Handy: »Frau Itzenga?«

»Ist etwas passiert?«, erkundigte sich die Hauptkommissarin vorsichtig und mit ruhiger Stimme.

»Ach …«, zögerte Eilsen zunächst und fuhr fort: »Es ist nicht zu glauben!«

»Darf ich fragen …?«, sie kam nicht weiter.

»Deshalb habe ich Sie ja angerufen. Ein Anruf von einem Hauptwachtmeister Ahrends. In Emden hat es Schüsse auf ein Einfamilienhaus gegeben.«

»Ein Einfamilienhaus?«

»Im Stadtteil Constantia!«

»Constantia …«

»Nach Westen raus, Richtung Larrelt …«

»Ich weiß, da ist die Fachhochschule, in der wir mal einen Vortrag über kriminalistische Ermittlungstätigkeit gehalten haben.«

»Exakt. Linker Hand ist Gewerbegebiet, rechter Hand viele nette, kleine Straßen mit Einzelhausbebauung.«

»Das ist aber gar nicht …«, Tanja Itzenga wurde barsch vom Polizeipräsidenten unterbrochen.

»… unser Revier, ich weiß, Frau Itzenga, ganz recht. Aber nun kommt es: Das Haus, auf das geschossen wurde, gehört Harm Wientjes!«

»Wientjes!«, Itzenga starrte in die leere Teetasse, die vor ihr stand.

»Jawohl«, betonte Eilsen, dem der Ärger über diese Nachricht immer noch anzuhören war. »Das Ganze hat gestern am späten Abend stattgefunden. Die Möglichkeit, dass es eine Verbindung zu den Geschehnissen am Großen Meer geben könnte, ist den werten Kollegen erst heute Morgen eingefallen. Der Schuss ging direkt durch das Glas einer Terrassentür, die zum Garten hinausgeht. Der Täter hat aus dem hinteren Teil des Gartens geschossen und ist verschwunden.«

»Gibt es Verletzte?«

»Nein, Gott sei Dank! Diesmal war es nur ein Schuss. Der Schütze hat eine Schüssel mit Spirelli getroffen. Die Kugel flog weiter in den Wohnzimmerschrank. Immerhin, die haben wir. Am Tisch saßen drei Personen.«

»Drei Personen …«, sinnierte Itzenga, ohne zu wissen, dass Eilsen eine weitere Überraschung bereithielt.

»So ist es. Wientjes und seine Freundin. Und die

hatten einen Gast zum Late-Night-Dinner: Dietmar Stöwers!«

»Auch ein Ruderer!«, so erstaunt schien Itzenga nicht, sie war bereits einen Schritt weiter. »Das Projektil ist sicher schon in der Kriminaltechnik. Also haben wir Hinweise auf die Tatwaffe. Wir können den Suchraum einschränken: Die beiden saßen im Boot, alle anderen können wir mit großer Wahrscheinlichkeit ausschließen.«

»Es sei denn, der Täter will bluffen. Falsche Fährten auslegen … aber ich bin Ihrer Meinung, Frau Itzenga, das wäre erst der zweite einzuschlagende Pfad. Wie wollen Sie weiter vorgehen?«

Tanja Itzenga ging alles Mögliche durch den Kopf: Von wegen Jäger, der auf verhasste Wassersportler zielt, oder uralte Geldgeschichten zwischen Männern, die sich uneins waren, um welchen Betrag es damals ging. Kremers und de Vries schienen tatsächlich nichts mit der Geschichte zu tun zu haben – wenn nicht das zutraf, was Eilsen gerade angemerkt hatte. Unmöglich war das nicht, es wäre nicht das erste Mal, dass Täter die Polizei gezielt auf eine falsche Spur lenkten, um sich einen Zeitvorsprung zu verschaffen.

»Wientjes und Stöwers!«, sinnierte Itzenga. »Die beiden müssen sofort vernommen werden! Da muss etwas dahinterstecken!«

»Sie werden angehört – aber Sie sollten sehen, dass Sie sich auf dem schnellsten Wege nach Emden begeben. Die Kollegen dort wissen deutlich weniger als Sie, und nehmen Sie Ulferts mit. Aber bedenken Sie, das sind die Opfer, nicht die Täter!«

»Ja, natürlich. Aber sie müssen doch irgendetwas wissen, was jemanden veranlasst, offenbar ganz gezielt auf sie zu schießen, oder? Gibt es Hinweise auf den oder die Täter?«

»Das ist ja die Katastrophe«, räusperte sich Eilsen, »nichts Konkretes. Der Schütze muss aus einer Hecke heraus geschossen haben, die Wientjes' Grundstück nach hinten abgrenzt. Dahinter ist ein kleiner Pad, da gibt es mehrere Möglichkeiten, sich auf schnellstem Wege zu verp… – entschuldigen Sie! Ich könnte platzen. So hat es Ahrends jedenfalls geschildert. Was das wieder für eine Presse gibt!«

»Nachbargrundstück, Herr Eilsen! Haben die Nachbarn etwas bemerkt?«

»Fahren Sie bitte dorthin und finden es heraus. Ich habe nur die wenigen telefonischen Hinweise, Frau Itzenga. Der Hauptwachtmeister hat den Tathergang geschildert, viel mehr weiß ich im Moment nicht. Ich will Fakten und erfolgreiche Ermittlungen, so schnell wie möglich. Dieser Ahrends ist ein netter Mensch, aber allzu sehr Polizist, möchte ich fast sagen. Wir brauchen jetzt Leute dort, die querdenken können. Bitte, setzen Sie sich mit den Kollegen von der Kripo in Emden in Verbindung und sagen Sie Ulferts, er möge die Landwirte am Großen Meer in Ruhe lassen und sich mit Ihnen um die größeren Fische kümmern. Die müssen wir allerdings erst noch ins Netz bekommen, was wohl nur über detaillierte Informationen von Wientjes und Stöwers geht. Finden Sie es heraus, Frau Itzenga!« Und das möglichst schnell!, ging es dem Polizeipräsidenten durch den Kopf, aber er wollte den Druck auf die Hauptkommissarin nicht noch erhöhen. Sie würde auch so einschätzen können, wie dringlich es war, endlich Licht in die Sache zu bekommen.

»Ich melde mich, Herr Eilsen, sobald ich Neuigkeiten habe!«

»Das wäre nett, Frau Itzenga, das wäre in der Tat nett. Danke, und viel Glück!« Der Polizeipräsident beendete das Gespräch.

Er war mit den Gedanken bei den Schüssen in einem friedlichen Wohngebiet der Stadt am Dollart. Ebenso friedlich wie das Erholungs- und Feriengebiet Großes Meer. Und das genau war die große Bredouille: Man würde der Polizei die Bude einrennen. Er würde am nächsten Tag eine Pressekonferenz abhalten müssen, bei der er kaum etwas vorzuweisen haben würde – wenn es bis dahin nichts Neues gab. Das und die Tatsache, dass die Schüsse auf das Haus von Harm Wientjes abgegeben worden waren, würde er sehr geschickt in Worte fassen müssen. Vor allem aber die Ermittlungserfolge der Polizei. Immerhin konnte er Entwarnung dahin gehend abgeben, dass offenbar zwei Personen im Zentrum des Geschehens standen und nicht irgendein verrückter Sniper durch

Ostfriesland irrte. Das war etwas, aber Tatverdächtige konnte man nicht präsentieren. Wie stellte man also ›kaum etwas‹ positiv dar? Politiker müsste man sein, dachte Eilsen. Dann fiel ihm ein, dass er überhaupt nicht daran gedacht hatte, dass Tanja Itzenga ja gerade erst aus der Kur zurück war. Aber darauf konnte er in dieser Situation wohl kaum Rücksicht nehmen. Er leerte seine Tasse, in der sich schwarzer Kaffee befand, der über die Telefonate kalt geworden war, und schüttelte sich.

22

»Stöwers, Wientjes … Warum weiß der Täter so gut Bescheid?«

»Hier plant einer minutiös, und hat dabei auch noch das berühmte Quäntchen Glück. Übrigens hat die Spusi etwas in der Hecke an Wientjes' Grundstück gefunden. Ein Haar in den Blättern der Hecke. Ergebnisse liegen jedoch noch nicht vor. Es wäre immerhin etwas, zu wissen, ob es ein Menschenhaar ist, und dann, im zweiten Schritt, ob von einer Frau oder eines Mannes. Außerdem haben wir den Teil eines Schuhabdrucks. Das war's dann auch. Abgeknickte Schilfhalme und Zweige in Lebensbaumhecken, aber nicht mal ein kleiner Fetzen Stoff, ein ordentliches Sohlenprofil. Auf der anderen Seite haben wir im Moment ja nicht einmal etwas, womit wir das abgleichen könnten.« Ulferts hatte wieder diesen leicht verzweifelten Gesichtsausdruck, während Tanja Itzenga nachdachte.

»Wir haben mehr als noch gestern Morgen! Wie kann einer den Zeitpunkt wissen, wann da mal ein Ruderboot vorbeikommt? Die haben doch keinen Fahrplan. Ein, zwei Bierchen mehr in irgendeiner Kneipe und die Weiterfahrt verzögert sich um ein, zwei Stunden. Keiner sitzt so lange irgendwo im Schilf herum ... Und woher weiß er, wo Wientjes wohnt? Und dass Stöwers zum Essen eingeladen war?«

»Frag mich nicht. Aber ein Jäger wartet auch stundenlang auf seine Beute.«

»Beute, wie das klingt ... Bist du immer noch bei Kremers als Schütze? Vergiss es! Der Täter muss gewusst haben, dass die Ruderer irgendwann dort vorbeikommen! Auf gut Glück wartet niemand im Schilf, um nach vielen Stunden wieder von dannen zu ziehen. Und er muss seine Waffe dabeigehabt haben. Das muss geplant gewesen sein!«

»Gehen wir noch einmal alle durch, die wir mittlerweile befragt haben. Wenn wir Kremers ausschließen, bleibt de Vries. Der hat Ärger mit Jande, aber Stöwers und Wientjes dürften ihm egal sein, er kennt sie nicht einmal! Ablenkungsmanöver? Glaub' ich nicht. Es geht bei denen nicht um Millionen, sondern letztendlich noch um eine überschaubare Summe!«

»Also für mich wäre das auch viel Schotter! Der de Vries, der poltert zwar los, ohne vorher Informationen einzuholen, aber sitzt der stundenlang im Schilf oder in einer Lebensbaumhecke? Das Ganze dann nur, um abzulenken? Und überhaupt – man verklagt einen vielleicht, der seine Schulden nicht begleicht. Aber man schießt nicht auf ihn.«

»Für eine Handvoll Dollar ist schon oft gemordet worden. Er macht allerdings nicht den Eindruck eines ausgebufften Mafiosi …«, Ulferts musste der Hauptkommissarin recht geben.

»Solange der Täter nicht gefasst wurde, kann er neues Unheil anrichten«, stellte Tanja Itzenga fest. »Aber eines geht mir ständig durch den Kopf: Er kann offensichtlich mit einer Waffe umgehen. Warum hat er dann nicht getroffen? Absicht?«

»Wientjes und Stöwers, vielleicht gibt es eine Verbindung zu de Vries, die wir noch nicht gefunden haben? Vielleicht hat er ihnen auch Geld geliehen und es gibt deshalb Probleme? Die sichergestellten Spuren sollten wir ja auf jeden Fall mit seinen Schuhen und das Haar im besten Fall mit seiner DNA abgleichen.«

»Kann man machen …«, Tanja Itzenga spürte, dass sie nach wie vor auf dem Holzweg waren. Der zündende Gedanke, der grundlegende Hinweis wollte einfach nicht auftauchen. Es fehlten die entscheidenden Puzzlestücke, Konkretes, Fassbares. Und die logische Erklärung, die darauf aufbaute.

»Wir müssen die Anlieger befragen, Wientjes' Nachbarn, linke Seite, rechte Seite, hinten, gegenüber, alle. Irgendjemand muss etwas bemerkt haben, etwas gesehen. Der Schütze kann sich nicht in Luft aufgelöst haben.«

»Mach' du das mit de Vries, ich veranlasse den Rest«, meinte die Hauptkommissarin. Sie trat an ihren resigniert wirkenden Kollegen heran, legte ihre Hand auf seine Schulter: »Kopf hoch, Ulfert, den Typen schnappen wir uns ganz bestimmt!«

Ulferts huschte ein Lächeln über das Gesicht. Das tat gut.

23

Wie konnten Lebensplan und Realität derart weit auseinanderscheren? In den Jahren nach dem tiefen Einschnitt in seinem Leben hatte er sich gewandelt. Von einem, der mit Verve seinem Beruf nachging, der beabsichtigte, etwas zu schaffen und, wenn nötig, zu verändern. Er war keiner gewesen, der alles schluckte und nur mit den Schultern zuckte. ›Nützt ja nix‹ gab es bei ihm nicht. Missstände musste man aufdecken und laut sagen, was schiefging. Seine Frau hatte ihn unterstützt, jahrelang. Doch dann folgten wenige Jahre, in denen sich alles veränderte. Der Ärger mit der Betriebsleitung war der Anfang. Der Werkleiter zitierte ihn zu sich, damals. Ihm war klar, dass er einen verdienten und fleißigen Mitarbeiter würde rügen müssen. Zwar stand er durchaus hinter der Meinung, dass die Weiterentwicklung des Sozialismus einen stringenten Umgang mit dessen Kritikern erforderte, gute Mitarbeiter waren ihm aber mindestens genauso wichtig und insgeheim hatte er sich manches Mal gefragt, warum immer ausschließlich die Partei recht haben sollte, ein Gedanke, den er immer von Neuem einfach abschüttelte. Er war Werkleiter und er musste dafür sorgen, dass im Betrieb ordentlich gearbeitet, das Planziel erreicht wurde. Das zählte.

Im Hintergrund aber waren Leute tätig, die gar nicht

wollten, dass sie erkannt wurden. Die das Rampenlicht scheuten, lieber inkognito agierten. Mit *dem* Werktätigen möge man einmal ein ernstes Wort reden. Diese Leute hatten den Werkleiter animiert, sich *ihn* einmal vorzuknöpfen und nun war dem Chef klar, dass sein Mitarbeiter schon seit Längerem unter Beobachtung stand. Diesem Mitarbeiter, so war der Werkleiter aufgeklärt worden, waren bereits Wochen vorher zwei Männer mit unfreundlichen Gesichtern in die Wohnung geschickt worden, um Fragen zu stellen. Fragen, die schnell erkennen ließen, worum es ging. Obwohl sich ihre Mienen noch zu verfinstern schienen, hatten die Männer ihn zunächst gelobt, er sei ein fleißiger Mann, der den sozialistischen Produktionsprozess durchaus vorantrieb. Aber gleichzeitig rieten sie ihm, die Umwelt- und Friedensaktivisten in Zukunft nicht mehr aufzusuchen. Ein Verbot dieser organisierten Kreise stünde bevor, woraufhin seine Teilnahme und Unterstützung als kriminell angesehen werden müssten, falls, was sie ihm dringend nahelegten, er sich nicht von ihnen abwendete.

Im Betrieb hatte der auf diese Weise zunächst nur kritisierte Werktätige ähnliche Dinge zu hören bekommen. Woher der Chef von der Flugblattaktion wusste, war ihm damals unklar – heute jedoch nicht mehr. Es endete jedenfalls mit einer offenen Drohung, die der in Berlin aufgewachsene Werkleiter vergleichsweise kollegial aussprach: ›Du machst jute Arbeed, ick will dir doch jar nich valiern. Aba so wat jeht eben nich. Mann,

Umwelt- und Friedensgruppe! Wir sind hia sowieso alle für'n Frieden und für de Umwelt, von staatswejen. Lass det lieba sein. Det nich alles supa is, wissen wer ooch. Aba det wird schon. Alles zu seener Zeit, weeste? Aba jejen de Politik und unsre Führung stänkern, dat jeht eben nich. Mann, wir bauen hier wat auf, aus'm nix, war doch allet kaputt hier. Und dann noch de Reparationen an de soffjetische Brüda und Schwestan! Da kann nich imma allet jleich rund loofen. Ick sach dir: Wenn du dat weitermachst, zusammen mit diese … diese, ach, du weest schon, dann bisste nich mehr lange bei uns!‹ Er sah hoch und nickte dabei, was so viel heißen sollte wie ›die da oben, die haben ein Auge auf dich!‹ An den da oben glaubten hier eh nur wenige.

Er war kein Konterrevolutionär. Aber Missstände mussten angesprochen werden. Bessere Arbeitsabläufe, mehr Mitbestimmung, mehr Offenheit … Und wenn die Fische kieloben auf den Flüssen trieben, musste man sagen, dass man giftige Industrieabwässer nicht einfach in die Natur kippen durfte. Das Land sollte Zukunft haben, jawohl! Das waren positive Ziele!

Er sollte lernen, dass er irrte.

Die Zeit für seine Familie war knapper geworden. Mehr und mehr hatte seine Frau die Aktivitäten kritisch gesehen, obwohl sie zunächst selbst mitgemacht hatte. Dann kamen Anmerkungen, im Konsum, woanders … Es schien, als brächten ihm mehr kritische Fragen vom Werkleiter gleichzeitig ebensolche seiner Frau ein. Schließlich hatten sie ein Kind, man musste aufpassen, die da oben waren in der Lage, das einzubeziehen. Das hörte man, das war Methode, wenn es galt, den Druck auf Querköpfe zu erhöhen. Es hatte Streit darüber gegeben. Unsicherheit und Unzufriedenheit breiteten sich aus wie dunkle Wolken am Horizont, die Unheil ankündigten. Abends zog er den Vorhang vor dem Fenster etwas auf, wenn er loswollte, zum Treffen. Ganz langsam, vorsichtig, nur einen Spalt breit. ›Da steht wieder der Wagen! Ein Wartburg. Die beobachten uns!‹

›Du siehst Gespenster. Und wenn es so ist: Lass es sein, denk an unser Kind!‹ Mehr sagte sie nicht, hatte sich im Bett umgedreht. Geschlafen hatte sie nicht.

Es ging nicht mehr geradeaus. Bei der Arbeit wuchs die Lustlosigkeit, er zweifelte plötzlich an seinem Protest, seiner Kritik. Hatte sein Engagement nicht zur miesen Stimmung in seiner Familie beigetragen? Wurde er im Betrieb nicht immer mehr gemieden?

Er wurde unsicher und dachte ernsthaft darüber nach, alles hinzuwerfen, den kritischen Gruppen den Rücken zu kehren, offiziell zu sagen: ›Ich bin nicht mehr dabei.‹

Das Klingeln an der Haustür, sonntags, in aller Frühe, veränderte alles. Langsam war seine Frau zur Tür gegangen. Drei Männer standen dort, erneut solche mit sehr unfreundlichen Mienen. Der eine sagte, nach gleichgültig klingender Begrüßung: ›Ihr Mann soll ein paar Dinge einpacken, er muss mitkommen!‹

Sie konnte nichts erwidern.

Leise fragte er: ›Warum?‹, als er hinter seiner Frau im kleinen Flur der Wohnung aufgetaucht war.

»Zur Klärung eines Sachverhalts«, war die erschöpfende Antwort.

Sie drehte sich zu ihm, hatte Tränen in den Augen, die sagten: ›Siehst du? Jetzt ist es so weit! Scheiße!‹

Die Männer sahen ihn mit ausdruckslosen Augen an.

›Aber, damit das klar ist: Die Fragen stellen wir. Also, los, kommen Sie!‹

Es folgten Verhöre. Sie wollten ihm nicht glauben. Sie statuierten ein Exempel. So ergeht es feindlich gesinnten, negativen Elementen.

Es wurden Jahre. Lange Jahre in der Untersuchungshaftanstalt am Demmlerplatz in Schwerin.

24

»Man versteht sich nicht mit jedem gleich gut. Das geht letztendlich allen so, oder?« Harm Wientjes war müde. Er war geschockt über den Schuss, der das nette Beisammensein mit seiner Freundin und Dietmar Stöwers so abrupt beendet hatte.

»Die Schüsse am Großen Meer und der in ihr Wohnzimmer zeigen auf jeden Fall, dass sie in großer Gefahr schweben.« Tanja Itzenga legte Dramatik in ihre Worte.

Wientjes betrachtete eine Ecke seiner Küche, die er offenbar gemütlich und ansprechend fand. Wientjes' Freundin hatte Tee zubereitet, den Itzenga und Ulferts genossen, während Wientjes verunsichert schien, sich nicht auf seinem Platz halten konnte, unentwegt aufstand, um sich gleich darauf wieder zu setzen, und dabei offensichtlich nur schwer den Worten der Polizistin folgen konnte.

»Wer macht denn so etwas?«, bemerkte er abwesend.

»Wenn wir das wüssten, würden wir Ihnen keine Fragen stellen.«

»Meine Güte«, rief Wientjes, »ich gehe meiner Arbeit nach – da läuft alles ganz wunderbar! Ich wohne hier in meinem Haus und tue niemandem …«, er verharrte kurz, setzte dann fort, »etwas. Ich rudere regelmäßig, soweit es Wind und Wetter oder Eisgang im Winter zulassen. Wieso sollte jemand auf mich schießen, Himmelherrgott?«

»Kennen sie einen Siebold de Vries?« Ulferts stellte diese Frage völlig unvermittelt.

Wientjes sah verständnislos in die Leere.

»Wer soll das sein?«

»Kennen Sie eine Person mit diesem Namen, oder nicht?«

»De Vries? Nein. Oder, halt …« Wientjes grübelte.

»Nun?«

»Ich meine, den Namen schon mal gehört zu haben … De Vries ist hier nicht selten, aber Siebold de Vries …«, Wientjes überlegte.

»Wann? Wo haben Sie den Namen gehört?«

»Wird mir noch einfallen.«

»Bitte, überlegen Sie! Können Sie sich denn gar keinen Reim auf all das machen?«

»Nein, und … nein, ich glaube nicht, dass mir der Name vorher begegnet ist.«

»Keine Idee, wer Ihnen vielleicht mal so richtig eins auswischen will?« Ulferts fragte direkt und mit Nachdruck.

»Auswischen?« Wientjes sah auf und erst Tanja Itzenga, dann Ulferts in die Augen. Schließlich senkte er den Blick, sagte aber nichts.

»Herr Wientjes?«

»Nichts … Ein spontaner Einfall. Hat aber keine Bedeutung.«

»Alles könnte von Bedeutung sein!«

»Weil Sie gerade auswischen sagten, es gibt da ... aber, nein, wirklich nichts. So weit will ich nicht gehen.« Wientjes war sehr verunsichert. Ein schier unglaublicher Gedanke war ihm durch den Kopf gegangen.

»Bitte, Herr Wientjes, wenn es irgendwie zur Aufklärung beitragen kann, wie gesagt, wir sehen Sie in einer akuten Gefährdungslage! Außerdem haben wir Schweigepflicht, solange es nicht gerichtsrelevant wird. Was ist denn nun?«

»Es gibt da Spannungen ...«

»Spannungen? Was heißt Spannungen? Mit wem?«

»Es kann nichts damit zu tun haben. Ich habe seit Längerem Streit mit meinem Nachbarn.« Wientjes wand sich.

»Streit? Weswegen?«, fragte Tanja Itzenga sanft.

»Eine lange Geschichte. Währt bereits seit Generationen.« Wientjes setzte sich. Er nahm die Tasse Tee in die rechte Hand und Tanja Itzenga sah, dass sie ein wenig zitterte. Wientjes' Erregung war nicht gespielt. Der Mann stand unter Strom, die Schüsse und die Worte ›Gefahr‹ und ›Gefährdungslage‹ hatten ihn sehr durcheinandergebracht.

»Seit Generationen?« Itzenga wollte mehr wissen.

Bevor der Mann die Geschichte des schlechten Nachbarschaftsverhältnisses zwischen den Familien Ahlert und Wientjes zu erzählen begann, sagte er: »Nichts für ungut, Frau Kommissarin, aber damit eines klar ist: Dass er deswegen auf mich schießt, nein, das kann ich letztendlich nicht glauben! Soweit würde er nicht gehen!«

»Es ist wichtig, dass wir alles wissen. Was hat es auf sich mit dem Nachbarschaftsstreit?«, ließ sich Itzenga nicht beirren.

Wieder schien sich Wientjes zu winden, dann begann er zögerlich, langsam flüssiger werdend einige der Geschehnisse zu erzählen, die sich in all den Jahren abgespielt hatten. Tanja Itzenga unterbrach ihn nicht, hörte aufmerksam zu, machte sich ab und an eine Notiz.

»Als ich eine Mauer an der Grundstücksgrenze gebaut habe, eskalierte das alles. Er meinte, die stünde auf seinem Grundstück. Und was macht der? Er hat eine Schießscheibe dort angebracht und ballert manchmal darauf. So ganz beieinander ist der wohl wirklich manchmal nicht!« Wientjes hielt inne, er hatte sich gehen lassen, was erzählte er den Polizisten denn da? Schließlich endete er mit der Bemerkung: »So war das und so ist das. Meinungsverschiedenheiten. Aber so etwas gibt es hunderttausend Mal in Deutschland. Nachbarschaftsstreits gibt es schließlich auf der ganzen Welt. Deswegen versucht doch keiner, den anderen umzubringen.«

»Ihr Nachbar schießt im Garten? Darf der das?«

»Wird wohl. Ich hab' mich bewusst nicht drum gekümmert, obwohl ich Lust hätte, ihn deswegen anzuzeigen. Aber er ist im Schützenverein, hat einen Waffenschein. Und im Garten schießt er nur mit einem Luftgewehr, soweit ich das beurteilen kann. Er wird wissen, was er tut.«

Erneut sahen sich Ulferts und Itzenga bedeutungsvoll an.

»Nachbarschaftsstreit gibt es sicher auf der ganzen Welt. Aber wenn eine Sache so tief geht – und das über Generationen hinweg …«, nahm Itzenga den Gesprächsfaden wieder auf.

»Man darf das nicht überinterpretieren!« Wientjes sah sie noch einmal direkt an. Sie hielt dem Blick stand, er wendete sich ab.

»Es sind oft solche Dinge. Im Innern schlummert etwas; vielleicht über einen längeren Zeitraum. Und plötzlich bricht es heraus.«

»Sind Sie Psychologin?«, fragte Wientjes, ein wenig Spott lag in seiner Stimme.

»Wir haben einschlägige Erfahrungen. Psychologie ist außerdem ein nützlicher Bestandteil unserer Arbeit. Und es sind schon Leute aus ganz anderen Gründen ermordet worden.«

»Ermordet – ich bitte Sie!« Wientjes' Augen verrieten, dass diese Äußerung ihn weiter verunsicherte.

»Die Schüsse, egal, ob im Schilf oder aus Ihrem Garten, haben Sie nur knapp verfehlt, Herr Wientjes, bedenken Sie das bitte!«, sagte Ulferts scharf. »Wir haben keinerlei Interesse, demnächst einen Toten vorzufinden. Also helfen Sie uns!«

»Ich habe alles erzählt. Und bitte, gehen Sie nun nicht zu Ahlert rüber und sagen: ›Der Wientjes hat uns erzählt, dass er Sie verdächtigt.‹«

»Ein klein wenig Fingerspitzengefühl dürfen Sie uns durchaus zutrauen«, erwiderte Itzenga, »aber dass wir Herrn Ahlert näher unter die Lupe nehmen müssen, werden Sie verstehen.«

Geschieht der miesen Socke ganz recht, schoss es Wientjes durch den Kopf, allerdings antwortete er: »Wie gesagt – das traue ihm nicht zu. Er wird mich nicht erschießen wegen eines versetzten Grenzsteines und anderer Kinkerlitzchen.«

»Wurde der Grenzstein denn versetzt?«

Wientjes reagierte wütend: »Was weiß denn ich? Die Geschichte stammt aus der Zeit von meinem Großvater, soweit ich weiß. Und mein Vater hat sie weiter gepflegt. Großvater konnte den Alten, mein Vater dessen Sohn nicht riechen.« Wientjes machte eine kurze Pause und setzte nach: »Und bei mir und Onno Ahlert geht es wohl genauso weiter ... Ich wäre ja nicht so, aber er ... Wissen Sie, der will einfach den Ärger! Aber was soll's. Mir ist wichtig, dass es heute einen amtlichen Katasterplan gibt, und der gilt.«

»Wie der Vater so der Sohn«, Tanja Itzenga sah ihr Gegenüber durchdringend an.

Wientjes machte eine abwehrende Handbewegung. »Ach, Blödsinn!« Demonstrativ sah er aus dem Fenster, das mühsam verklebt worden war. Ob für so einen Schaden die Glasversicherung aufkam?

»Wünschen Sie Polizeischutz, Herr Wientjes?« Wieder so eine unvermittelte Frage von Ulferts.

Wientjes sah ihn an, sichtlich verwirrt: »Bitte?«

»Sie scheinen hoch gefährdet – und wie eben erwähnt, wir wollen keinen Toten. Prävention nennt man das.«

»Und was heißt das?«

»Beamte, ein, zwei, vielleicht drei, rund um die Uhr, im Haus, ums Haus herum – bis der Täter gefasst ist.«

»Darüber redet das ganze Viertel in kürzester Zeit.«

»Wenn das Ihre größte Sorge ist!«

»Nein, nein«, beeilte sich Wientjes zu sagen, dann: »Ich weiß nicht!«

»Überlegen Sie, wir wären bereit, für Sie die Leute abzustellen. Und überlegen Sie nicht zu lange. Haben Sie irgendetwas vor in den nächsten Tagen?«

»Vorhaben?«, er begriff immer langsamer. Das Ganze war ein bisschen zu viel.

»Falls die Schüsse Ihnen galten, wird der Täter irgendwann wieder zuschlagen. Und er scheint sehr genau zu wissen, wo Sie sich aufhalten.«

Harm Wientjes wurde mulmig bei diesem Gedanken. Er konnte nicht antworten.

Deshalb ergriff Itzenga das Wort: »Wir werden ohnehin noch alles Mögliche aufzunehmen haben, im Haus, im Garten – es wird vorerst genug Polizei hier sein. Das Viertel redet wohl jetzt schon«, Itzenga machte ein bezeichnende Pause, »und der Täter wird sich hier zurückhalten – deshalb die Frage nach Ihren Plänen.«

»Nee, ich bleib zu Hause. Zum Rudern habe ich im Moment keine Lust mehr und bei der Arbeit habe ich um drei Tage Urlaub gebeten. Im Moment schwirrt mir der Kopf.«

»Kann ich verstehen. Wir tun unser Bestes.«

»Na, hoffentlich!«, sagte Wientjes. Die beiden Polizisten waren im Begriff zu gehen, als Wientjes sie plötzlich zurückhielt: »Eines noch!«

»Nun?« Tanja Itzenga drehte sich um.

»De Vries ... der Name. Gernot Jande hat ihn erwähnt. Die hatten Ärger, es ging um Geld, jetzt fällt es mir ein! Jande sprach darüber, irgendwann mal beim Bier. Siebold de Vries.«

»Wissen Sie mehr darüber?«

Wientjes sah sie unsicher an, er wollte endlich seine Ruhe: »Nein, mehr weiß ich nicht.«

»Falls Ihnen Weiteres zu de Vries einfällt, zu Ihrem Nachbarn, zu was auch immer, sagen Sie uns Bescheid!« Tanja Itzenga lächelte Wientjes aufmunternd zu. »Bis zum nächsten Mal!«

Das »Auf Wiedersehen!« von Harm Wientjes kam eher automatisch, mit seinen Gedanken war er bereits wieder ganz woanders.

25

Annegret Ahlert öffnete schnell, nachdem die Klingel der Haustür ertönt war. Sicher der Bofrost-Mann, dachte sie, aber vor der Tür standen zwei Personen.

»Moin, Frau Ahlert. Itzenga mein Name, und das hier ist mein Kollege Ulferts. Kriminalpolizei.«

»Moin«, erwiderte die Frau, der das Erstaunen anzusehen war. »Polizei?«

»Wir müssten Ihnen und Ihrem Mann einige Fragen stellen, wegen der Schüsse auf dem Nachbargrundstück. Ist Ihr Mann zu Hause?«

»Der hat damit nichts zu tun!«, Frau Ahlert folgte dem Instinkt, den Lebenspartner erst einmal zu verteidigen. Falls es einen solchen gab.

»Das hat ja niemand behauptet. Dennoch, es ist dringend.«

»Er kommt erst spät nach Hause.«

»Dann kommen wir morgen früh wieder.« Itzenga besann sich. »Wie spät kommt er denn?«

»Das kann ich gar nicht so genau sagen. Die Abende im Schützenverein enden immer unterschiedlich.«

»Er ist im Schützenverein?« Das hatte Wientjes bereits erwähnt, aber Itzenga tat unwissend.

»Manchmal denke ich, dass sein Vater ihn schon in der Wiege dorthin mitgenommen hat. Er ist dort sehr aktiv.«

»In welchem Verein ist er?«

»Bei der Schützengesellschaft Emden-Constantia.«

»Er ist also oft dort?«

»Das kann man wohl sagen! Es hängt natürlich davon ab, was anliegt. Manchmal ist das etwas ... ärgerlich, aber was soll man machen. Der Verein ist sein Ein und Alles.«

»Frau Ahlert, bei einigen unserer Fragen können Sie uns sicherlich weiterhelfen.«

»Ich wüsste nicht wie!«

»Nun, die Schüsse bei Ihrem Nachbarn, das ist aus unserer – und sicher auch aus Ihrer – Sicht sehr bedenklich.«

»Es ist schrecklich, man ist sich ja seines Lebens nicht mehr sicher. Da müssten Sie mal etwas tun, so geht es nun wirklich nicht!«

»Genau deshalb sind wir hier. Zum Beispiel, um zu erfahren, ob sie irgendetwas Verdächtiges bemerkt haben, etwas Ungewöhnliches, anders als sonst. Vielleicht eine unbekannte Person gesehen, in der Nähe, hinterm Haus ...«

»Ich habe nichts gesehen!«

»Und Ihr Mann?«

»Der hat nichts gesagt. Er war genauso erschrocken wie ich!«

»Geht aber einfach wieder in seinen Verein? Als wäre nichts gewesen?«

»Warum nicht? Was sollte er sonst tun?«

»Haben Sie keine Angst nach dem Vorfall?«

»Es ist ja nicht auf uns geschossen worden, sondern auf das Nachbarhaus.«

»Dennoch – hätten Sie Ihren Mann nicht gern erst einmal hier, so lange, bis der Fall aufgeklärt ist?«

»Halten Sie mich für so ängstlich? Eine Frau ist nur stark mit ihrem Mann an der Seite? Nee, das habe ich mir schon lange abgeschminkt.«

Tanja Itzenga ärgerte sich über ihre Frage.

»Das wollte ich damit nicht sagen, aber wenn so etwas passiert, ist man nicht gern allein, oder?«

»Ich bin sehr viel allein, hier im Haus. Habe aber auch meine Verpflichtungen, so ist das nun nicht. Er ist eben immer im Verein, das ist manchmal ärgerlich, aber es nützt ja nix.«

»Warum ärgerlich?«

»Ach, in der Woche liegt immer so viel an – und die Wochenenden verbringt er mitunter auch noch im Verein. Manchmal den ganzen Samstagnachmittag und Sonntagmorgen gleich wieder. Uns bleibt da nicht viel Zeit, dabei …«, Frau Ahlert machte eine Pause.

»Dabei …?«, wollte Itzenga wissen.

»Dabei haben wir genug im Haus und im Garten zu tun. Und wir haben eine so schöne Meerbude. Da wäre ich gern öfter am Wochenende, aber allein …«

»Meerbude?« Itzenga horchte auf.

»Ein Wochenendhaus in der Nähe des Großen Meeres, ganz klein, aber schnuckelig. Ich bin da so gern. Manchmal klappt's ja – aber ich könnte jedes

Wochenende da verbringen, egal, ob Sommer oder Winter.«

»Das glaube ich«, sagte Itzenga, »wann waren Sie das letzte Mal dort?«

»Da muss ich überlegen …«

Doch Ulferts kam ihr zuvor: »Sind Sie immer zusammen dort? Oder fahren Sie auch mal ohne Ihren Mann dorthin?«

»Allein bin ich dort nicht so gern. An der Stelle muss ich das mal so sagen: Hier macht mir das nichts, aber dort, wenn in den Nachbarbuden niemand ist … Und da sind nun auch noch Schüsse gefallen«, Annegret Ahlert machte eine Pause. »Glauben Sie, das hat was mit dem Wientjes von nebenan zu tun? Ich meine, gibt's da vielleicht eine Verbindung?«

»Wie meinen Sie das?«

»Da wird auf das Boot geschossen, in dem Wientjes sitzt, kurze Zeit später auf sein Haus … Onno sagte gestern …«

»Was sagte er?«

»Na ja, dass …, ich meine, dass das eventuell miteinander zu tun haben könnte.«

»Wer weiß? Ist Ihr Mann oft am Großen Meer?«

»Mein Mann fährt öfter mal hin, das kommt noch dazu, zu seinen Vereinsaktivitäten. De is immer up Tour«, sagte die Frau und versuchte ein Lächeln. Sie schien Vertrauen zu der Hauptkommissarin zu fassen.

»Wann denn das letzte Mal?«, bohrte Itzenga.

»Das war … Wieso wollen Sie das denn wissen?« Annegret Ahlerts Gesichtsausdruck wurde plötzlich wieder misstrauisch.

»Wie ich schon sagte, reine Routinefragen.«

»Also«, sie zögerte, »Vorletztes Wochenende war er da, von Freitag bis Sonntag. Ich bin allerdings an dem Samstagnachmittag gefahren – ich musste eher wieder nach Emden, eine Cousine hatte Geburtstag, da bin ich zur Feier am Abend gegangen.«

»Ihr Mann ist geblieben? Nicht mit zum Geburtstag?«

»Er sagte, es ginge ihm nicht ganz so gut. In Wirklichkeit mag er meine Cousine nicht.«

»Bis wann war er dort?«

»Bis Sonntagabend.«

»Wann kam er nach Hause?«

»Ich komme mir langsam vor wie bei einem Verhör! Was wollen Sie denn nun genau von uns?«

»Wir müssen diese Fragen stellen. Sie sind die direkten Nachbarn des Hauses, auf das geschossen wurde.«

»Das ist aber auch furchtbar! Sie dürfen sich nicht wundern, wenn unsereins der Polizei nicht mehr traut – wenn überall einfach drauflos geballert wird! Das sagte Onno gestern genauso, und der muss es schließlich wissen. Der geht verantwortungsvoll mit Waffen um und ist immer schrecklich sauer, wenn irgendwo geschossen wird, wo es nicht rechtens ist! Am meisten regt er sich auf, wenn dann gleich wieder auf den Schützenvereinen herumgehackt wird. Dabei lernt man dort genau das: den verantwortungsvollen Umgang mit Waffen …«

Itzenga warf Ulferts einen Blick zu, stoppte alsdann den Redefluss Annegret Ahlerts. »Genau deswegen klopfen wir alles und jeden ab, damit wir schnell denjenigen fassen, der geschossen hat, Frau Ahlert. Sie sehen also: Die Polizei tut alles, um die öffentliche Sicherheit zu gewährleisten.«

»Das ist das Mindeste. Sie leben immerhin von unseren Steuergeldern!« Annegret Ahlert wirkte nicht sehr überzeugt.

»Selbstverständlich. Aber nun zurück zu Ihrem Mann. Er wollte also nicht mit zu Ihrer Cousine?«

»Wissen Sie, was er über sie sagt? ›De sabbelt tovööl.‹ Ich mag sie, immerhin ist sie lustig. Nein, er meinte, er müsse noch etwas reparieren.«

»Es gibt sicher viel zu tun an so einer Meerbude?«

»Eigentlich ständig. Das Häuschen ist überwiegend aus Holz – es muss unbedingt neu getüncht werden! Onno will da seit Wochen drangehen, aber, wie gesagt, sein Verein … Es sind immer irgendwelche Kleinigkeiten zu tun. Rasen mähen, Ufer sichern, weil die Wasserratten ständig wühlen, pflanzen, was weiß ich. Das kostet eine Menge Zeit.«

»Sie haben sicher viele Bekannte dort, wenn die Meerbude schon länger in Ihrem Besitz ist?«

»Viele nicht, aber man kennt die Nachbarn. Onno vor allem, ich bin gar nicht immer so darauf aus. Ich kann hier viel erzählen, mit den Nachbarn. Selbst mit Wientjes' Freundin, Frau Rabenstein …«

»Wieso sagen Sie das so, ›selbst mit Frau Rabenstein‹?«

»Ach, Onno und Harm Wientjes – die hacken immer nur aufeinander rum. Mit Sonja Rabenstein versteh ich mich. Das ist ja seine Freundin, also von Harm. Verheiratet sind die nicht. Die will von den ewigen Nickeligkeiten gar nix von wissen. Die sagt immer: ›Lass die Streithähne machen, wir Frauen haben das nicht nötig, sind eh schlauer.‹« Annegret Ahlert lachte verschmitzt: »Da können Sie sicher zustimmen, Frau Kommissarin, was?«

»Na klar«, ging Tanja Itzenga auf ihr Gegenüber ein, wohlwissend, dass Frauen andere Mittel als den offenen Streit kannten, um Fehden auszufechten.

»Und Ihr Mann, der bastelt von früh bis spät an der Meerbude herum?«

»Och, das könnte er sicher. Aber Onno ist in vielerlei Hinsicht aktiv, der baut um, repariert, geht gerne mal auf die Jagd, wenn keine Schonzeit ist. Jetzt geht das bald wieder los, die Entenjagd.«

»Er hat einen Jagdschein?«

»Den hat er schon als junger Mann gemacht. Aber ein eigenes Jagdgebiet hat er natürlich nicht. Er kennt am Großen Meer einige Landwirte und kann dann die ein oder andere Jagd mitmachen.«

»Landwirte? Kennt er zufällig einen Eibe Kremers?«

Annegret Ahlert sah plötzlich sehr verunsichert aus.

Wieso kannten sie Eibe Kremers? Was ging das denn die Polizei an? Hatte Onno vielleicht irgendetwas verbrochen? Und weshalb fragten sie danach? Vielleicht musste sie vorsichtiger sein. Sie beschloss, alles Weitere ihrem Mann Onno zu überlassen.

»Eibe kennen wir seit vielen Jahren …«, sagte sie zögerlich.

»Hat Ihr Mann Waffen? Ich meine, so als Schütze und Jäger?«, fragte Ulferts.

»Natürlich! Aber, bitte, fragen sie wegen der Waffen meinen Mann. Ich halte mich da raus, ich habe keine Ahnung von alldem. Interessiert mich nicht die Bohne! Von der Jagd und von seinem Verein will ich gar nichts wissen, da liegt immer so viel an.«

»Was liegt denn so an?«, übernahm Ulferts ihre Worte.

»Im Verein ist immer was los. Die aktiven Vereinsmitglieder helfen natürlich freiwillig, wo sie können. Aufräumen, renovieren, Feste und Gesellschaftsabende vorbereiten. Allein das alljährliche Schützenfest frisst viel seiner Zeit.«

»Selbstverständlich«, bemerkte Tanja Itzenga, »und wenn Sie sagen ›aktiv‹ gehe ich davon aus, dass er aktiv schießt?«

»Sonst könnte er auch im Golf- oder Fußballclub sein … oder rudern gehen, wie Sonjas Freund.« Frau Ahlert wirkte in diesem Augenblick wohl eher unfreiwillig so, als wolle sie sich ein bisschen über die Polizisten lustig machen.

»Da haben Sie recht. Schießt er gut?«

»Ich kann das eigentlich nicht beurteilen, aber ich denke, dass er ziemlich gut ist. Ich schieße nicht und halte mich aus alldem raus. Andererseits kommt er meistens gut gelaunt nach Hause, wenn er dort war. Das kommt letztlich auch mir zugute«, sie zeigte ein kurzes Lächeln, in dem man einen Hauch von Bitterkeit vermuten konnte.

»Er wird doch mal was erzählen? So von den Abenden, vom Schießtraining …«

»Sicher, aber das ist meistens schnell abgehandelt. Wie gesagt, ich kenne ihn nicht anders und irgendwann ist das kein Thema mehr.«

»Es gibt doch Preisschießen – und überhaupt, jährlich gibt es einen Schützenkönig!«

Annegret Ahlert sah Kommissar Ulferts ungläubig an. Sie drehte sich um, entschied, dass die Polizei ohnehin um Einlass bitten würde und sicher die Berechtigung dazu hatte, und sagte deshalb: »Kommen Sie mal mit!« Es gibt nichts zu verbergen!, dachte sie noch.

Die Polizisten folgten der Frau, die wenige Schritte den Flur entlangging und die Tür zu einem Zimmer auf der rechten Seite öffnete. Tanja Itzenga und Ulfert Ulferts sahen in einen kleinen Raum, in dem jede Ecke ausgenutzt wurde. Hier befanden sich Regale, die mit Bildern von Waffen und Schützen in Uniform, Pokalen, Zinnbechern und -tellern vollgestellt waren.

»Alles beim Schießen gewonnen«, merkte Ulferts an, ohne eine Reaktion zu erwarten.

»So ist es«, bestätigte Frau Ahlert lapidar.

»Er scheint ganz erfolgreich zu sein«, sagte Tanja Itzenga und versuchte, einen anerkennenden Ton zu treffen.

»Ja, das ist er wohl«, bemerkte Annegret Ahlert, doch man hörte heraus, dass sie durchaus die andere Seite all dieser Preise sah, Training, Zeitaufwand, wenig zu Hause … Ulferts sah sich indessen die Regale an. Vor einem Stahlschrank blieb er stehen und sah Frau Ahlert vielsagend an.

»Sein Waffenschrank«, sagte sie.

»Wie viele Waffen hat er? Und welcher Art?«, fragte Ulferts.

»Um Gottes willen, davon habe ich überhaupt keine Ahnung«, wehrte Frau Ahlert ab. »Da fragen Sie ihn bitte selbst.«

»Immerhin scheint er die Waffen ordnungsgemäß weggeschlossen zu haben«, bemerkte Itzenga.

»Da ist er ganz penibel!«, pflichtete Annegret Ahlert bei. »Ganz nach Vorschrift, da brauchen Sie sich keine Sorgen zu machen!«

»Machen wir nicht, das sieht sehr ordentlich aus.«

Annegret Ahlert betrachtete die Polizistin kritisch von der Seite. Eben hatte sie sie richtig sympathisch gefunden. Jetzt wusste nicht, was sie von alldem zu halten hatte.

»Wann können wir Ihren Mann morgen antreffen?«

»Am besten nach der Arbeit, so gegen 16.30 Uhr.«

»Danke, Frau Ahlert. Wir kommen morgen um diese Zeit noch einmal vorbei. Bitte informieren Sie Ihren Mann.«

»Das werde ich tun«, bestätigte sie und sah dem Wagen, nachdem sie Itzenga und Ulferts zur Haustür geleitet hatte, hinterher. Ihr Mann und sie hatten damit gerechnet, dass früher oder später die Polizei auftauchen würde. Sie hätten durchaus etwas mitbekommen können von den Vorfällen bei den Nachbarn. Doch sie hatten nichts bemerkt. Sie selbst hatte bereits geschlafen. Wenn sie ihre Migräne bekam, nahm sie eine Tablette und legte sich ins Bett. Onno bestätigte frühmorgens, dass ihm nichts aufgefallen sei, obwohl er sich erst später hingelegt hatte … Aber war da nicht, als sie ihn darauf ansprach, ein kurzes Zögern gewesen? Wann, sagte er, war er schlafen gegangen? Musste er nicht den Schuss gehört haben? Diese Gedanken kamen ihr erst jetzt.

26

Dietmar Stöwers war missgelaunt. Schon über eine halbe Stunde saßen gleich drei Polizisten in seinem Wohnzimmer. Immerhin hatten sie gewartet, bis die ärztlich verordnete Ruhephase zur körperlich-seelischen Erholung verstrichen war, und hatten sich dann sogleich angekündigt, auch um einer möglicherweise zur Diskussion stehenden Verlängerung der Ruhephase zuvorzukommen. Hauptkommissarin Tanja Itzenga war in Zivil, trug eine Jeans und ihre braune Lederjacke. Ihre blonden Haare waren während der Kur länger geworden und fielen über die Schultern. Ihr Kollege Ulfert Ulferts saß behäbig auf dem Sofa, hatte sein schwarzes Sakko angelegt, dass vom Alter her zu der schwarzen Hose passte, die ein wenig verwaschen aussah und am unteren Ende ausfranste. Schweigsam daneben saß eine Frau, etwas jünger als Itzenga wohl, in Uniform die Staatsmacht verkörpernd. Stöwers vermutete, dass die drei Sterne, die ihre Schulterklappen zierten, auf eine Polizeiobermeisterin hinwiesen.

Itzenga und Ulferts hatten sich als Mitarbeiter der Kriminalpolizei Aurich vorgestellt; die zweite Frau war eine Mitarbeiterin der Emder Polizei. Man hatte sich auf Teamarbeit geeinigt. Zwar lag der Fall wegen des offensichtlichen Zusammenhangs mit den Geschehnissen am Großen Meer in der Verantwortung der Auricher Polizei, doch die Emder wollten sich die Sache keinesfalls vollständig aus den Händen nehmen lassen. Außerdem war der Sachverhalt im Moment völlig offen. Wer wusste schon, was als Nächstes geschehen würde? Da konnte und sollte man sich gegenseitig helfen.

»Sie sind 1990 nach Ostfriesland gekommen?«, fragte Ulferts.

»Nein, nein. Nach der Wende war ich zunächst an verschiedenen Orten, habe aber schließlich in Emden eine Stelle gefunden und bin hier hängen geblieben.« Stöwers war nicht begeistert von der Situation.

»Als Lehrer konnten Sie nicht weiterarbeiten?«

»Meine Güte, diese ganzen ollen Kamellen! Wozu müssen wir das so viele Jahre später wieder ausbuddeln? Was versprechen Sie sich davon?«

»Nun mal immer mit der Ruhe, Herr Stöwers«, mischte sich Itzenga ein, »wir müssen uns ein Bild verschaffen – immerhin gehören Sie neben Herrn Wientjes zu denjenigen, auf die es der Täter abgesehen haben könnte.«

»Weshalb? Bitte, sagen Sie es mir!« Stöwers schien überzeugt.

»Wir wissen nicht, wen der Schütze am Großen Meer treffen wollte. Es kamen fünf Ruderer infrage. Jetzt hat sich die Sachlage geändert. Eben deshalb benötigen wir von Ihnen alle Informationen, die im Entferntesten mit den Taten zusammenhängen könnten.«

»Warum sollte jemand auf Harm Wientjes oder mich schießen?«

»Das ist die 100-Euro-Frage«, meinte Ulferts angespannt. »Es muss irgendetwas geben – nur so aus Spaß an der Freud ballert niemand herum. Und ich muss Ihnen nicht erzählen, dass bei solchen Dingen der Hase oft wegen privater Angelegenheiten im Pfeffer sitzt.« Für einen Augenblick überlegte Ulferts, ob er den Spruch richtig angewendet hatte. Oder lag der Hase im Pfeffer? Er schüttelte den Gedanken ab: »Darum fragen wir, was vielleicht etwas naiv klingen mag: irgendwelchen Streit gehabt in letzter Zeit? Ärger? Konflikte mit Arbeitgebern, Kollegen, Vereinsmitgliedern, Freunden? Familie?«

»Wie sah Ihr Lebensverlauf denn aus, bis Sie nach Ostfriesland gekommen sind?«, schloss die Hauptkommissarin gleich eine weitere Frage an und Stöwers sah etwas verwirrt erst Ulferts, dann Itzenga an.

»Hab mich mit diversen Jobs durchgeschlagen, aber fast nie einen festen Vertrag bekommen. Die waren zu Anfang sehr skeptisch, später wurde es besser. Ich war vorher Lehrer für ein Fach, das heute nicht mehr existiert, das machte eine Vermittlung über das Arbeitsamt nicht eben leicht. Ich habe schnell gesehen, mal unter uns gesagt, dass das mit den vielseitigen Chancen und unbegrenzten Möglichkeiten im Kapitalismus auch nicht so weit her ist! Aber das war mehr innere Bestätigung als eine neue Erfahrung.«

»Und, was haben Sie so gemacht? Welche Jobs

waren das?« Es war die Emder Obermeisterin, die diese Frage stellte.

»Ich wollte den viel verheißenden Weg gehen«, er zeigte einen leicht sarkastischen Gesichtsausdruck, »vom Tellerwäscher zum Millionär. Das war doch die Message des Westens. Also habe ich erst einmal alles angenommen, was annonciert wurde oder wovon man hörte: Zeitungen austragen, Taxi fahren, sogar auf'm Bau hab ich ausgeholfen, so etwas war ich gar nicht mehr gewohnt. Der Rücken machte nicht lange mit auf der Baustelle und beim Taxifahren. Habe dann in einer Gebäudemanagementfirma angefangen, in der Verwaltung. Mit weniger Gehalt, weil ich ungelernt sei, das muss man sich mal vorstellen! Aber nur Zahlen einhacken am Computer, den ganzen Tag, das war wirklich nicht so das Gelbe vom Ei – und für den Rücken nicht eben besser. Irgendwann, so um 2000, habe ich den Hausmeisterjob bekommen, auf der Werft, in einem Bürogebäude im Hafen. Meine Kenntnisse in der Elektrotechnik kamen mir wohl zugute, ich konnte alle Fragen beantworten, die im Zusammenhang mit der Reparatur von Stromleitungen, Lichtanlagen oder Sicherungskästen gestellt wurden.« Wieder lächelte er schwach. »Ich habe über die Krankenkasse sogar Massagen bekommen. Es wurde wesentlich besser mit dem Rücken. Das war gut für den Job, mit dem ich mich arrangiert hatte. Eine gute Mischung aus sitzen, stehen, laufen, heben … mal das Grobe, mal Tiepelarbeit. Da habe ich auch wieder mit dem Rudern angefangen. Wenn man es richtig macht, ist das sehr gut für die Rückenmuskulatur.«

»Wieder?«

»Ich war früher, als Jugendlicher, Leistungssportler. Wir wollten ganz hoch hinaus – die DDR war die Spitze im Rudern!«

»War sie ja fast überall, sportlich betrachtet«, merkte Itzenga an.

»Im Herbst und Winter laufe ich jetzt sogar wieder. Hilft gegen den Bauchansatz und wenn es auf dem Wasser zu ungemütlich wird oder wenn es friert, ist das Laufen eine guter Ausgleich. Im Verein hat sich vor einiger Zeit eine Laufgruppe gegründet, wir suchen aber noch Leute, deshalb haben wir sogar eine eigene Homepage, um zu werben. Da laufe ich mit und es geht gut, der Rücken macht keine Probleme.«

»Sehr vernünftig, Sport soll ja gesund sein«, entgegnete Ulferts auf diese Bemerkung Stöwers'. Er musste sich immer aufraffen, mal laufen zu gehen, ein wenig Fitness verlangte man einem Kommissar schließlich schon ab.

»Aber zurück zu Ihren Jobs. Wie ging das weiter?«, schaltete sich Tanja Itzenga wieder ein.

»Ich wurde nicht reich, mit dem Millionär hat es nicht geklappt«, wieder zeigte sich diese seltsame Miene, »und, was soll ich Ihnen sagen? Ich kenne mittlerweile so einige, bei denen das nicht funktioniert hat! Die, wenn nicht in der Gosse gelandet, so doch an ziemlich miesen Jobs hängengeblieben sind. Von wegen Mindestlohn … Aber wir wissen ja: Geld ist nicht alles, aber ohne Geld ist alles nichts. Ich habe mich dran gewöhnt, habe mich hier niedergelassen – letzteres aber vor allem wegen meiner Freundin. Wenn die nicht gewesen wäre, wäre ich in die alte Heimat zurückgegangen. Schlechter war es da nicht! Leider hat die Gute sich nach zwei Jahren mit einem anderen eingelassen.«

»Trauern Sie ihr nach?«, fragte die Polizistin aus Emden.

Stöwers sah an Tanja Itzenga und ihr vorbei. »Das ist wohl kaum sachdienlich. Aber ich habe daran geknapst, durchaus.«

»Sie waren Lehrer«, Itzenga wechselte zum eigentlichen Thema zurück und blätterte dabei in ihren Unterlagen. Sie hatte einen Aktenordner mit zu dem Gespräch genommen. Das war unüblich, aber sie hatte keine Zeit gefunden, die Akte vollständig im Büro durchzulesen. Vor allem aber steckte sie voller detaillierter Angaben, diversen Daten; die konnte man sich nicht alle merken, sie konnten jedoch wichtig für das Gespräch sein.

»Ja, damals war ich Lehrer«, repetierte Stöwers stoisch.

»Physik und …«, wieder schlug sie eine neue Seite auf, »Marxismus-Leninismus?«

»So ist es. Die Physik hat mir, wie gesagt, sehr geholfen, den Hausmeisterjob zu bekommen.« Stöwers' Sarkasmus war extrem. »Und Marxismus-Leninismus ist ein überaus interessantes Fach, welches einem die Welt erklärt.«

»Aber ein bisschen einseitig, vermute ich?«, ging Ulferts auf Stöwers' Aussage ein und fuhr fort: »Aber Physik, ich meine, das ist doch an allen Schulen gefragt?«

»Wahrscheinlich, aber nicht nur da. Wenn man weiß dass es einen heftigen Stromschlag geben kann, wenn man Plus und Minus zusammenpackt, hilft einem das sehr bei der Reparatur von Stromleitungen oder dem Anbringen neuer Lampen! Beim Heben schwerer Lasten kann einem die Mechanik helfen ... Deshalb habe ich sicher den Zuschlag beim Hausmeisterjob erhalten! Ich gebe zu, die tieferen Erkenntnisse der Kernphysik, der Optik oder der Thermodynamik brauche ich nicht jeden Tag, aber der Alltag steckt auch so voller Physik, egal, wohin sie sehen! Die meisten wissen das nur gar nicht.« Stöwers machte eine Pause, setzte aber sogleich wieder an, in neuer Tonlage: »Probleme hat mir eher das andere Fach bereitet, das machte viele misstrauisch. Vor allem solche, die gar nicht wussten, was sich dahinter verbirgt, wie komplex das Ganze ist und welche gesellschaftlichen Fragen aufgeworfen werden. Ich hätte ohne Weiteres Philosophie oder Werte und Normen und ähnliche Fächer übernehmen können – aber man ist dann eben belastet, wie es so schön heißt.« Stöwers wurde unruhiger. Fragen, Fragen, Fragen. Er wollte mit alldem nichts mehr zu tun haben. Es war vorbei. Punkt. Wozu alles wieder aufarbeiten?

»War das wirklich der Grund, warum man sie als Lehrer nicht weiter beschäftigen wollte? War es nicht eher so, dass …«

Mit einem Mal sprang Stöwers auf: »Ja, verdammt, weil Marxismus-Leninismus nach der Wende auf dem Schutthaufen der Geschichte gelandet ist, und natürlich war ich Mitglied der SED!« Er zögerte einen Augenblick, schien plötzlich an Kraft zu verlieren, setzte sich wieder. »Und weil jeder, der so etwas unterrichtete und in der Partei war, sogleich als linientreuer Oberkommunist angesehen wurde. Und damit, direkt nach der Wende, Entschuldigung, verschissen hatte!«

»Uns liegen da weitere Informationen vor …«, Tanja Itzenga versuchte, vorsichtig weiterzufragen. Wie würde ihr Gegenüber reagieren?

»Das dachte ich mir!« Stöwers sank in sich zusammen, als drücke ihn die Last der Vergangenheit herunter. »Sie meinen meine Tätigkeit als IM.«

Ein wunder Punkt wurde angesprochen, da wollte Tanja Itzenga Stöwers hinbekommen. Eine Weile schwiegen die Anwesenden, aber angesichts des langen Zeitraumes, der seit diesen Tagen vergangen war, glaubte Tanja Itzenga, weder Mitleid noch Bedauern empfinden zu müssen. Sie fragte weiter: »Ich denke, die Sache als Lehrer, da haben Sie auch aus meiner Sicht recht, letztlich konnten Sie nur das tun, was verlangt wurde. Aber die Arbeit für die Stasi, das war, ich meine … nicht unbedingt gefordert?«

»Was wissen Sie denn!«, rief Stöwers. »Das waren Verhältnisse, die Sie gar nicht beurteilen können! Wenn man irgendwie weiterkommen wollte, musste man …«

»Von mir aus in der Partei sein, aber nicht gleich IM werden. Außerdem kann ich das sehr wohl beurteilen!«, hielt Itzenga ihm entgegen. »Ich stamme auch aus diesem Land!«

»Unter den damaligen Verhältnissen war es fast unmöglich, sich den Werbern der Stasi zu entziehen, geschweige denn, sich ihnen zu widersetzen.«

»Wir hatten Verwandte in Ostdeutschland. Ich kann mich nicht entsinnen, dass da irgendwann einmal von Stasi-Tätigkeiten die Rede war, es ging also auch ohne«, warf die Emder Wachtmeisterin ein.

»Das heißt doch gar nichts! Viele haben sich völlig rausgehalten, aber wenn sie erst einmal ins Visier der Stasi geraten waren …«, Stöwers wurde unterbrochen.

»Ich kann mir schon denken, was jetzt kommt«, sagte Ulferts. »Es soll aber, da muss ich meine Kollegin aus Emden mal unterstützen, Bürgerinnen und Bürger in Ihrem Land gegeben haben, die es geschafft haben, sich den Anwerbeversuchen zu widersetzen.« Er wunderte sich, dass er ›Ihrem Land‹ gesagt hatte. »Und die haben die Konsequenzen getragen. Das war der schwere Weg, oder?« Er stockte, weil er merkte, dass er kompliziertes Terrain betrat. Vorverurteilungen waren schnell gemacht. Hatte er nicht neulich erst Bakker davor gewarnt? Leiser fügte er hinzu: »Andererseits kann ich Sie sogar ein wenig verstehen. Wer behauptet, das Ganze hätte er nicht mitgemacht … Es ist eben nicht jeder zum Märtyrer oder Widerstandskämpfer geboren. Den Druckmitteln der Geheimdienste erliegt so mancher, vor allem dann, wenn Dritte, möglicherweise vollkommen Unbeteiligte, mit in die Waagschale geworfen werden. Anders kann ich mir nicht erklären, dass Kollegen, Freunde, sogar Ehemänner ihre Ehefrauen und umgekehrt bespitzelt haben, nicht wahr? Wir wollen Sie da gar nicht persönlich angreifen, Herr Stöwers, das ist nicht unser Bier. Aber wir müssen wissen, ob Ihre Geschichte etwas mit den aktuellen Geschehnissen zu tun haben könnte. Genauso wie wir uns fragen, ob Sie vielleicht als Hausmeister in dem Werftbetrieb im Hafen Probleme haben? Mit Vorgesetzten, Kollegen, Arbeitern, was weiß ich? Gibt es Geld- oder Wettschulden? Spielen Sie?«

Stöwers sah Ulferts verständnislos an. Wie der vom Höcksken auf's Stöcksten kam, fand er sehr erstaunlich.

»Spielen? Wie kommen sie denn darauf?«, antwortete er, da er nicht wusste, wie er sonst reagieren sollte.

»Gambeln, mit 100 Euro Jetons, und so.«

»Ich erinnere mich, dass man bei Mensch-ärgere-dich-nicht bei einer Sechs noch einmal würfeln darf, ansonsten habe ich mit Spielen nichts am Hut.« Stöwers' Kraft ging dahin. Sein Leben war damals aus der Bahn geworfen worden, aber er hatte sich neu eingerichtet. Stabil, zukunftsorientiert. Das ging am besten ohne die Vergangenheit. Die lag lange zurück. Und der schwadronierte von Spielen …

»Sie glauben gar nicht, zu was Spielsucht und Spielschulden führen können. Da gibt es Mord und Totschlag, auch Selbstmord, gar nicht so selten. Was ich damit sagen will: Alles, was vielleicht nicht in das Leben eines voll und ganz nach dem Gesetz lebenden, biederen Bürgers dieses Landes passt, könnte uns ein Hinweis sein.« Ulferts gefiel sein letzter Satz.

»Und wenn ich nun so ein gesetzestreuer, biederer Bürger bin? Ich lebe hier nach Gesetz und Recht, übrigens habe ich das auch in der DDR getan.« Stöwers machte eine kurze Pause um zu beobachten, ob die Polizisten die Bedeutung dieser Worte überhaupt wahrnahmen. Dies schien nicht der Fall zu sein, deshalb fuhr er fort: »Außerdem – was würde es mir nutzen, wenn ich es nicht wäre und ich sagte Ihnen das?«

»Wir könnten unsere Ermittlungen konkretisieren und Sie damit eventuell schützen, Herr Stöwers, immerhin sind Sie in Gefahr – in Lebensgefahr!«, mischte sich Tanja Itzenga wieder in die Konversation ein.

»Das ist der Punkt. Wenn Sie uns nichts sagen, kann es sein, dass Sie schon morgen ein toter Mann sind!«

Ulferts betonte das mit Vehemenz und Stöwers schwieg, denn er spürte, dass der Kommissar recht hatte. Erst in diesem Augenblick wurde ihm das so richtig klar. Drei Schüsse waren schon gefallen ... was würde der nächste bringen? Was, wenn der Täter ihn beim nächsten Mal traf? War das eigentlich so schlimm? Schnell wischte Stöwers diesen Gedanken fort.

»Ich habe mit niemanden Ärger«, sagte Stöwers, nachdem er sich gefasst hatte. ›Toter Mann‹, das saß ihm in den Knochen.

»Nie gehabt?«

»Nein.«

»In der Akte der BStU steht so einiges.« Tanja Itzenga machte bewusst eine Pause.

»BStU?«

»Der Bundesbeauftragte für die Unterlagen des Staatssicherheitsdienstes der Deutschen Demokratischen Republik, auch bekannt als Birthler-Behörde, mittlerweile leitet das aber ein Herr Jahn.«

»Ach die ...«

»Da klingt es so, als seien Sie ein sehr guter Mitarbeiter gewesen, zuverlässig, akkurat, auskunftsfreudig. Die Beurteilungen Ihrer damaligen Führungsoffiziere hören sich nicht so an, als hätten Sie alles nur unter Druck und mit großem Widerwillen getan.«

»Diese ganzen Berichte, was kann man darauf schon geben.«

»Sie haben Berichte verfasst, und den Job haben Sie anscheinend ziemlich ernst genommen.«

»Wenn ich eine Arbeit mache, dann ordentlich. Hätte ich das nicht getan, hätten die Druck gemacht! Meine Güte – alles, was wir gesehen, gehört oder vermutet haben, musste schriftlich zusammengefasst und an den Führungsoffizier weitergegeben werden. So war der ... der Workflow, wie man heute sagt. Was die höheren Herren damit gemacht haben, weiß ich nicht.«

»Das glaube ich Ihnen nicht!«, entfuhr es Ulferts. »Sie wollen uns nicht wirklich weismachen, die ganzen Berichte wären für den Papierkorb gewesen? Nein – diese Berichte waren die entscheidende Grundlage, Leuten, die sich nicht staatskonform verhielten, einen Strick draus zu drehen.«

»Ach, Strick drehen, das klingt so dramatisch!«, wurde Stöwers laut. »So schlimm war vieles gar nicht, wie es heute dargestellt wird. Im Nachhinein sind immer alle schlauer, und wenn's passt, wird alles viel extremer gemacht, als es wirklich war.«

»Da haben Menschen wegen Denunziation jahrelang im Gefängnis gesessen, das ist Fakt!«

Stöwers wand sich. Vergessen, es war so lange her, vergessen! Warum wühlten die jetzt seine Vergangenheit auf, die er lange hinter sich gelassen hatte? Wie eine Schlange, die ihre Haut abstreift.

»Es gab nun einmal ... tatsächlich Leute, die wollten den Staat sabotieren. Die wollten ein anderes Land, die haben sich zusammengetan, um zu agitieren ... Das lässt man hier schließlich genauso wenig zu, oder? Wozu gibt es denn sonst BKA und BND? Es war die zentrale Aufgabe der Staatssicherheit. Das ist nichts Besonderes! Jede Geheimpolizei beschattet Menschen, die irgendetwas an sich oder getan haben, was der jeweiligen Regierung nicht in den Kram passt. Glauben Sie, beim BND lägen nicht regalweise Berichte? Was ist mit der Überwachung von Kinobesuchern mit Nachtsichtgeräten, das Abhören von Telefonen, der Konteneinsicht, der Internetüberwachung? Überall stehen Videokameras – mit Sicherheit Hundertausende mehr als es jemals in der DDR gegeben hat! Da kann man noch viel weiter ausholen. In Schleswig-Holstein haben CDU und FDP drei Sitze mehr, obwohl sie 1,7 Prozent weniger Stimmen hatten. Al Gore ist damals nicht gewählt worden, sondern George Bush, obwohl Al Gore zehntausende Stimmen mehr hatte. Demokratie ist anscheinend Definitionssache, oder wie?« Stöwers atmete aus. »Ansonsten – mehr als Sie in den Akten finden, kann ich Ihnen auch nicht sagen.«

»Immerhin ist der BND demokratisch legitimiert!«

Stöwers unterbrach sie: »So ähnlich wurde das auch in der DDR gesagt, Frau Hauptkommissarin. Wir haben die Kandidaten der Nationalen Front gewählt. Die haben ja die 99 Prozent bekommen, über alle Parteien, die Gewerkschaften, andere Organisationen hinweg. Es wird immer so dargestellt, als habe die SED die 99 Prozent bekommen. Das stimmt doch gar nicht.

Und alles Weitere wurde ohnehin auf anderen Ebenen entschieden.«

»Wobei die SED immer das letzte Wort hatte!«, warf Ulferts ein.

»Ja, nun … Ich wollte nur sagen, wenn etwas ›demokratisch‹ heißt, muss nicht zwangsläufig die Gesamtheit aller dahinter stehen, es kann genauso gut ein vorab gewähltes Organ sein. Niemand würde hier behaupten, der Bundespräsident sei nicht demokratisch gewählt, oder? Haben Sie den schon mal gewählt? Nein! Und die Staatssicherheit ist seitens der Regierungsorgane, die wiederum auf Beschluss der Volkskammer wirkten, nie infrage gestellt worden. Schild und Schwert der Partei. Klingt heute lächerlich, ich weiß. Wir waren überzeugt, das Richtige zu tun … lange Zeit zumindest! Wie die Leute beim BND … vermute ich mal.«

»Aber es war, wie sie selbst sagen: Schild und Schwert der Partei – nicht des Volkes! Und dass die Stasi nie infrage gestellt wurde, bezweifele ich sehr. Ich denke, man durfte das nur nicht laut sagen«, Ulferts sah Stöwers kritisch an.

»Das, was die SED entschied …«

»… war ja immer zum Wohle des Volkes, oder was wollen Sie uns jetzt erzählen?« Ulferts lachte gequält.

»Man kann die Systeme nicht einfach so vergleichen, wie Sie das tun. Man muss die Grundlagen betrachten, auf denen sie aufbauten.«

»Vielleicht, aber dazu haben wir jetzt eh keine Zeit«, schloss Ulferts.

Eine Zeit lang herrschte Schweigen. Tanja Itzenga sah die Widersprüche und schwer erklärbaren Unterschiede.

»Haben Sie, um das Thema mal wieder auf die Taten zu lenken, denn überhaupt keine Idee, wie die Schüsse mit Ihrer Person zusammenhängen?«, fragte die Emder Polizistin, da ihre Auricher Kollegen ein wenig gedankenverloren ins Leere starrten.

Stöwers zögerte.

»Wissen Sie …«, der Mann dachte nach. »Ich glaube eher, Sie sollten sich mit meinem Freund Wientjes befassen – ich kenne ihn schon länger, vom Rudern her, aber alle Einzelheiten seines Lebens sind mir natürlich nicht bekannt. Wen kennt man schon voll und ganz? Vielleicht gilt die ganze Schießerei ja gar nicht mir, sondern ihm! Sein Haus ist beschossen worden! Ich sehe nicht, warum Sie sich für mich interessieren sollten!«

»Den haben wir im Blick, da machen Sie sich mal keine Sorgen«, erwiderte Ulferts. Bislang war die Befragung zwar zeitweise durchaus interessant, aber wenig zielführend gewesen. Tanja Itzenga sah indes ein, dass eine Fortführung des Gespräches vorerst kaum zu neuen Erkenntnissen führen würde. Und Stöwers hatte recht: Der Täter hätte, wenn Stöwers sein Ziel gewesen wäre, ihm bei dessen Domizil auflauern können. Das hätte Sinn ergeben.

»Das war's dann für's Erste, Herr Stöwers. Vielen Dank«, sagte die Hauptkommissarin. Sie war während des Gespräches nachdenklich geworden. Andererseits hatte der Kerl den Beton im Kopf anscheinend nie richtig wegbekommen, Brüche in der Decke, hier und da, aber der Unterbau stand noch auf festem Fundament.

27

»Warum fahren wir nicht noch am Schützenhaus vorbei?«, fragte Ulfert Ulferts seine Kollegin, nachdem sie eine Weile schweigend unterwegs waren. Die Kollegin aus Emden hatten sie ein paar Minuten vorher an der Wache aussteigen lassen. In Kürze würde die Entscheidung anstehen, ob sie den Weg nach Aurich, Ostfrieslands Hauptstadt, einschlagen wollten.

»Eigentlich habe ich keine große Lust mehr«, bemerkte Itzenga.

»Lüst kummt bi't arbeiten!«, grinste Ulferts sie an, aber die Hauptkommissarin nahm die Bemerkung regungslos auf. Dann ergänzte ihr Kollege: »Wir sind gerade in der Nähe – und vielleicht ist es gar nicht schlecht, Onno Ahlert unvorbereitet in seinem Verein aufzusuchen?«

»Wer weiß«, pflichtete ihm Itzenga bei, überlegte ein paar Sekunden und schloss an: »Okay, lass uns hinfahren. Vielleicht kommt dabei mehr raus als bei unserem Gespräch vorhin.«

»Stöwers lässt niemanden an sich heran und will mit den alten Geschichten nichts mehr zu tun haben.«

»Das wollen viele nicht«, erwiderte Itzenga und dabei beließen sie es fürs Erste.

Die Hauptkommissarin griff zum Funkgerät. Hier knisterte und knackte es noch ab und an. Zwar war der Digitalfunk nun auch in Niedersachsen im Einsatz, aber bislang ergänzte er lediglich den alten Polizeifunk. Es war nur eine Frage der Zeit, wann TETRA, der internationale, digitale Standard für den Bündelfunk, bei der Polizei flächendeckend im Einsatz sein würde. Die Hauptkommissarin erfragte die Adresse des Schützenvereins und Ulferts bediente, während er gleichzeitig das Fahrzeug lenkte, unter den gespielt bösen Blicken seiner Kollegin das Navi. Er wusste, dass sie jetzt die Kampagne im Kopf hatte, die lange Zeit auf großen Plakatwänden an Bundes- und Landstraßen zu sehen war: Ein junger Mann, Zigarette im Mund, Handy ans Ohr haltend, in der anderen Hand eine Getränkedose, dabei gleichzeitig das Fahrzeug steuernd, dazu der Spruch: ›… und wer fährt?‹

»Bitte links einordnen«, vernahmen sie die Frauenstimme, die sie problemlos direkt vor die Eingangstür eines älteren Hauses leitete, über der in großen Lettern ›Schützengesellschaft Emden-Constantia‹ stand.

Die Auricher Polizisten parkten den Wagen unmittelbar davor. Ulferts konnte nicht umhin, seinen uralten Gag zum x-ten Mal zu wiederholen. Als sie Kurs auf die Eingangstür genommen hatten, drehte er sich plötzlich schwungvoll um, zielte mit dem Zündschlüssel auf den Wagen und drückte im gleichen Augenblick auf die Taste, die die Zentralverriegelung auslöste. Es klickte hörbar, er steckte den Schlüssel in die Tasche, drehte sich um und ging weiter seines Weges, als sei nichts gewesen.

»Manche Männer bleiben ihr Leben lang kleine Jungs«, versuchte Tanja Itzenga die Szenerie mit so viel Humor wie möglich zu nehmen. Es war aber keineswegs so, dass sie dieses Gebaren ihres Kollegen nicht längst kannte.

Ulferts öffnete die Tür zum Schützenhaus, Itzenga folgte ihm. Sofort waren Stimmen zu hören, links gab es einc Tür, durch die es offenbar in den Vereinsraum ging. Itzenga und Ulferts betraten einen größeren Raum, der aufgrund der Theke, der Tische und Stühle einen gewissen Kneipencharakter hatte; die Fülle an Fahnen, Urkunden und Regalen mit Pokalen sowie Bildern uniformierter Schützinnen und

Schützen zeigten jedoch deutlich, wo man war. Mittlerweile war es früher Abend geworden und etwa 20 Personen bevölkerten den Raum. Einigen war aufgrund der Kleidung anzusehen, dass sie Schützen waren. Nicht, weil sie ihre Galauniformen trügen; denn längst gab es Kleidung, die, sei es durch Farben und Muster oder aufgrund von Symbolen, den Träger als Anhänger des Schießsports outete. Schießjacken und -hosen kamen ebenso modisch geschnitten wie farbenfroh daher, was auch für Kappen, Mützen und Stirnbänder galt. Die Kleidung sollte den sportlichen Aspekt betonen, nicht die uniforme Tradition. Weder Itzenga noch Ulferts konnten unter den Anwesenden eine Frau entdecken. Sie spielten aber nach Ansicht Tanja Itzengas eine wichtige Rolle in den Schützenvereinen, sodass die Zusammensetzung der Anwesenden an diesem Tag offensichtlich nicht repräsentativ war.

Itzenga folgte Ulferts, der sich den Weg zur Theke bahnte. Hinter dieser stand ein Wirt mit erstaunlich großem Kopf und ebensolcher Nase, deren rote Färbung den Kommissar an eine ›Säufernase‹ erinnerte, was ihm sogleich ungerecht vorkam, er kannte ihn ja nicht. Ulferts und Itzenga ließen sich ein wenig Zeit, um die Szenerie aufzunehmen. Der Wirt redete viel und mit verschiedenen Personen, die bereits länger an der Theke zu stehen schienen, manche bestellten auch nur kurz etwas und kehrten daraufhin zu ihrem Tisch zurück. Neben Bier wurden reichlich antialkoholische Getränke ausgeschenkt, was insbesondere Tanja Itzenga positiv auffiel. Sie hatte diverse Vorurteile gegen Schützenvereine. Aber es war eben nichts weiter als Voreingenommenheit, die unter anderem auf ein unschönes Erlebnis vor Jahren zurückging. Damals hatte sie beinahe einen angetrunkenen Schützen angefahren, der in dem Dorf, in dem sie damals wohnte, aus dem Früh-Gottesdienst in die gegenüberliegende Kneipe stolperte. Ihr Ausweichmanöver hatte an einem Laternenpfahl geendet und Kameraden des Betrunkenen hatten zu argumentieren versucht, dass Frau Itzenga zu schnell gewesen war und deshalb nicht rechtzeitig hatte anhalten können. Die herbeigerufene Polizei konnte den Sachverhalt jedoch klären.

Tanja Itzenga war sich ihrer Vorurteile bewusst. Nein, man durfte nicht von Einzelfällen auf die Gesamtheit schließen – außerdem gab es sogar ein verbindendes Element zwischen den Schützen und ihr selbst: das Schießen. Das musste sie in regelmäßigen Abständen ebenfalls trainieren, Schießbahnen waren ihr bekannt und manchmal machte es ihr sogar Spaß, wenn sie den Ernst der Sache dahinter verdrängte. Ein guter Schuss konnte durchaus ihren Ehrgeiz wecken, stellte sie hin und wieder fest. Und das polizeiliche Schießen war insofern wesentlich ernsthafter, als dass man als Kommissarin in die Lage kommen konnte, schießen zu müssen. Auf Täter, auf Menschen. Schützen in einem Verein verfolgten andere Trainingsziele.

»Wir suchen einen Onno Ahlert«, rief Ulferts dem Wirt zu, der ihn trotz des relativ hohen Lärmpegels verstand.

»Darf ich fragen, mit wem ich die Ehre habe?«, entgegnete der Wirt.

»Natürlich, Entschuldigung, ich vergaß, uns vorzustellen«, gab Ulferts seinen Fauxpas zu. »Mein Name ist Ulferts, Kriminalpolizei. Dies ist meine Kollegin, Hauptkommissarin Itzenga. Wir suchen Herrn Ahlert wegen des Vorfalls am Großen Meer und den Schüssen hier in Emden, Sie wissen sicher Bescheid, aus der Zeitung oder dem Internet!«

»Diese Schüsse!«, entgegnete der Wirt, »saublöde Sache. Wir haben das auch hier schon heiß diskutiert. Stand ja alles in der Zeitung. Und Onno hat erzählt, dass bei seinem Nachbarn in das Wohnzimmer geschossen wurde. Ist ja nicht zu glauben! So etwas ist nicht gut für unseren Sport. Immer werden gleich die Schützenvereine genannt, wenn irgendwelche Idioten herumballern. Als wenn es nicht gerade wir wären, die einen verantwortungsvollen Umgang mit Waffen predigen. Schützenvereine oder Ballerspiele am Computer – nur diese beiden Ursachen kann es geben. Ich meine, das ist zu einfach gedacht. Das Waffengesetz und der vorschriftsmäßige Umgang mit Waffen ist uns heilig, wissen Sie?«

Da die beiden Polizisten nicht unmittelbar reagierten, nahm der Wirt das Wort wieder auf: »Herr Ahlert ist schon eine Ewigkeit in unserem Verein. Vorbildlicher Schützenbruder! Außerdem hat er ein Häuschen am Großen Meer, richtig«, dozierte der Wirt, »na, das kann er Ihnen alles selbst erzählen, Ahlert ist auf jeden Fall hier. Aber wo er in diesem Augenblick steckt, weiß ich nicht. Sehen Sie mal auf der Schießbahn nach.« Er überlegte kurz. »Warten Sie, ich komme mit, da kann nicht jeder einfach so hin, auch wenn Sie vom Fach sind.«

Der Wirt stellte zwei Gästen noch ein Bier und eine Bionade hin, kam hinter der Theke hervor und geleitete Ulferts und Itzenga zur Schießbahn. Als der Wirt eine Stahltür öffnete, sahen die Polizisten in eine groß angelegte, neue und sehr ordentlich wirkende Halle. Alle Schießstände waren besetzt und die Übenden kümmerten sich kaum um die Personen, die den Raum betraten. Sie waren voll und ganz auf den nächsten Schuss konzentriert. Der Wirt sprach mit einem Mann, der selbst nicht schoss. Offensichtlich überwachte er den Schießbetrieb, prüfte hier und da Waffen, die Munition, führte akribisch Listen.

Ulferts registrierte sofort, dass dieser Schießstand jeder externen Prüfung standhalten würde. Für einen Moment dachte er an einen kurzen Artikel im Hamburger Abendblatt, das er sich ab und an kaufte, den er vor einiger Zeit gelesen hatte. Tatort-Hauptkommissarin Charlotte Lindholm vom LKA Hannover war das erste Mal in ihrem Leben auf einer realen Schießbahn gewesen und als sie sich gewahr wurde, dass so ein Schuss einen erstaunlichen Rückstoß auslöste und sie dabei gleichzeitig ein todbringendes Geschoss auf seinen Weg gebracht hatte, habe sie klatschnasse Hände bekommen ... Wie oft hatte er bereits auf der Schießbahn gestanden!

Der Herr der Schießbahn – wie der Wirt ihn bezeichnet hatte – nickte mit einer gewissen Anerkennung, als letzterer ihm erklärt hatte, dass es sich um einen Kommissar und eine Hauptkommissarin handelte, die zu Besuch waren. Er schüttelte Ulferts und Itzenga die Hand und wartete gar nicht ab, was diese wollten, sondern begann gleich, einen kleinen Vortrag zu halten.

»Sie sind im richtigen Verein! Wir haben unsere Schießbahnen frisch renoviert, man sieht das, oder? Es gibt nun eine 10-Meter-Bahn, die ausschließlich für Luftdruckwaffen gedacht ist. Die 25-Meter-Bahn dient dem Training mit Kurzwaffen, während die 50-Meter-Bahn, halb überdacht, für Langwaffenliebhaber gedacht ist. Kann ich Ihnen gerne zeigen. Da kann mit allen Langwaffen, vom Ordonnanzgewehr über Kleinkaliber bis zum Jagdgewehr, geschossen werden. Selbstverständlich trainieren wir hier auch mit der freien Pistole ...«

Ulferts unterbrach den Redeschwall des Mannes.

»Vielen Dank für Ihre freundliche Einführung, aber so ein kleines bisschen Ahnung haben wir selbst auf diesem Gebiet. Tolle Anlage, wirklich! Wir suchen hier eine ganz bestimmte Person, Herrn Ahlert.«

»Wissen Sie, ich bin ganz begeistert davon, was wir hier in diesem kleinen Emder Ortsteil auf die Beine gestellt haben. Da brennen die Pferde manchmal mit mir durch, Entschuldigung, selbstverständlich wissen Sie Bescheid«, sagte der Mann fast demütig.

»Schon gut. Aber ehrlich, tolle Anlage! Sie müssten mal unsere polizeiliche sehen – 25 Jahre auf dem Buckel und nach wie vor kein Geld zur Renovierung. Alle reden von Sicherheit, aber Geld dafür ist knapp, wie immer. Ist Herr Ahlert denn nun zu sprechen?«

Der Schießbahnchef zeigte auf einen Mann, der mit Ohrenschützern ausgestattet ganz rechts in der Halle stand und mit einer Pistole auf eine Scheibe in etwa 50 Meter Entfernung zielte. Der Wirt geleitete Itzenga und Ulferts zu ihm. Ahlert legte die Pistole zur Seite, nahm die Ohrenschützer ab und blickte erwartungsvoll drein.

»Onno, die Dame und der Herr sind von der Polizei und wollen dich sprechen«, übernahm der Wirt die Vorstellung, »Herr Ulferts und Frau?«, er sah die Hauptkommissarin an.

»Itzenga«, antwortete sie und reichte Onno Ahlert die Hand.

»Moin«, sagte dieser, sein Blick hatte sich schlagartig verändert. »Die Polizei, welch eine Ehre!«, ergänzter er.

»Herr Ahlert«, begann Tanja Itzenga das Gespräch, »Ihnen ist ja bekannt, dass auf Ihr Nachbarhaus, das von Herrn Wientjes, geschossen wurde …«

Sie kam nicht weiter, denn Ahlert unterbrach sie: »Ich wundere mich, dass die Polizei mit ihren heutigen Mitteln den oder die Täter immer noch nicht dingfest gemacht hat, und zum anderen ist es ominös, weil der Schütze nicht getroffen hat, oder? Ich meine, wenn ich jemanden umbringen will, muss ich doch so gut schießen, dass ich auch treffe!« Ahlert machte einen überzeugten Eindruck.

Der Wirt des Schützenhauses nickte, sein Schützenbruder und er waren offensichtlich ganz einer Meinung. Wenn schon schießen, dann auch treffen! Der Wirt erklärte: »Verstehen Sie Onno nicht falsch – es ist bekanntlich das Hauptanliegen beim Schießen, ein Ziel zu treffen. Das treibt den Schützen an. Also will man gut sein und trainiert deswegen. Uns geht es da um den Grundsatz, natürlich denken wir dabei an Zielscheiben, Tontauben, was weiß ich, jedenfalls nicht an Menschen!«

»Schon gut, wir müssen das selbst regelmäßig üben«, meinte Itzenga. Sie wunderte sich jedoch über den ausholenden Kommentar Ahlerts, der sich seine Meinung zu den Geschehnissen offenbar bereits gebildet hatte. »Die Ermittlungen laufen auf Hochtouren, Herr Ahlert, darauf können Sie vertrauen.«

Ahlerts Miene, so bemerkte die Hauptkommissarin, schien sich zu verändern.

»Hier auf der Schießbahn ist vielleicht nicht der richtige Ort für ein Gespräch?«

Ahlert antwortete nicht sofort, schien nachzudenken. Schließlich reagierte er: »Nee, wir blockieren die Bahn.« Er machte wieder eine nachdenkliche Pause.

»Muss ja nicht sein. Hinnerk, können wir nicht eben ins Klubzimmer gehen?«

»Ich mach euch auf.« Der Wirt machte eine einladende Handbewegung und der Tross ging den Weg an den Schützenständen entlang und verließ die Schießhalle. Hinnerk, der Wirt, führte die Personen in einen Raum, den knapp unter der Zimmerdecke eine ganzen Reihe von Bildern schmückte, von denen uniformierte Männer wohlwollend lächelnd hinabblickten. Unter dieser Galerie der Schützenkönige waren schmale Regale montiert, auf denen sich silberne und goldene, manchmal auch in blauen und grünen Metallfarben leuchtende Pokale befanden, was einerseits den Erfolg der in diesem Verein organisierten Schützen zeigte, andererseits auf die erfolgreiche Arbeit seiner Mitglieder hinwies. Schließlich fielen diese Preise nicht einfach vom Himmel.

Wirt Hinnerk ließ Ulferts, Ahlert und Itzenga allein, vertraute dem langjährigen Vereinsmitglied ohne jegliche Bedenken das Klubzimmer an und entschuldigte sich. Ahlert wies auf die freien Stühle.

Tanja Itzenga setzte sich und fiel gleich mit der Tür ins Haus.

»Herr Ahlert, Ihr Nachbar Harm Wientjes hat uns informiert, dass es zwischen Ihnen seit Längerem nicht ganz harmonisch zugeht.« Sie sah dem Mann, der ihr gegenüber saß, fest in die Augen.

Er hielt dem Blick stand und antwortete nach einer Weile ruhig: »Hat er das?«, die Ironie war nicht zu überhören. »Mein lieber Nachbar Harm Wientjes sagt allerdings, das muss ich gleich mal einbringen, viel, wenn der Tag lang ist.« Er legte, wohl absichtlich, eine Pause ein.

Ahlerts Art gefiel Tanja Itzenga überhaupt nicht. Aufgeblasener Typ. Ahlert merkte, dass die Antwort für die beiden Polizisten alles andere als befriedigend war.

»Mal ganz ernsthaft«, versuchte Ahlert, seine Reaktion ins rechte Licht zu rücken. Er richtete sich in seinem Stuhl auf, um seiner Aussage Nachdruck zu verleihen. »Herr Wientjes und ich sind keine dicken Freunde, nein. Aber man muss damit zurechtkommen. Wir haben benachbarte Grundstücke, so ist es, und ich kann es nicht ändern. Da keiner von uns beiden sein Grundstück verkaufen will, müssen wir eben, wie heißt das so schön, friedlich koexistieren.« Ahlert sah erst Ulferts, daraufhin Itzenga erwartungsvoll an. Jetzt mussten sie reagieren, wo er ihnen eine derart wohlformulierte Erklärung geliefert hatte.

»Aber mit der friedlichen Koexistenz scheint das nicht immer so geklappt zu haben, oder? Außerdem, der Begriff stammt ja aus Zeiten, als ganze Staaten auf diese Weise koexistiert haben, sich aber im Grunde spinnefeind waren!«

Ahlerts Blick verfinsterte sich.

»Es gab hin und wieder Streit, aber spinnefeind, das klingt so …« Weiter kam er nicht.

»›Hin und wieder Streit‹, das hört sich wiederum

recht harmlos an!«, fuhr Ulferts dazwischen. »Wir haben Hinweise, dass es eine handfeste Auseinandersetzung zwischen Ihnen gegeben hat, im wahrsten Sinne des Wortes.«

Ahlert atmete tief durch. Wie kam es, dass plötzlich zwei von der Kripo in seinen Schützenverein rauschten, quasi sein zweites Zuhause, ihn bei seinem schönsten Zeitvertreib störten und über diese Dinge Bescheid wussten? Die Flucht nach vorn war immer gut.

»Richtig, Herr Kommissar, richtig. Es gab eine handfeste Auseinandersetzung. Ich war aber nicht derjenige, der die Fäuste benutzt hat. Das war mein Herr Nachbar!« Er lehnte sich zurück und streckte die Beine aus, Lässigkeit demonstrierend. Der andere, der war's …

»Zu einem Streit gehören immer zwei. Und Herr Wientjes mag sich provoziert gefühlt haben.«

»Wieso das? Ich kann mich nicht einmal mehr genau erinnern, was damals los war. Nur daran, dass er mir plötzlich gehörig eine gepfeffert hat. Aus heiterem Himmel. Ich habe ihn nicht provoziert … Und überhaupt! Wollen Sie ernsthaft denjenigen haftbar machen, der geschlagen wurde, nicht aber den, der geschlagen hat?«

»Haftbar machen wir im Augenblick niemanden. Herr Wientjes sprach von …«

»Ist doch klar, dass er irgendwas behauptet. Er wird wohl kaum sagen: ›Ja, ich habe Herrn Ahlert geschlagen, tut mir leid.‹ Erstens bin ich überzeugt, dass es ihm nicht leid tut, und zweitens sagt er natürlich, ich hätte ihn provoziert. Habe ich aber nicht. So ist das eben mit dem, auch bei anderen Anlässen.« Ahlert schoss durch den Kopf, dass er sich diesen Zusatz hätte verkneifen sollen, nun nutzte es nichts mehr. »Da hat … hat er mir Dinge an den Kopf geworfen, die ganz klar gelogen waren. Ich habe immer gesagt, was mich stört, wofür wir auf Dauer eine Lösung finden müssten … So etwas. Aber er, er schlägt mir plötzlich mit der Faust ins Gesicht. Ich habe Zeugen dafür, die kann ich Ihnen nennen. Die Nachbarin gegenüber hat alles gesehen, sie heißt Meyer, ist meistens zu Hause. Gehen Sie ruhig mal zu der. Zu meinem Hausarzt können Sie auch gehen, dem habe ich Schwellung damals präsentiert. Sie brauchen sicher Fakten, oder? Damit ist wohl klar, wer hier aggressiv ist, und wer nicht!«

»Mal langsam, Herr Ahlert.« Tanja Itzenga zögerte ein wenig. »Wir fragen Sie ja nicht, weil uns das Spaß macht. Aber Sie sehen sicher den deutlichen Zusammenhang: Sie streiten seit Jahren mit Wientjes, haben vielleicht Hassgefühle entwickelt. Sie wissen genau, was er tut, beruflich, in seiner Freizeit. Sie sind ein guter Schütze!«

Ahlert lachte laut auf. Ulferts zuckte kurz zusammen und er fand, Tanja Itzenga habe sich bei dieser Frage nicht eben geschickt angestellt. Das hätte man anders verpacken können. So musste Ahlert fast zwangsläufig leugnen.

Nachdem der sich gefangen hatte, meinte er: »Ich sage es Ihnen ganz ehrlich. Wenn Wientjes wegziehen würde, würde ich ihm keine Träne nachweinen. Nein, ich würde mich sogar freuen. Es ist ein ewiger Ärger!« Er überlegte ein paar Sekunden. Sein Gesichtsausdruck veränderte sich und er setzte in anderer Tonlage an: »Aber jetzt sehe ich, worauf sie hinauswollen. Sie glauben, wegen unseres Streites könnte ich ... Na klar, ich kann schießen, ich bin Schützenbruder, ich habe einen Hass auf Wientjes und, natürlich, deswegen habe ich auf ihn geschossen!« Ahlert lachte laut auf, es war gespielt. »Das ist lächerlich, Entschuldigung, und bitte, das gerade Gesagte war kein Geständnis!« Er sah plötzlich nahezu vergnügt seine Gesprächspartner an.

»Wir haben kein Geständnis erwartet, Herr Ahlert«, erklärte Itzenga kurz angebunden.

»Erzählen Sie mir nichts!«, versuchte Ahlert überzeugt zu erscheinen, weder Itzenga noch Ulferts gingen weiter auf diese Bemerkung ein.

»Ihr Nachbar wurde beinahe Opfer eines Attentats. Leute aus seinem Umfeld zu befragen, ist nicht ungewöhnlich. Wir wollen etwas über Herrn Wientjes erfahren und über Ihr Verhältnis zu ihm. Ein bisschen mehr Ernst bei der Sache würde sicherlich guttun. Sie erwähnten, Sie hätten einen Hass auf Wientjes ...«

Ahlert hatte während des Sprechens bemerkt, wie ungeschickt es war, diesen Begriff zu verwenden. Nun hatte er ihn ausgesprochen. Er wand sich. »Ich habe übertrieben. Hass, so weit will ich nicht gehen. Nehmen Sie es mir nicht übel.« Ahlert sah die beiden Beamten an, als wolle er prüfen, ob sie sich so schneller abwimmeln lassen würden. Er fühlte sich unbehaglich und fragte sich insgeheim, ob der Begriff nicht doch eine gewisse Berechtigung hatte. Wenn er könnte, würde er Wientjes zum Mond oder sonst wohin schießen …

»Und wenn es tatsächlich Hass ist und wir damit recht hätten?«, fragte Itzenga, als habe sie Ahlerts Gedanken gelesen.

Ahlert schüttelte ausgiebig den Kopf. »Es ist, wie ich eben sagte: lächerlich. Ein Schützenbruder schießt normalerweise nicht auf Menschen. Der achtet die Ordnung und die geschriebenen und ungeschriebenen Gesetze des Vereines. Wir kommen sofort in Verruf, wenn irgendwelche Idioten planlos Waffen einsetzen. Dabei sind wir es, die den jungen Leuten den verantwortungsvollen Umgang mit Waffen beibringen! Und es gibt so etwas wie … wie einen Ehrenkodex, versteht sich. Nee, nee, damit kommen Sie bei mir nicht durch!«

»Haben Sie ein Alibi für die Tatzeit?«, fragte Itzenga dazwischen, denn Ahlert holte Luft, um weiterzureden.

»Ich glaube es nicht! Wann war das?«

Itzenga benannte Ort und Zeit, Ahlert überlegte.

»Da war ich in der Meerbude!«, sagte er, leiser als zuvor, und schien selbst erstaunt.

»Am Kanal zum Großen Meer? Davon haben wir

schon gehört. Mit wem waren Sie dort? Mit Ihrer Frau?«

»Meine Frau? Sicher, wir waren zusammen dort. Aber die musste nach Hause, zu einem Geburtstag, meine ich. Schon am Samstag. Nein, nein, ich war allein, ich wollte … Rasen mähen und so.« Plötzlich schien Ahlert verunsichert.

»Zeugen?«

»Zeugen? Lassen Sie mich mal überlegen«, er betrachtete versonnen die Galerie der Schützenkönige. Itzenga folgte seinem Blick in den Olymp der Schützen. Erst jetzt sah sie, dass dort ein Bild von ihm hing. Vor Jahren musste er König geworden sein, auf dem Bild sah er deutlich jünger aus.

»Ich kann nicht sagen, ob mich jemand gesehen hat. Der Nachbar, aus der Bude nebenan, war nicht da, und sonst, nein, ich kann dazu nichts sagen! Gesprochen habe ich niemand, aber das ist nicht ungewöhnlich. Halt – für einen kurzen Besuch war ich bei einem alten Freund, ein Landwirt in der Nähe.« Ahlert setzte zu weiteren Erläuterungen an, Ulferts ließ es allerdings nicht so weit kommen.

»Könnten wir uns die Meerbude mal ansehen?«, fragte er.

Ahlert sah ihn scharf an. Polizei? In seinem Wochenendhaus am Kanal?

»Also …«, Ahlert zögerte, »im Moment ist so viel los, da komme ich gar nicht dazu, hinzufahren. Und außerdem – was sollte das bringen?«, fragte er.

»Es würde unser Bild abrunden, außerdem habe ich so eine Meerbude noch nie von innen gesehen«, tat Ulferts gleichgültig, was Ahlert nicht verborgen blieb.

»Kann ich mich weigern?«

»Selbstverständlich – es würde gleichwohl nicht Ihre Glaubwürdigkeit steigern. Und wir würden uns einen Durchsuchungsbefehl besorgen.«

»Wie das? Sie bekommen wohl kaum auf einen derart vagen Verdacht hin einen Durchsuchungsbefehl. Jedenfalls würde mich das als Otto Normalbürger sehr wundern.«

Ulferts und Itzenga sahen Ahlert in die Augen. Sie sagten nichts.

Ahlert interpretierte richtig. »Ick bün doch keneen, de annern wegen een beten Arger dood schkütt«, verfiel er einen Moment ins Plattdeutsche, sagte es mehr zu sich selbst und schüttelte heftig den Kopf.

»Wir rufen Sie an, Herr Ahlert, bis dahin können Sie noch einmal ganz in Ruhe überlegen, ob und wann Sie uns Ihr schönes Wochenendhaus am Kanal zeigen und wann Sie es an besagtem Sonntag verließen. Ich bin mir übrigens gar nicht sicher, ob die Tatsache, dass Sie einen der Ruderer gut kennen, seit Jahren mit ihm im Clinch liegen und öfter vor Ort sind, nicht ausreichen würde, einen Durchsuchungsbeschluss zu bekommen. Aber … wir müssen jetzt gehen. Wenn Sie Fragen haben, oder falls Ihnen noch etwas einfallen sollte …«, leitete Tanja Itzenga das Ende des Gespräches ein.

»Sie mit Ihren Fragen!«, erwiderte Ahlert, »Ihre Verdächtigungen werden Ihnen schon bald leidtun!«

»Es ist unsere Pflicht, zu fragen und jeder noch so vagen Verdächtigung nachzugehen«, gab Ulfert Ulferts in ruhigem Ton zurück. Ahlert schüttelte erneut den Kopf.

Die Beamten verließen den Raum. Ahlert blieb noch eine Weile sitzen. Jeglicher vergnügliche Zug war aus seinem Gesicht gewichen. Ein Polizeiverhör im Verein! Mussten die denn hierher kommen?

28

Der nächste Tag stand zunächst im Zeichen einer Pressekonferenz, bei der Polizeipräsident Eilsen und seine Mitarbeiterin Tanja Itzenga nebst Kommissar Ulferts zugegen waren, um den Stand der Ermittlungen darzulegen. Die Diskussionen um die Schüsse auf das Ruderboot dauerten an, es gab Leserbriefe empörter Bürgerinnen und Bürger. Dies gab den politischen und polizeilichen Vertretern ausreichend Anlass, an die Öffentlichkeit zu treten.

Das Ganze sollte ungezwungen wirken, nicht die steife Aufteilung, vorn am Tisch die Ermittler, im Saal die Journalisten. Man wollte sich vor der Gaststätte Meerhaus aufstellen, die Journalisten sollten sich positionieren, wo sie wollten, ihre Fragen stellen und Bilder machen. Eine Gesprächsrunde, locker, den Eindruck vermittelnd: ›Wird schon alles werden!‹

Eilsen hatte die Leitung der Veranstaltung inne und wollte immer dann an Itzenga und Ulferts weitergeben, wenn es um Details ging oder er um eine gute Antwort verlegen war. Ihre Planung funktionierte natürlich nur bei gutem Wetter, ansonsten müssten sie sich ins Meerhaus zurückziehen, was der Gaststätteninhaber insgeheim hoffte, da dies mehr Umsatz bedeutete.

Eilsens Ziele waren, die zunehmend negativen Äußerungen über die Polizei aufzugreifen, sie zu widerlegen und beruhigende Worte zu sprechen. Die Öffentlichkeit regte sich sehr darüber auf, dass es nach wie vor keine heiße Spur gab. Das, was mittlerweile bekannt war, hielt man zurück, was wiederum zu Kritik führte, weil die Presse genau diese Zurückhaltung vermutete.

Irgendein Paparazzo hatte die Handynummer von Tanja Itzenga ausfindig gemacht und sie am Vorabend gegen 23 Uhr angerufen, ›Frau Hauptkommissarin Itzenga, wann fallen die nächsten Schüsse?‹ Sie hatte nicht geantwortet, nur ›Und tschüss!‹ gerufen und das Handy abgestellt. Daraufhin hatte sie sich ein Glas Rotwein gegönnt und sich gedanklich wieder in ihre Kur auf Juist versetzt – zweifelnd, ob es richtig gewesen war, Ulferts und die anderen Kolleginnen und Kollegen in diesem Fall zu unterstützen und ihre Kur abzubrechen. Für einen Moment bereute sie ihre Entscheidung. Hatte sie nicht Ulferts vor Kurzem erzählt, es gäbe immer jemanden, der den Job ebenso gut machen könnte, einen Vertreter, einen Nachfolger? Und nun hielt sie sich offenbar selbst für unersetzlich!

Der Pressetermin war, neben dem Drängen der regionalen Presse, aufgrund der aufgebrachten ortsnahen Hoteliers und Vermieter zustande gekommen. Die Offiziellen sollten endlich sagen, was Sache war, etwa in der Art: ›Es gibt keinen Grund, nicht weiterhin die Ferien oder das Wochenende am Großen Meer zu verbringen. Es handelte sich aller Wahrscheinlichkeit um einen gezielten Anschlag, es gibt keine Anhaltspunkte, dass hier ein irrer Heckenschütze am Werk ist.‹ Es galt, weitere Verluste bei den Einnahmen, die sich ohnehin vornehmlich auf die Sommermonate konzentrierten, zu verhindern. Das konnten nur die Großkopferten vom Polizeipräsidium und aus der Politik tun. Denen würde man am ehesten eine Erklärung abnehmen.

So stellte sich der Polizeipräsident werbewirksam vor die Gastwirtschaft, die, Reet-gedeckt, einen passenden, ortsüblichen Hintergrund für die Kameras sowie die zahlreichen Fotografen unterschiedlicher regionaler und lokaler Blätter bildete. Eilsen hatte sich in Schale geworfen, feiner Zwirn aus Verona – einer seiner besten Anzüge, den er, unter kritischer Beratung seiner Ehefrau, anlässlich einer Reise in die norditalienische Stadt gekauft hatte. Danach hatten sie sich einen Cappuccino vor der alten römischen Arena an der Piazza Bra genehmigt und darüber gesprochen, dass Berlusconi alles tat, Italien politisch langsam, aber sicher zur Bananenrepublik verkommen zu lassen, was dieses wunderbare Land nicht verdient hatte.

Eilsen konnte reden und er holte weit aus, bevor er zum Kern der Sache kam. Tanja Itzenga und Ulfert Ulferts verblassten neben ihm ein wenig, hatte Eilsen doch darauf bestanden, dass sie ihre Uniformen trugen – damit ein jeder sehe: Die Polizei ist vor Ort, die Polizei kümmert sich.

Eilsen beantwortete die teils kritisch vorgebrachten Fragen der Journalisten geduldig und beteuerte ein ums andere Mal, die Lage am Großen Meer und darüber hinaus sei sicher und es gebe keine Veranlassung, das Urlaubs- und Freizeitverhalten zu ändern. Außerdem sei die Polizei verstärkt vor Ort und teilweise sogar dank einer Sondergenehmigung mit einem Motorboot unterwegs, das die Ufer des Binnensees abfuhr, um die Präsenz der Ordnungshüter zu signalisieren, dabei gleichwohl intensiv zu beobachten. Die oberste Polizeibehörde tue alles, in enger Zusammenarbeit mit allen weiteren Verantwortlichen, vor allem dem Landrat und den hiesigen im Tourismus tätigen Unternehmen, um Sicherheit und Ordnung zu gewährleisten.

Nachdem der Präsident befragt worden war, stellten die Journalisten Fragen zum Stand der Ermittlungen an Hauptkommissarin Itzenga. Sie bemühte sich gleichermaßen, sachlich und ruhig zu wirken und auf diese Weise das Bild, welches ihr Chef soeben verbreitet hatte, zu untermauern. Tanja Itzenga schien hinsichtlich Charme und Charisma die Aufmerksamkeit auf sich zu ziehen, während Ulfert Ulferts – ohnehin der unterste in der hier präsentierten Hierarchie – mehr Statist war, niemand fragte ihn etwas. Aber immerhin vermittelte die stämmige Figur des uniformierten, großen Polizisten ein Bild der Entschlossenheit und Stärke.

Polizeipräsident Eilsen schloss den offiziellen Teil der Veranstaltung und verabschiedete sich sogleich wieder nach Aurich, betonend, dass dies schließlich nicht sein einziger Tagestermin war. Der Pulk löste sich langsam auf, zunächst unterhielten sich noch die ein oder anderen Journalisten untereinander, ein paar kehrten ins Meerhaus ein, was den Wirt freuen mochte, da sie wenigstens einen Kaffee oder Tee zu sich nehmen würden. Schließlich blieben Ulferts und Itzenga sowie der Chef des nahe am Ufer stehenden Restaurants übrig.

»Darf ich Ihnen einen Kaffee anbieten?«, fragte er, offenbar durch die Worte der Polizisten versöhnt und darauf hoffend, dass die Gäste in den umliegenden

Meerhäusern, Hotels, Pensionen und privaten Unterkünften wieder beruhigt ihren Urlaubsvergnügungen nachgehen würden.

»Ein Tee wäre mir lieber«, antwortete Tanja Itzenga.

»Kein Problem, Sie bekommen einen echten Ostfriesentee, mit Kluntje und Sahne«, erwiderte der Gastwirt. Zu dritt betraten sie die Wirtschaft, um sich die von einer ostfriesischen Firma hergestellte Ceylon-Assam-Mischung schmecken zu lassen. Nach Gesprächen zum Fall am Großen Meer und den Schüssen in Emden sowie darauffolgendem Small Talk über Wind und Wetter machten sich Ulferts und Itzenga wieder auf den Weg.

Am Dienstwagen angekommen, blieb Tanja Itzenga stehen und sah in die weite Landschaft, dann auf das glitzernde Wasser des Großen Meeres.

»Alles in Ordnung?«, erkundigte sich Ulferts.

»Mir kam da eine Idee – wo wir gerade hier sind«, entgegnete seine Kollegin.

»Welche?« Ulferts sah sie fragend an, doch sie blickte weiterhin in die Ferne.

»Warum fahren wir nicht jetzt zur Meerbude von Ahlert? Sie ist nicht weit von hier.«

»Er wird kaum dort sein.«

»Wir sehen uns einfach um. In der Nähe sind die Schüsse gefallen, vielleicht kommt uns dort ein zündender Gedanke. Ahlert war auch mit Kremers unterwegs, den könnten wir noch einmal aufsuchen und nach dem Jagdgebaren der beiden fragen. Und wenn uns das alles nicht weiterbringt, haben wir uns wenigstens einen Spaziergang an der frischen Luft gegönnt. In jedem Fall verbinden wir das Angenehme mit dem Beruflichen. Die Gegend ist wirklich sehr schön!«

Einen Augenblick überlegte Ulferts. Er hatte eigentlich bereits den Imbiss in Georgsheil vor seinem inneren Auge gesehen, eine Currywurst mit Pommes, die er nicht oft, dafür aber umso lieber aß, wenn sich die Chance ergab. Beim ›Grillfriesen‹, wie sich der Imbiss nannte, schmeckten die Fritten besonders gut. Er wusste, dass auch Tanja Itzenga manchmal schwach wurde und hatte sich schon die Worte zurechtgelegt, wenn sie Georgsheil erreichten: ›Komm, Lieblingskollegin, ich lad' dich auf 'ne Pommes ein!‹ Doch er pflichtete seiner Vorgesetzten bei und insgeheim freute er sich sogar, denn er war eben gern in ihrer Nähe. »Meinetwegen. Ich fahre um das Nordende herum und versuche, zu dieser Kneipe zu kommen. Da parken wir, Kneipe und Meerbude liegen beide an dem Kanal, der Nörderriede. Von da geht's zur Meerbude von Ahlert, zur Vorsicht können wir ja noch einmal den Gastwirt fragen, der kennt sich sicher aus.«

»Denn man tau!«, meinte Tanja Itzenga, schwang sich auf den Beifahrersitz, während Ulferts sich eher behäbig hinter das Steuer setzte, den Wagen startete und losfuhr. In diesem Augenblick kam der Wirt des

Meerhauses aus der Tür. Zuerst schien es so, als wolle er noch etwas von den Polizisten, hob dann aber nur kurz die Hand, was wohl eine Art Abschiedsgruß darstellen sollte.

29

Tanja Itzenga und Ulfert Ulferts parkten ihren Wagen unmittelbar vor der kleinen Kneipe im beschaulichen Ort Bedekaspeler Marsch an der Kanalbrücke. Sie waren aus Richtung der B 210 gekommen und über die kleine, mit vielen Unebenheiten gesegnete Straße bis zu einer scharfen Rechtskurve gefahren, vorbei an einem Platz, auf dem ein großer Haufen mit Schilf lagerte. Das Schilf war gebündelt und wurde von Schilfschneidern per Hand geschnitten, zusammengebunden und dann mit den Jüllen, wie sie hier genannt wurden, über den Kanal bis zur Kneipe und von hier auf dem Landweg bis zum Lagerplatz transportiert. Die Kähne wurden mit langen Stangen angetrieben, gestakt, noch echte Handarbeit, genau wie das Schilfschneiden. Das Schilf war erstklassige Ware – wer ein Reetdachhaus besaß, konnte hier einkaufen. In der Regel wurde das Schilf allerdings an Großhändler veräußert, die wiederum die wenigen Bauunternehmer belieferten, deren Mitarbeiter das rar gewordene Handwerk des Reetdachdeckens beherrschten. Gegen Aufpreis, versteht sich, aber ein Reetdach vermittelte nun mal einen Hauch von Exklusivität.

Der Kanal lief von der Kneipe mehr oder weniger geradeaus zum Großen Meer, in der anderen Richtung konnte man, wenn man mit einem Boot unterwegs war, zuerst unter einer Brücke hindurch in Richtung des Loppersumer Meeres fahren, das eine wesentlich kleinere Fläche einnahm als das benachbarte Große Meer, jedoch über einen weiteren Kanal zum gleichnamigen Dorf führte. Hier war es möglich, auf dem Wasserweg in viele Orte der Krummhörn zu gelangen, nach Pewsum, Grimersum, Eilsum oder Uttum, zwischen denen die Kühe in der weiten Marschlandschaft grasten und wunderschöne, alte Hofgebäude standen. Einige führten weiter bis nach Greetsiel. Auch nach Emden konnte man gelangen, alle kleineren und größeren Wasserstraßen waren miteinander verbunden. Ein Paradies für Ruderer, Paddler, Kanuten und Motorbootfahrer, wobei ein Motorboot nicht überall erlaubt war.

»Hierher wollten die Ruderer, weiter zum Loppersumer Meer und dann nach Emden«, sagte Ulferts, als er sich ein wenig umgesehen hatte. »Von hier aus«, er zeigte Richtung Osten, »geht es direkt zum Großen Meer. Dort, wo der Kanal das Meer erreicht, fielen die Schüsse. Linker Hand sind weite Schilfbereiche, durchsetzt mit Weidengebüsch. Erstklassige Deckung. In der anderen Richtung«, er drehte sich um, »ist besagtes Loppersumer Meer. Es ist nicht weit, selbst in einem Ruderboot ist man ziemlich schnell da. Es schließt sich an einen Kanal an, über den man nach Emden rudern kann – die hängen eh alle irgendwie zusammen, die Kanäle.«

Tanja Itzenga folgte seinen Ausführungen.

»Und dort stehen, bis zum Meer, die Meerbuden, hier nur auf einer Seite des Kanals. Eine davon muss die von Ahlert sein.«

Wenige Meter hinter der Kneipe standen die Meerbuden wie an einem Band aufgereiht am Ufer des Kanals. Itzenga und Ulferts machten sich auf den Weg und wollten sich gleich beim ersten Häuschen rückversichern, wo Ahlerts Meerbude stand. Hier hielt sich eine ältere Frau im Garten auf.

»Weet ick neet«, kam als Antwort, nachdem die Kommissare gefragt hatten. Das wunderte sie, war doch ihre Vermutung, hier kenne jeder jeden. Schließlich trafen sie jemanden, der Bescheid wusste.

»Immer liek ut an't Kanal längs«, begann er auf Platt, setzte hochdeutsch fort: »Diese Bude mit …«, überlegte einen Moment, »na die, wo so eine Schützenscheibe am Giebel angebracht ist«, um dann zu schließen: »De weer mol Schkützenkönig, dat is Johren her.«

»Danke«, entgegnete Tanja Itzenga schnell, »das ist die, die wir suchen!«

»Tschüss«, antwortete der Mann erstaunt. Diese fortwährende Eile in der heutigen Welt. Hier war eigentlich immer Zeit, ein paar Worte zu wechseln. Die hatten gar nicht gesagt, was sie hier wollten. Und er hätte ihnen noch eine Menge über den Kanal, die Meere und die einzelnen Wochenendhäuser erzählen können.

Ulferts und Itzenga erkannten die kleine Meerbude sofort, als sie die kreisrunde Scheibe am Giebel sahen, die von Wind und Wetter verblasst war. Wann Onno Ahlert Schützenkönig gewesen war, konnte man nicht mehr entziffern.

Plötzlich hielt Ulferts seine Kollegin zurück, indem er seinen linken Arm nach außen streckte.

»Warte mal«, sagte er leise, als könne sie jemand hören.

»Was ist?«

»Da ist jemand zu Hause!«

»Hat Ahlert nicht gesagt …«

»Eben, er hat anderes erzählt im Schützenverein. Aber ich meine, ihn gesehen zu haben.«

»Bist du sicher?«

»Ich glaube, er hat uns nicht bemerkt. Er rechnet wohl kaum mit Besuch.« Ulferts drängte Itzenga ein paar Schritte zurück, wobei er, kurz wohlig erschauernd, einen Atemzug lang ihren Geruch wahrnahm.

»Hierher.« Der Kommissar entschwand in einen kleinen Seitenweg, der genau zwischen dem Grundstück, das zu Ahlerts Meerbude gehörte, und dem benachbarten verlief. Vorteilhaft war, dass Ahlerts Besitz hier von einer breiten Hecke immergrüner Gehölze vom Weg abgegrenzt wurde, die verbarg, wenn jemand dahinter stand. Vorsichtig schob Ulferts ein paar Zweige zur Seite, sodass er und Itzenga, sie ganz nah an seiner linken Wange, hindurchsehen und das Treiben in der Meerbude beobachten konnten.

»So muss der Typ hinter Wientjes' Garten in der Hecke gesessen haben«, raunte Ulferts seiner Kollegin zu. Dann konzentrierte er sich auf das Geschehen in der Meerbude. Durch ein Fenster konnten sie Ahlert sehen.

»Der hat ganz gut zu tun«, murmelte Ulferts, denn Onno Ahlert lief von dem Raum, in den sie hineinsehen konnten, in einen anderen, kam zurück. Es schien, als packe er etwas ein, denn er hantierte mit einer großen Rolle Packpapier, war höchst aktiv.

»Sieh mal an«, machte Ulferts seine Chefin aufmerksam.

»Das ist interessant«, hauchte sie und stieß ihn sanft in die Seite. »Sieht aus, als packe er etwas zusammen.«

»Etwas ist gut!«, antwortete Ulferts und nickte mit dem Kopf Richtung Meerbude: »Sieh' dir das an!«

Onno Ahlert, das hatten beide Polizisten deutlich gesehen, wenn auch nur für einen Moment, verpackte ein Gewehr. Er wickelte es in Packpapier, sodass man auf den ersten Blick nicht erkennen konnte, was für ein Gegenstand es war. Jetzt holte er eine Decke.

»Warum macht der das?«, flüsterte Ulferts.

»Sicher nicht, weil alle sehen sollen, was in seinem Päckchen ist! Der will die Waffe wegschaffen!«, erwiderte Itzenga.

»Offensiv rangehen, oder?«

»Meine ich auch. Auf frischer Tat ertappt. Also los.«

Sie verließen ihre Deckung, liefen zurück Richtung Kanal, bogen ab Richtung Eingangstor, öffneten es und standen im Nu vor der Tür der Meerbude und betätigten den Türklopfer, einen eisernen Löwenkopf. Zunächst tat sich nichts, sie drückten die Klinke – es war abgeschlossen. Klopften einmal, mehrmals, kräftiger. Jetzt wurde recht schnell geöffnet und Ahlert war die große Verblüffung anzusehen.

»Sie?« War es Erschrecken, das ihm anzusehen war? Er schickte ein »Moin« hinterher und bevor er Weiteres hinzufügen konnte, sagte Tanja Itzenga:

»Moin, Herr Ahlert, wir waren gerade in der Gegend, wegen einer Pressekonferenz am Meerhaus zu den Vorfällen hier. Da dachten wir, es sei eine gute Gelegenheit, uns mal Ihre schnuckelige Meerbude anzusehen.«

Ahlert ging auf diese Anspielung nicht ein. »Im

Moment ist es ganz schlecht, eigentlich habe ich überhaupt keine Zeit, normalerweise wäre ich gar nicht … hier, also …«, stotterte er.

»Warum? In einer Meerbude ist man der Erholung wegen, ist da nicht immer Zeit?«, bemerkte Ulferts.

»Ja, schon, aber … aber ich wollte gerade wieder nach Hause, nach Emden. Ich habe nur ein wenig aufgeräumt. Ich muss noch etwas vorbereiten, Vorstandssitzung morgen, Sie können sich sicher denken, da ist viel zu tun, man will das ja gut machen …« Er versuchte zu lächeln. Es sah gequält aus.

»Fünf Minuten haben Sie doch sicher übrig? Wir wollen uns nur einen Eindruck von Ihrem schmucken Häuschen machen. Und wenn auch noch aufgeräumt ist, umso besser«, insistierte Ulferts auf Zugang, zwinkerte Ahlert dabei zu.

»Ein andermal wäre mir wirklich lieber.« Ahlert war sichtlich aus der Fassung gebracht.

»Die Meerbude ist doch nicht groß«, stand Tanja Itzenga Ulferts bei und beharrte auf Einlass, »kommen Sie, Herr Ahlert, jeden Tag sind wir schließlich nicht in der Gegend.«

»Einen Moment, ja?« Ahlert sah die beiden Besucher bittend an.

»Sie haben nicht etwa irgendetwas zu verbergen?«, versuchte es Itzenga auf die witzige Art.

»Nein, ich muss nur, ach, wirklich, ein paar Sachen wegpacken, es wäre mir peinlich …«

»Also gut«, sagte Ulferts, »packen Sie das weg und

dann bitten wir um Einlass!« Er sah Tanja Itzenga an, um ihr zu verstehen zu geben, dass sie auf jeden Fall die in Papier und Decke eingewickelte Waffe ansprechen müssten. Ahlert würde sie wahrscheinlich schnell in irgendeinem Schrank verstecken. Der Meerbudenbesitzer verschwand in seiner Hütte, ließ die Haustür offen, schloss aber die nächste Verbindungstür.

Ulferts hielt Zeige- und Mittelfinger hoch: Wir geben ihm maximal zwei Minuten. Er ärgerte sich sogleich, Itzenga meinte aber: »Lass' ihn, der kann doch nicht weg und soll keinen Verdacht schöpfen!«

Ein, zwei Minuten passierte gar nichts und die beiden Polizisten unterhielten sich flüsternd über Möglichkeiten, wie am geschicktesten vorzugehen sei, um das Gewehr zur Sprache zu bringen und Ahlert eine Erklärung für sein Handeln abzufordern.

Schnell wurde Ulferts die Zeit zu lang. Er betrat den Flur, Itzenga klopfte kräftig mit dem Löwenkopf: »Herr Ahlert, so viel Zeit haben wir nun auch nicht mitgebracht.«

Keine Antwort.

»Es reicht!«, rief Ulferts. »Wir kommen rein!« Er wollte dic Tür öffnen. Ahlert hatte sie verriegelt.

»Mist!«, fluchte der Kommissar, »was soll denn das?« Er trat zwei Schritte zurück, rannte gegen die Tür, die sich unter lautem Krachen öffnete. Der kleine Riegel hatte der Wucht Ulferts' nichts entgegenzusetzen und brach fast widerstandslos aus dem Rahmen.

»Der Kerl ist weg!«, rief Ulferts. Er zog instinktiv seine Dienstwaffe. »Ahlert, hören Sie auf mit solchen Spielchen!«

»Komm mal her«, hörte er im gleichen Moment Tanja Itzenga.

Die Hauptkommissarin stand vor der offenen Hintertür. Von dem Raum, in dem sie sich momentan aufhielten, gelangte man durch eine winzige Küche in ein noch kleineres Bad auf der anderen Seite der Bude. Das hatte eine direkte Verbindung zum Garten. So konnte man beim sommerlichen Grillen direkt zur Toilette, ohne durch das Haus zu müssen. Schlau angelegt, dachte die Hauptkommissarin.

»Was soll das denn jetzt?« Ulferts schüttelte den Kopf.

»Der muss doch wissen, dass das nichts bringt!«, mehr sagte sie nicht, denn sie hatte bereits ihr Handy am Ohr und orderte Verstärkung.

»Der kann nicht weit gekommen sein, den kriegen wir auch so!« Ulferts suchte nach Anzeichen, wohin Ahlert entwischt sein konnte.

»Schau mal hier«, sagte Itzenga, ging ein paar Schritte voraus und hob eine volle Schachtel Kleinkaliberpatronen auf.

»Hauptsache, er macht nichts Unüberlegtes!«

»Wer wegläuft, hat jedenfalls Grund dazu. Ulfert, das ist unser Mann, sonst würde der sich nicht so verhalten!«

Die Polizisten rannten in Richtung des Schilf- und

Weidengebüsches am Kanal, der nicht weit hinter der Meerbude Richtung Norden führte. Woanders hätte Ahlert kaum Deckung gefunden, es sei denn, er hatte sich in einer anderen Meerbude versteckt. Doch das war unwahrscheinlich, da er sich der Gefahr ausgesetzt hätte, jemanden anzutreffen.

»Denk dran, er ist bewaffnet«, warnte Ulferts.

»Danke für den Hinweis«, entgegnete Tanja Itzenga in einer Weise, die ihm zeigen sollte, dass sie nach vielen Jahren bei der Kripo keine Anfängerin mehr war. »Da muss er erst einmal sein sorgsam in Papier eingerolltes Gewehr wieder auspacken!«

»Wer weiß, vielleicht hat er auch eine Pistole oder einen Revolver?«

Die Polizisten liefen den Rand des Schilfstreifens ab. Der musste da irgendwo drin hocken.

»Ahlert, Sie bringen sich in eine verdammt ungünstige Situation!« Ulferts' kräftige, dunkle Stimme musste weit hörbar sein. Tanja Itzenga hatte ihre Pistole gezückt. Die Schüsse aus dem Schilf lagen erst kurze Zeit zurück. Angesichts dieser völlig unerwarteten Handlungsweise Ahlerts musste man auf der Hut sein.

Ulferts und Itzenga drangen in das Schilf ein, sich gegenseitig Deckung gebend. Sie entdeckten eine Schneise. Es war deutlich sichtbar, dass soeben erst jemand die Halme abgebrochen hatte.

»Herr Ahlert, lassen Sie den Unsinn. Sie haben keine Chance. Selbst wenn Sie einen von uns kriegen, wir sind zu zweit. Denken Sie an Ihren Verein, Ihr Hobby – so verhält man sich nicht als Schützenbruder! Sie gefährden das alles!«, rief Ulferts. Leise fügte er an seine Kollegin gerichtet hinzu: »Der sitzt hier irgendwo, das hab ich im Urin!«

»Wenn da man drauf Verlass ist«, meinte sie nur, ihr Gesicht zeigte angespannte Züge.

Langsam bewegten sie sich vorwärts, die Situation war unübersichtlich, keine klare Kanten und Grenzen, nur Schilf, einige Weiden und unten Wasser und Matsch. Keine Deckung – wenn Ahlert sie im Visier hatte, könnte er sie glatt umlegen. Aber er wäre verrückt, das zu tun. Hatten sie nicht vor Kurzem erst ganz normal mit ihm gesprochen? Im Schützenverein, in der Meerbude? Er würde doch nicht plötzlich einfach durchdrehen?

Ein Schuss. Ulferts und Itzenga erstarrten. Wieder knallte es.

»Mann, sind Sie verrückt?«, schrie Ulferts. Ahlert musste ganz in ihrer Nähe sein. War der zu allem fähig?

»Vorsichtig jetzt. Vielleicht sieht er uns – ganz wie bei den Ruderern!«, gab Itzenga Ulferts zu verstehen.

Er nickte, sah nach rechts, versuchte, etwas in dem Dickicht zu erkennen. Schuhe und der untere Teil der Hose waren nass. Langsam kämpften sich die Kriminaler durch das Schilf. Eine Ente startete laut quakend aus ihrem Versteck. Kurz sahen sich Ulferts und Itzenga an und atmeten durch. Weiter!

»Oder sollen wir die Verstärkung abwarten?«, flüsterte Itzenga Ulferts zu.

»Ist vielleicht besser, was?« Sie waren stehen geblieben, horchten, die Waffen in zwei Richtungen haltend. Ahlert konnte nicht weit weg sein, hatte sie wahrscheinlich im Visier. Er kannte sich hier aus, sie nicht.

Ulferts Handy meldete sich. »Wo seid ihr?« Er flüsterte, musste aber zumindest laut genug sprechen, um die Geräusche des Windes im Schilf zu übertönen. Es stellte sich heraus, dass die Kolleginnen und Kollegen gerade erst an der Kneipe angekommen waren. Bis sie vor Ort waren, würde es noch ein wenig dauern. Er blieb hoch konzentriert, achtete auf alles, was ihn und die Hauptkommissarin umgab. Tanja Itzengas suchte mit den Augen langsam, aber höchst aufmerksam die Gegend ab. Wo steckte der Typ, verdammt noch mal?

Deutlich vernehmbares Knacken von Halmen erschreckte die Kommissare. Sogleich richteten Ulferts und Itzenga ihre Waffen in die Richtung, aus der die Laute kamen.

»Nicht schießen«, rief Ahlert, der noch nicht zu sehen war, »ich bin hier!« Die Stimme klang verzweifelt. Er richtete sich auf, kam auf sie zu, die Hände nach oben, in der einen das eingewickelte Gewehr haltend. Keine zehn Meter vor ihnen hatte er im Schilf gehockt.

Ulferts und Itzenga stürzten auf ihn zu, nahmen

ihm das Gewehr ab. Lediglich der Abzug lag offen, am Lauf fand sich ein Loch im Packpapier.

»Sie Idiot, was war das denn für eine Nummer?« Ulferts war stinksauer.

»Das war's dann wohl, Herr Ahlert!« Itzenga legte ihm Handschellen an.

»Haben Sie das Gewehr geladen eingepackt? Sind Sie eigentlich noch bei Trost?« Ulferts war außer sich.

»Hören Sie, Sie dürfen das nicht falsch verstehen …«, wimmerte Ahlert, doch Ulferts ließ ihn nicht ausreden.

»Ach nein?«, entgegnete er barsch, »natürlich nicht, das ist ganz normal, dass jemand bewaffnet ins Schilf flüchtet, vor der Polizei flieht, schießt, ganz normal, klar …«

»Ich bin nicht geflohen!«

»Machen Sie sich nicht lächerlich. Los, raus hier aus diesem Modder! So toll ist das nicht mit nassen Füßen und Hosenbeinen.« Ulferts wollte erst einmal in trockenere Gefilde gelangen, bevor er weitere Fragen stellte. Tanja Itzenga informierte indes die Kolleginnen und Kollegen, die mittlerweile irgendwo an oder hinter der Meerbude suchen mochten. Sie konnten sie sehen, sobald sie aus dem Schilf herausgetreten waren und wieder festes Weidegras unter den Sohlen hatten.

»Was Sie denken, ist nicht …«, Ahlert versuchte noch einmal, etwas zu sagen.

»Was wir denken, überlassen Sie jetzt erst einmal

uns. Was Sie da eben gemacht haben, ist das Allerletzte! Und Ihr Umgang mit dem Gewehr war verantwortungslos, kriminell. Sie sind mir ein wahrer Schützenbruder!«

Der letzte Satz saß. Der ging ihm an die Nieren. Ahlert wusste um seinen kapitalen Fehler. Wie hatte er nur so reagieren können? Ihm wurde klar, dass es Konsequenzen hätte. So jemanden wollte niemand im Schützenverein haben. Wenn alles publik wurde, wäre es aus mit seinem Hobby, seiner Lieblingsbeschäftigung, seinem Ein und Alles! Er ließ sich widerstandslos abführen.

»Es ist nicht so, dass ich fliehen wollte, ich …«, Ahlert wusste, er würde kein Gehör finden, Ulferts ließ ihn nicht aussprechen.

»Sie halten jetzt den Mund, Herr Ahlert! Das alles wird ein Nachspiel haben, und zwar eines, das sich gewaschen hat! Aber da gehen *wir*«, er betonte das ›wir‹ ganz besonders, »so vor, wie es sich nach Recht und Gesetz gehört. Andere scheinen sich an solche Regeln ja nicht immer zu halten!«

Das war ein weiterer linker Haken und Ahlert interpretierte ihn richtig. Er wirkte mehr und mehr verzweifelt. Er war blass und seine Knie begannen zu zittern. Wenn er jetzt aufwachte und erkannte, dass es nur ein Albtraum war, würde er alles, was nicht rechtens war, sofort korrigieren und bis an sein Lebensende …

Er knickte in einer Kuhle mit dem Fuß um, fluchte: »Au, verdammt!«, und sackte in sich zusammen.

Ulferts zog ihn hoch: »Nun kommen Sie!«, herrschte er Ahlert an.

Sie erreichten die Meerbude, wo weitere Polizisten eingetroffen waren und Ahlert übernahmen. Auf dem Kanal hatten sich einige Boote angesammelt, die Leute besahen sich das Spektakel.

»Ist das der Heckenschütze?«, rief ein Paddler, als Ulferts und Itzenga mit Ahlert erschienen. Der Paddler hatte sein Handy gezückt, machte ein Foto.

Ahlert bat leise: »Lassen Sie uns in die Meerbude gehen! Irgendwohin, wo man uns nicht sieht! Die machen hier Bilder! Ich erkläre Ihnen alles! Das, das war … Ich habe nicht nachgedacht, ich …«

»Das können wir Ihnen leider nicht ersparen. Wohin wir gehen, entscheiden wir!«, erwiderte Tanja Itzenga forsch und ergänzte, weithin hörbar: »Sie fahren mit unseren Kollegen nach Aurich. Sie sind festgenommen wegen des dringenden Verdachts, illegal Waffen zu lagern und auf Harm Wientjes geschossen zu haben.«

»Das stimmt nicht!«, rief Ahlert aufgebracht. »Es ist alles ganz anders …«

»Halten Sie endlich die Klappe!«, fuhr Ulferts dazwischen. »Wir klären das alles im Präsidium. Aber bedenken Sie: Sie haben sich schon ziemlich weit in die Scheiße geritten.«

Tanja Itzenga warf ihrem Kollegen einen bösen Blick zu. Er schien sehr wütend zu sein, aber so etwas, das hörten doch die anwesenden Kollegen und die Gaffer.

Ahlert senkte den Blick und ließ sich abführen. Plötzlich sah er aus wie ein Greis. Man hätte meinen können, er sei kurz davor zu heulen.

30

»Eine was?« Ulfert Ulferts sah den Mann aus der Kriminaltechnik an, als sei dieser grün im Gesicht und habe Antennen auf dem Kopf.

»Eine Korowin TK, Kaliber 6,35. Sowjetisches Fabrikat, auch Tulski Korowin genannt. Ganz was Feines, jedenfalls aus Sicht eines Waffenliebhabers. Vorbild war die amerikanische Patrone im Kaliber 6,35 Millimeter Browning. Die Waffe ist 126 Millimeter lang, 99 Millimeter hoch, 23 Millimeter Gesamtbreite. Gewicht weniger als ein halbes Kilo, Lauflänge 68 Millimeter. Ein sogenannter Rückstoßlader mit Masseverschluss und Single-Action-Abzug. Sie wurde im Laufe der Jahre, in denen sie produziert wurde, mehrfach verändert. Diese Pistolen wurden in den 20er-Jahren des vorigen Jahrhunderts hergestellt, in einem russischen Rüstungsbetrieb in der Stadt Tula, daher wohl das ›Tulski‹. ›Korowin‹ hieß der Entwickler, Sergej Alexandrowitsch.«

Harald Kampen war ein hervorragender Kriminaltechniker und konnte sich für die Wunderwerke der Waffen- und Sprengtechnik begeistern, ohne dass er jemals einen Schuss abgegeben hätte. Zu Hause hatte er Regale voller Bücher über diese Themen.

»Ob nun Tulski Korowin oder Korowin TK … nie gehört!«, kommentierte Ulferts.

»Das ist eine Rarität, ein Sammlerstück. Es hat ja nicht *so* lange gedauert«, das ›so‹ dehnte Kampen extrem weit, »bis wir festgestellt haben, aus welcher Waffe geschossen worden ist, weil wir keine Lust zum Arbeiten hatten, Herr Ulferts. Da muss man erst einmal drauf kommen, auf eine Korowin TK.«

»Wie haben Sie das herausgefunden? Ich meine, sie hatten keine Vergleichsmöglichkeiten, nichts, was auf diese Waffe schließen ließe.«

»Ich habe eine Anfrage an das BKA gestellt. Seit knapp drei Jahren verfügt das BKA über einen großen Fachbereich zur Untersuchung von Waffen und Munition. Die haben mehr als 8.000 Waffen als Vergleichs- und Referenzmaterial zur Verfügung, dazu kommen ungefähr 5.000 Hülsen und Geschosse zur Identifizierung von Tatwaffen. Aus sichergestellten Waffen gewinnt man Vergleichsmunition und kann diese mit Anhaltspunkten aus einem aktuellen Fall oder mit dem vorhandenen Datenbestand abgleichen. In der polizeilichen Sachfahndungsdatei sind darüber hinaus Details zu ungefähr 250.000 Schusswaffen gespeichert und so hat man viele Vergleichsmöglichkeiten zur Verfügung. Da unter den vorhandenen Geschossprofilen auch solche einer Korowin waren, konnten wir versuchen herauszufinden, ob sich irgendwelche Ähnlichkeiten mit dem Projektil bei Wientjes fanden. Die Analyse war gar nicht so schwierig, wie man meinen sollte, da sehr schnell eine Menge Waffen ausgeschlossen werden konnten: Modernere Waffen hinterlassen nicht diese Spuren, nicht ein solches Profil«, Kampen holte Luft und setzte fort: »Aber was erzähle ich Ihnen da alles, Herr Ulferts, Sie wissen natürlich Bescheid …«

»Nein, nein, reden Sie ruhig weiter, das ist sehr interessant. Ich vermute, gleich kommt das Entscheidende?«

»Natürlich. Ich will mich kurz fassen. Das mag noch nicht gerichtsfest sein, aber es spricht viel dafür, dass es eine Korowin TK ist.«

Kampen machte eine Pause. Ulferts nutzte sie, um seine Anerkennung auszusprechen: »Ein wertvoller, neuer Hinweis, Herr Kampen!«

»Und dann,« fügte Kampen an, »fiel mir noch unsere Städtepartnerschaft mit Starachowice in Polen ein. Sie wissen vielleicht, dass ich da ein wenig mitmische. Dort habe ich vor drei Jahren einen Kollegen kennengelernt, der in der Kriminaltechnik arbeitet, in Radom. Er kennt sich hervorragend mit der Waffentechnik der Armeen des ehemaligen Warschauer Paktes aus. Ich habe ihm von meinen Erkenntnissen berichtet und er hat sie bestätigt. Er kannte die Pistole und kam somit ebenfalls zu dem Schluss, dass die Tatwaffe eine Korowin TK ist – unter Vorbehalt, versteht sich, so aus der Ferne. Fazit: Sobald die Waffe auftaucht, machen wir eine Analyse, und der Drops ist gelutscht.«

»Wie Sie schon sagen, wenn sie gefunden ist … aber ich bin beeindruckt, Herr Kampen.«

»Wenn die Waffenkunde nicht mein ganz persönliches Steckenpferd wäre, hätte ich vielleicht nicht so viel Energie reingesteckt. Und die Unterstützung der Leute vom BKA war mehr als hilfreich!«

»Wie kommt man zu so einer Pistole?«

»Gute Frage! Es sind wohl einige hunderttausend hergestellt worden«, Kampen sah Ulferts an, »also eine ganze Menge. Aber die müssen ja noch irgendwo herumschwirren.«

Dann fuhr er fort: »Der Waffenhandel war auch in der Sowjetunion ein lukratives Geschäft und sowjetische Waffen und Waffensysteme haben ihren Weg in alle befreundeten Länder gefunden – oder in solche, die zumindest zeitweise mit der Vormacht des real existierenden Sozialismus befreundet waren. Nicht unerhebliche Ausrüstungsgegenstände der Roten Armee, und darunter massenhaft Waffen, sind auf alle erdenkbaren Weisen unters Volk geraten. Und bei den Garnisonen in den sozialistischen Bruderländern, da ist in den Zeiten des Umbruchs eine Menge an Material auf wundersame Weise verschwunden. Man konnte eine schnelle Mark machen, aber eine Westmark, oder einen Dollar! So gesehen kann eine Korowin überall vorzufinden sein. Sie ist in Sammlerkreisen eine Rarität. Unter 1.000 Euro kriegen Sie keine. Je nachdem, wie sie erhalten ist, kann sie deutlich teurer sein.«

»Immerhin heißt das ja auch, dass derjenige, der mit so etwas schießt, leichter zu finden sein sollte, als jemand, der eine Allerweltswaffe benutzt«, bemerkte Ulferts.

»Da bin ich mir nicht so sicher«, bemerkte der Kriminaltechniker. »Ursprünglich, also zu Zeiten der Sowjetunion, sollte die Korowin eine Sportpistole werden. Oft verfügten Offiziersdienstränge über eine solche Pistole. Der Geheimdienst hatte sie ebenfalls. Sie wurde auch als Geschenk vergeben, häufig an höhere Funktionäre der KPdSU«, Kampen machte eine kleine Pause. »Wohl zur Sicherung des Weltfriedens«, versuchte er, einen kleinen Gag einzustreuen, »oder so.« Der Mann von der Kriminaltechnik schmunzelte. »Ich vermute, dass allerhand Leute eine Korowin besaßen, und was aus all den Waffen wurde, die heute nicht mehr Eigentum des ursprünglichen Besitzers sind – wer will das heute noch nachvollziehen?«

»Aber sie kursierte vorwiegend im militärischen Bereich?«, fragte Ulferts.

»Nicht nur. Ich sagte ja«, Kampen fiel auf, dass Ulferts nicht alles behielt, was er sagte, »der eigene, aber auch die befreundeten Geheimdienste und politischen Funktionäre wurden damit beglückt. Sicher, die meisten dieser Pistolen gab es wohl beim Militär und beim KGB.« Kampen holte Luft und setzte nochmals an: »Durch die internationalen Verflechtungen der Geheimdienste gelangte die Pistole zu einem höheren Bekanntheitsgrad. Die hatten ihre Leute ja überall, in Ost und West. Und oft hat es niemand bemerkt – siehe Günter Guillaume, den die Stasi in höchste Kreise der Regierung Brandt eingeschleust hatte. Es gibt viele Fälle, die nie aufgeklärt wurden. Und nicht selten haben beide Seiten Stillschweigen vereinbart, da ist sicher viel Geld geflossen. An der Glienicker Brücke wurden Agenten ausgetauscht, deren wahre Identität nie an die Öffentlichkeit kam. Die Grenze ging nun einmal genau durch die Mitte der Brücke, nur ein Schritt von Ost nach West und umgekehrt. Verrückt nicht? Heute fahren dort Autos und die Leute joggen fröhlich in beiden Richtungen hin und her.«

Ulferts sah den Mann erstaunt an. Er kannte ihn eher als schweigsamen, sorgfältig arbeitenden Kollegen. Dass er so ausschweifend erzählen konnte, war ihm bisher nicht bewusst gewesen.

»Ich muss gestehen, dass ich nicht allzu viel über diese Zeit weiß. Glienicker Brücke ist mir natürlich ein

Begriff, aber da hört es beinahe auf. Ich bin eben weder Geheimagent noch Historiker«, meinte der Kommissar, »aber das heißt ja nichts weiter, als dass die ein oder andere Tulski Korowin ohne Weiteres ins westliche Lager gekommen sein mag, sogar zu Zeiten, als der Eiserne Vorhang noch fest verankert war.«

»Möglich ist alles«, murmelte Kampen, gedanklich wohl noch bei dem vorher Gesagten.

Ulferts ergänzte: »Besten Dank. Wir müssen somit nach Herkunftswegen von so einer Korowin suchen, wer hätte das gedacht.« Ulferts war sich bewusst, dass er nun zwar einen Hinweis auf die Tatwaffe hatte, diese Tatsache ihm aber nicht zwingend half, bei den Ermittlungen weiter zu kommen. Wie sollte man Kampens Erkenntnisse mit den bisherigen Ermittlungen in Übereinstimmung bringen? Man konnte wohl kaum plump fragen: ›Herr Kremers, haben Sie mal bei einem fliegenden, russischen Händler bei einem Besuch in Berlin eine Tulski Korowin gekauft? Herr Ahlert, da Sie offensichtlich illegal Waffen lagern, ist vielleicht eine Korowin TK darunter?‹ Ulferts schüttelte den Kopf bei diesen Gedanken: Haha! So würde es kaum gehen.

Die Hausdurchsuchung bei Ahlert, die nach seiner Festnahme erfolgt war, hatte zwar tatsächlich eine Pistole ans Tageslicht befördert. Die war aber offiziell registriert, hatte in seinem Waffenschrank gelegen und war eine Glock 34. Auch die Meerbude war durchsucht worden, doch hier schien außer dem Gewehr, das Ahlert hatte wegschaffen wollen, nichts weiter versteckt zu sein.

»Ich mach' mich erst einmal wieder vom Acker, wir haben einiges zu tun und uns haben sie ja eine Stelle gestrichen, die Arbeit darf also die verbliebene Mannschaft miterledigen«, kündigte der Kriminaltechniker seine Absicht an, zu gehen.

»Tun Sie das«, entgegnete Ulferts und war ein wenig erleichtert, als Kampen den Raum verließ. Er rief dem Kriminaltechniker, der sich schon hinausbewegte, noch ein »Also nochmals, danke!« hinterher und wollte dann überlegen, was sich aus dem soeben Gehörten ergeben könnte.

31

Ulferts dachte über die sonderbare Pistole nach. Eine Waffe dieses Typs bekam man wahrscheinlich nur auf Floh- oder Schwarzmärkten oder bei irgendwelchen

Online-Waffenmärkten. Außerdem würde ein Täter, der unentdeckt bleiben wollte, eine Pistole kaum im Waffenladen kaufen. Einen Handel im Internet konnte man natürlich nachverfolgen, aber wo stand der Server, über den er getätigt wurde? Es wäre vermutlich eine Sisyphusarbeit, die Anfragenden und Anbietenden ausfindig zu machen.

Und wenn Onno Ahlert tatsächlich auf dem Waffenschwarzmarkt aktiv war?, überlegte Ulferts. Immerhin hatte sein blütenreines Schützenimage arg gelitten, seitdem sie das nicht zugelassene Gewehr in seiner Meerbude entdeckt hatten. Vielleicht gab es weitere Waffen? Vielleicht hatte Ahlert gerade die alte, russische Pistole benutzt, weil er wusste, dass es länger dauern würde, sie zu identifizieren, und es so gut wie unmöglich war, den Halter ausfindig zu machen, da der Kauf niemals irgendwo festgehalten worden war? Liefen diese Geschäfte nicht nach wie vor genau so ab? Im Kleinen wie im Großen?

Eventuell lag die Korowin doch noch in der Meerbude? Hatte Ahlert lediglich das Gewehr herausholen wollen, weil es allzu unhandlich war? Kurzwaffen konnte man einfacher verstecken ... Hatten die Kollegen vielleicht etwas übersehen? Immerhin saß Ahlert jetzt in Untersuchungshaft, das Haus war nicht mehr zugänglich, es war verplombt worden. Es sei denn, seine Frau ... Doch sie würde es nicht wagen, den amtlich verfügten Verschluss zu ignorieren. Oder? Letztlich hielt sie zu ihrem Mann, das hatte man während des Gespräches gemerkt. Aber hatte Ahlert seiner Frau überhaupt gesagt, welche Waffen er besaß? Andere würden erst recht nichts darüber wissen. Obwohl, die langjährige Bekanntschaft mit Leuten wie Landwirt Kremers – womöglich war beim abendlichen Bier am Kanal das eine oder andere Wort dazu gewechselt worden? Schließlich waren beide an Waffen interessiert. Ob er noch einmal bei dem Bauern nachhaken sollte? Vielleicht hatte Ahlert sie bei ihm gelagert? Irgendwo unter Heu- und Strohballen versteckt? Es war alles möglich, irgendwie mussten die Untersuchungen aber weitergehen. Bevor weitere Befragungen stattfanden, würde die Meerbude nochmals und gründlicher durchsucht, eventuell gab es ein Versteck, das noch nicht gefunden war. Das wäre nach gegenwärtiger Sachlage das einzig Sinnvolle, entschied Ulferts. Er versuchte, sich Ahlert in einer Ausnahmesituation vorzustellen – wie damals, als es beinahe zur Schlägerei mit seinem Nachbarn Wientjes gekommen war. Oder derjenigen kürzlich im Schilf. Der Mann hatte das Potenzial! Der schoss, wenn es sein musste.

Ahlert hatte zwar den illegalen Waffenbesitz zugegeben, den er durch seine Flucht durch die Hintertür vertuschen wollte. Er hat jedoch vehement bestritten, für die Schüsse auf das Ruderboot und Wientjes' Haus verantwortlich zu sein. Dank des Wissens um die Tulski Korowin hatten sie jetzt neue Informationen an der Hand. Sie mussten versuchen, diese in der nächsten Vernehmung geschickt einzusetzen. Das könnte

Ahlert zum Reden bringen. Sollte er denn tatsächlich mehr wissen, als er momentan zugab.

Ulferts sah sich erneut die Fotos der Waffe und diejenigen von Wientjes' Wohnung an, welche die Zerstörungen im Fenster, auf dem Essenstisch und schließlich das Einschussloch im Wohnzimmerschrank zeigten. Dann kam ihm eine Idee: Wollte Ahlert Wientjes einfach nur vergraulen? Wenn auf das eigene Haus geschossen wird, muss man eben wegziehen … Endlich kein Nachbar Wientjes mehr, endlich Ruhe. Nach einem jahrzehntelangen Generationenstreit. Konnte jemand so denken? Einer wie Ahlert? War das nicht zu naiv?

Ulferts rieb sich mit der Hand durch das Gesicht, schloss die Augen und blieb eine Zeit lang so sitzen. Er versuchte, sich Ahlert aus allen Richtungen zu nähern, auch die krudesten Ideen einzubeziehen. Es ermüdete ihn. Schließlich schlief er ein.

Als er beinahe vom Stuhl gerutscht wäre, erwachte er aus seinem Sekundenschlaf. Er schüttelte den Kopf, schob Papiere, Fotos und Laptop mit beiden Unterarmen ein Stück weit nach oben. Aus seiner speckigen Ledertasche fischte er eine Tupperdose. Er nahm ein Schwarzbrot mit mittelaltem Gouda heraus und biss herzhaft hinein. Jetzt fehlte nur eine Tasse Tee. Der war allerdings aufgebraucht. Immer vergaß er, rechtzeitig für Nachschub zu sorgen. Ein Glas Mineralwasser musste genügen.

Tulski Korowin, Korowin TK, ging es Ulferts durch

den Kopf, wieder und wieder. Er vergegenwärtigte sich zum wiederholten Mal, was der Kriminaltechniker ihm über die Herkunft der Waffe, ihre Verwendung, Referenzgeschosse und die beeindruckenden Datenbanken des BKA erzählt hatte.

Plötzlich stoppte er den Kauvorgang. Er verschluckte sich, hustete – ihm war eine Idee gekommen. In der Vergangenheit von Eibe Kremers hatten sie gesucht, in derjenigen von Harm Wientjes und dessen Nachbarn Onno Ahlert. Sie hatten Gernot Jandes Verstrickung mit seinem Gläubiger Siebold de Vries als Motiv analysiert, und sie hatten allerlei über Stöwers' Vergangenheit erfahren. Gab es da nicht eine Verbindung? Berichterstattung an Führungsoffiziere der Staatsicherheit und Schüsse aus einer sowjetischen Pistole, die im Ostblock unter anderem als Auszeichnung für verdiente Offiziere der Armee und des Geheimdienstes diente? Das war zumindest ein interessantes Zusammentreffen von Fakten.

Doch nur einen Augenblick später verwarf Ulferts diese Gedanken. Es passte nicht. Dann hätte Stöwers Täter sein müssen, nicht Opfer. Er hätte vielleicht Möglichkeiten gehabt, an eine solche Waffe zu kommen, als Stasi-Mann, er hätte sie benutzen können. Und gemäß der Sachlage war es durchaus wahrscheinlich, dass Wientjes das eigentliche Ziel der Anschläge war – immerhin war auf dessen Haus geschossen worden. Ulferts aß seine Stulle auf, pulte mit der Zunge zwei zwischen seinen Schneidezähnen steckende Getreidekörner des groben Schwarzbrotes heraus und erhob sich. Auf jeden Fall musste er Tanja Itzenga von Kampens Erkenntnissen berichten.

Daraufhin müssten sie sich Onno Ahlert vornehmen. Er war nicht der Saubermann, für den ihn alle hielten. Unerlaubter Waffenbesitz hieß, die Grenze zur Illegalität zu überschreiten. Die Waffe zu benutzen, war kriminell. Der Mann konnte noch nicht alles gesagt haben, langsam wurde es Zeit, dass er auch den Rest ausspuckte.

32

Er befand sich hinter einer Mauer eines der alten Zwinger, die von dichtem Gebüsch umsäumt war, um die Laufgruppe zu erwarten. Der Zwinger war ein Überbleibsel der Wallanlagen, die zu Beginn des 17. Jahrhunderts um Emden herum errichtet worden waren, damit die damals ausgesprochen wohlhabende Stadt gegen Feinde verteidigt werden konnte. Die Anlage bestand ursprünglich aus elf Zwingern, die in einem Ring angeordnet waren. Vor dem Wall verlief ein Wassergraben und diverse Kanäle kreuzten die Anlagen. So entstand ein mit reichlich Bäumen versehener Streifen rund um die Innenstadt, angereichert mit vielen Wasserläufen, der den Emdern bis heute eine willkommene Möglichkeit bot, sich unmittelbar in der Stadt im Grünen erholen zu können.

Jetzt bot ihm diese alte Befestigungsanlage Schutz und Deckung – so wie früher den Stadtbewohnern. Deutlich hatte er *ihn,* Stöwers, bei seinen Recherchen auf einem der digitalen Bilder auf der Internetseite der Laufgruppe erkannt. Ort und Startzeit des Lauftreffs waren für jeden ersichtlich. Informationen jeglicher Art lagen heute auf dem digitalen Präsentierteller, man musste nur ein wenig suchen, schon fand man.

Dass Dietmar Stöwers, wenn er Glück hatte, mit der Gruppe von Joggern daherkommen würde, passte ihm durchaus. Nach seinem Schuss würde es ein heilloses Durcheinander geben, Zeit, die er nutzen konnte, um unauffällig zu verschwinden. Ihm war klar dass er ein immer höheres Risiko einging, entdeckt zu werden. Doch dieser von Tag zu Tag zunehmende, ihn mittlerweile beherrschende Drang nach *Vergeltung* ging einher mit einer ansteigenden Gleichgültigkeit gegenüber sich selbst. Wenn sie ihn kriegten – dann war es so. Es war ihm egal.

Einzig ein dummer Zufall konnte ihn noch von seinem Vorhaben abbringen. Einer, der hier in dem uneinsehbaren Bereich des alten Wallzwingers pinkeln wollte, oder so etwas. Dann würde er einfach bei der nächsten Gelegenheit wiederkommen oder eine andere suchen. Internetrecherchen brachten einen auf immer neue Ideen, und sie förderten vielfältige Informationen zutage, wobei die privaten ihn am meisten interessierten. Was schrieben die Leute nicht alles völlig arglos ins Netz, ohne sich zu vergegenwärtigen, dass man es überall auf der Welt lesen konnte? Richtig kombiniert, konnte man diese Informationen nutzen, zu diversen Zwecken.

Efeu und Knöterich rankten am Gemäuer entlang und schlängelten sich über den Boden. Ihm sollte das recht sein. Es war ziemlich weit von dem durch rötlichen Splitt gekennzeichneten Fußweg entfernt, doch ein guter Schütze wie er hatte keine Probleme, von hier aus sein Ziel zu treffen. Er holte die Pistole aus dem kleinen, unscheinbaren Rucksack, den er fast immer dabei hatte. Er zielte. Noch einmal nahm er die Waffe herunter, sah sich vorsichtig um. Niemand zu sehen, allenfalls in der Ferne, und wichtiger war, dass ihn niemand entdeckte.

Er sah die Laufgruppe von Weitem. Sie nahm eine Kurve, die der Weg hier beschrieb, sodass er bald das Seitenprofil Stöwers im Visier haben würde. Vorausgesetzt, er bewegte sich nicht mitten im Pulk. Anscheinend fehlten heute einige, oder die Gruppe war immer so klein, und Stöwers rannte schnaubend an der Seite, trug dunkelblaue Laufkleidung.

Er streckte den Arm aus, hier hatte er mehr Platz als in der Lebensbaumhecke hinter Wientjes' Haus. Er konnte sein Ziel besser anvisieren. Er entspannte sich bewusst, schloss kurz die Augen. Als er sie öffnete, den Blick gesenkt, sah er in zwei freundliche, rehbraune Augen. Er atmete durch.

»Hau ab!«, raunte er dem kleinen Dackel zu, der sich, ohne von ihm bemerkt worden zu sein, genähert hatte und ihn interessiert fixierte. Offenbar ein Rüde, denn jetzt hob er ein Hinterbein und setzte eine Marke.

»Na los, zieh Leine!«, wiederholte er in befehlsartigem Flüsterton. Und tatsächlich, langsam zog sich das Tier zurück, verschwand im Dickicht.

Wieder spürte er die plötzliche Aufregung und Nervosität aufkommen, wieder fühlte er den Schweiß auf der Stirn. Etwas Schweiß lief ihm ins linke Auge. Es brannte, aber er ließ sich nicht beirren, zwang sich, das Auge offen zu halten. Rennender blauer Laufanzug, schnaubend, schnaubend … ›Ich will Erfolge sehen‹, schoss es durch seinen Kopf. Jetzt. Jetzt musste er abdrücken.

Stöwers indes freute sich, dass er mittlerweile ohne Probleme mit den anderen mithielt. Am Beginn seiner Läuferkarriere – wie er selbst öfter scherzhaft sagte – war das anders gewesen. Dass er gerade in diesem Augenblick ins Visier genommen wurde, dass sich jetzt ein Zeigefinger krümmte, um in Sekundenbruchteilen den Abzug einer Korowin TK zu bedienen, dass waren Dinge, an die er nie und nimmer einen Gedanken verloren hätte. Er konzentrierte sich vielmehr darauf, die Füße ordentlich abzurollen und gleichmäßig zu atmen, damit sich die Waden nicht verkrampften und kein Seitenstechen aufkam.

Der Knall war weit hörbar.

Stöwers schrie laut auf, stürzte auf den Weg. Die Mitläufer eilten ihm zu Hilfe. Stöwers wand sich, bedeckte die Schusswunde am Bein mit einer Hand, das Blut quoll daran vorbei. Jeder schien etwas anderes zu rufen. Glücklicherweise hatte einer der Läufer ein Handy dabei und tippte schon die 110 ein.

Der Schütze bekam das nicht mehr mit. Er rannte nicht, er ging zügig, wie jemand, der noch unbedingt etwas besorgen musste oder einen wichtigen Termin hatte. Er achtete nicht auf die Geschehnisse, die sich in seinem Rücken abspielten, versuchte, unauffällig und möglichst unerkannt den Bereich zu verlassen. Kurze Zeit später, er hatte die Hauptstraße erreicht, rauschten zwei Polizeiwagen direkt an ihm vorbei, Blaulicht und Martinshorn tönten laut, doch sie nahmen keine Notiz von ihm. Er blieb stehen, gaffte. So fiel er nicht auf. Langsam ging er weiter, über Umwege. Es dauerte fast eine Stunde, bis er die Tür zu seiner Wohnung aufschloss.

33

»Das war erneut tolle Amtshilfe, schnell und unbürokratisch«, bemerkte Tanja Itzenga, die, zusammen mit ihrem Kollegen Ulferts, vor dem Computer saß. Sie wühlten sich durch weitere, neue Dateien, die meisten davon gescannte Dokumente des BStU. Nach der Schilderung des Falles und der Bestätigung der Dringlichkeit durch den Staatsanwalt hatte man sich dort sehr schnell entschlossen, alles Wichtige in einer rasanten Aktion zu digitalisieren, soweit es nicht bereits entsprechend vorlag, und nach Aurich zu mailen.

»Irre, nicht?«, murmelte Itzenga.

»Ich habe so etwas vorher nie gesehen …«

»Typisch deutsch, was? Wenn schon bespitzeln und denunzieren, dann auch hundertprozentig. Hier, da ist es!« Itzenga zeigte auf ein Dokument, in dem mit einer Schreibmaschine Eintragungen gemacht waren. Oben rechts enthielt das Dokument ein Foto.

»Dietmar Stöwers alias IM Rabe.«

»Rabe? Wieso Rabe?«

»Was weiß denn ich? Ist doch wurscht im Moment. Hier, guck mal, das ist viel wichtiger, in diese Richtung haben wir bislang gar nicht gedacht!«

Ulferts las den Text quer.

»Stöwers hat nicht nur einen bespitzelt! Die Namen scheinen diejenigen von Opfern zu sein!«

»So sieht's aus!«

»Der Lehrer für Physik und Marxismus-Leninismus!«

»Genau der. Wir wussten, dass er IM war. Wieso haben wir nicht gleich geschaltet und uns angesehen, wen er denunziert hat?«, fragte Itzenga selbstkritisch.

»Hör mal, das liegt mehr als zwei Jahrzehnte zurück! Es ist ganz und gar nicht zu erwarten, dass jemand nach so langer Zeit seine Rachegelüste auslebt – was auch noch zu beweisen wäre. Erinnerst du dich außerdem an die Passage aus dem Jahresbericht der BStU, die ich dir neulich vorgelesen habe? Da steht schwarz auf weiß, dass keine Fälle bekannt sind, in denen Opfer nach der Lektüre der Stasi-Unterlagen ihren Verrätern an den Kragen gingen«, verteidigte Ulferts ihre bisherige Vorgehensweise.

»Von den drei Namen, die wir hier haben und die von IM Rabe bespitzelt wurden, ist Ralf Meinertz der Einzige, der in Ostfriesland lebt. Ihn hat es offenbar auch am schlimmsten erwischt, jahrelange Haft ...«

»Wenn er der Täter ist, muss man herausfinden, warum er Stöwers erst nach so vielen Jahren an den Kragen wollte! Vielleicht ist es nicht nur Rache? Was macht Meinertz überhaupt in Ostfriesland?«

»Er hat eine Zeit lang in Twixlum in einer Wohnung gelebt, in der auch eine Frau gemeldet war, eine Rieke Griepenhorst. Vielleicht hat es ihn wegen der Liebe hierher verschlagen. Seine Ehe wurde noch zu DDR-

Zeiten geschieden, da war er in Haft in Schwerin. Die Frau in Twixlum war allerdings nicht mehr lange in dieser Wohnung gemeldet. Anscheinend war die Sache bald beendet. Er war bei der Agentur für Arbeit gemeldet und hat sich wohl mit zeitweisen Tätigkeiten über Wasser gehalten. Jedenfalls ist er hier hängen geblieben, hat ihm wohl gefallen.« Itzenga hob den Kopf, als schnupperte sie. »Ist ja auch schön hier, was Ulfert?«

»In Ostfreesland is't am besten, över Ostfreesland geiht d'r nix!«, zitierte der Kommissar aus einem bekannten plattdeutschen Lied.

»Nationalist!«

»Nicht Nationalist, Patriot! Aber davon abgesehen: wie kommst du nun zu deinen Schlüssen?«

»Diese … wie soll ich sagen, diese Beziehung, dieser seltsame Zusammenhang zwischen der sowjetischen Pistole und der Stasi-Tätigkeit Stöwers', der ist mir nicht mehr aus dem Kopf gegangen. Sowjetische Pistole, die auch an Mitarbeiter befreundeter Geheimdienste verschenkt wurde. Da kam mir gleich die Stasi-Vergangenheit von Stöwers in den Sinn. Das passte zwar nicht in unsere Konstellation, wie du schon gesagt hattest, ich meine, es wurde ja nun mal auf Stöwers geschossen, er war somit Opfer. Trotzdem ging mir das nicht aus dem Kopf. Der Grundgedanke kam von dir, lieber Kollege.« Itzengas Blick war bezaubernd. »Deshalb habe ich mich erneut an die BStU in Berlin gewandt. Und die Berliner haben toll mitgemacht, zum Glück. Stöwers war schnell gefunden und im zweiten Schritt haben sie alle Leute rausgesucht, auf die er damals angesetzt war. Das war das Entscheidende, daraufhin hast du ja mitgeholfen, diese Leute wiederzufinden. Die müssen ja irgendwo leben! Ralf Meinertz war einer von ihnen. Dass er aktuell in Ostfriesland gemeldet ist, hat mich natürlich aufhorchen lassen und gab mir Anlass zu weiteren Nachforschungen. Einer ist verstorben, der andere wohnt nach wie vor in den neuen Ländern. Warum und wie Meinertz nun in den Besitz der Pistole gekommen ist, das müssen wir ihn selbst fragen, sobald wir ihn haben. Aber in der Nachwendezeit ist ja wahnsinnig viel unter den Hammer gekommen, es war alles in Auflösung begriffen … Er wird sie sich irgendwie besorgt haben.«

Ulferts ließ den Blick wieder über den Bildschirm schweifen.

»Und wir setzen Ahlert fest!«, bemerkte er, während er weiterscrollte.

»Nicht grundlos! Sein Verhalten und sein Fluchtversuch wegen des illegalen Waffenbesitzes. Er hat sich schuldig gemacht! Er wird die Konsequenzen tragen müssen. Außerdem ist er noch gar nicht raus aus dem Kreis der Verdächtigen.«

»Da kann man mal sehen, wie ernst solche Leute ihren Verein nehmen. Macht so einen Mist, nur damit keiner entdeckt, dass er die Waffe nicht besitzen darf!«

»Nur ist gut … aber ehrlich, mir ist Ahlert alles andere als sympathisch, ich hätte jedoch die Hand für ihn ins Feuer gelegt, dass der so etwas nicht tut! Wie akribisch er alles in seiner Emder Wohnung eingeschlossen hat! In diese Holzbuden kann doch jeder ohne große Schwierigkeiten einbrechen. Wenn er dann Waffen vorfindet, wäre das unverantwortlich! Und streng verboten! Du kennst ja Paragraf 36 des deutschen Waffengesetzes …«

»In- und auswendig.« Ulferts lächelte verlegen. »Dann hätte er sie eben mit nach Hause nehmen müssen, da war alles tipptopp in dieser Hinsicht.«

»Natürlich, wenn er sie denn offiziell angemeldet hätte. Es war vielleicht einfach Bequemlichkeit. Er ist öfter mal mit Kremers los, auf Jagd, da war es praktischer, ein Gewehr zur Hand zu haben. Und wer fragt schon in so einer Meerbude. Erst als wir andeuteten, dass wir da mal aufkreuzen, war ihm klar, er musste das Teil wegschaffen. Nachlässigkeit darf es in diesen Dingen eben nicht geben! Da wird kein Auge zugedrückt und das ist gut so.«

»Und eine Anzeige deswegen hätte ihm seine Schützenehre ziemlich verdrießt!«

»Gelinde ausgedrückt. Er hat schließlich selbst gesagt: Ich will nicht das erleben, was Kremers widerfahren ist. So eine Schmach, an der man jahrelang herumknapst. Du musst dir wahrscheinlich immer und immer wieder dumme Sprüche anhören, obwohl du dich für einen vorbildlichen Jäger, oder eben Schützen, hältst. Das wird wohl Konsequenzen für die Vereinsmitgliedschaft haben, die illegale und unsachgemäße

Aufbewahrung von Waffen. Allein das Foto seiner Festnahme in der Zeitung muss eine Höllenstrafe für ihn sein!«

»Wie viel mag der Typ aus dem Paddelboot dafür bekommen haben? Der hat doch ein Foto gemacht und es sicherlich an die Presse verkauft.«

»Es wird sich in Grenzen halten, er hatte ja niemanden aus dem englischen Königshaus vor der Kamera … Ulfert, wir müssen uns jetzt um andere Dinge kümmern! Meinertz muss gefunden werden. Unsere Theorie ist immerhin so weit, dass wir eine Fahndung verantworten können. Dass Meinertz Preise beim Schießen bei der NVA gewonnen hat, zeigt, wie gut er darin ist. Guck mal hier«, sie hielt ein vergilbtes Dokument hoch, »die Notiz eines Leutnants, der eine Belobigung wegen der vorbildlichen Schießleistungen des Feldwebels Ralf Meinertz vorschlägt!« Kurz schüttelte sie ungläubig den Kopf. »Das waren andere Zeiten, später gibt es ein Schreiben, in dem Meinertz Unzuverlässigkeit nachgesagt wird, noch bei der Armee. Der Mann muss einen Veränderungsprozess durchgemacht haben, schließlich war er später bei regimekritischen Gruppen aktiv. Aber wie er zu der Pistole gekommen ist, wissen wir nicht. Bevor wir die Pistole nicht in den Händen halten und einen Schusstest durchgeführt haben, ist nichts endgültig bewiesen!«

»Wir werden ihn, und damit die Waffe, sicher finden. Wir sollten uns aber beeilen, bevor er sich noch absetzt.«

»Was mich umtreibt, ist, dass er einen Hass auf Stöwers haben wird – sonst würde er ihm nicht auflauern und schießen. Das kann man nachvollziehen. Aber den hat er schon, seitdem er weiß, wer überhaupt für seine Haft verantwortlich war. Das wird er zwar erst nach der Wende herausgefunden haben, bei der BStU haben sie gesagt, dass er sich erst 94/95 ernsthaft um Akteneinsicht gekümmert habe. Aber warum hat er sich nicht schon damals aufgemacht, seinen Denunzianten unter Druck zu setzen oder gar zu beseitigen?« Die Hauptkommissarin schob die Maus hin und her. Sie sah dauernd auf ihre Uhr, schien ein wenig nervös zu sein.

»Frag mich was Leichteres! Die Adresse Meinertz' haben wir, gibt's auch eine Telefonnummer?«, fragte Ulferts.

»Wir haben seit Kurzem seine Handynummer!«

»Woher?«

»Ich habe die Kollegen in Emden gebeten, Meinertz in seiner Wohnung aufzusuchen. Gar nicht weit weg von Wientjes Haus! Er war nicht da, aber seine Nachbarin. Eine verängstigte, alte Dame, die überhaupt nicht nachvollziehen konnte, wieso die Polizei bei ihrem ruhigen, netten, manchmal aber sehr verschlossenen Nachbarn aufkreuzte. Sie hat von selbst erzählt, dass ihr Nachbar ihr irgendwann mal seine Handynummer dagelassen hatte, weil er eine Postsendung erwartete, für den Fall, dass sie früher käme und er nicht zu Hause wäre. Dann hätte sie ihn anrufen sollen. Das Ganze ist nicht so lange her – die Handynummer sollte also stimmen.«

»Hast du es versucht?«

»Ich konnte es mir gerade noch verkneifen. Es wäre ja eine Warnung für ihn gewesen.«

»Wir können trotzdem eine Handyortung vornehmen.«

»Klar, ist alles im Gange, ich habe …«, doch Itzenga wurde jäh unterbrochen, denn die Tür flog auf und Bakker stürzte herein.

»Herr Ulferts, oh, Entschuldigung Frau Itzenga, Moin, ich hatte Sie gar nicht gesehen!«

»Moin, Bakker, was gibt's?«, fragte Ulferts. Wenn Bakker so daherkam, hatte er eine Neuigkeit, manchmal weniger, manchmal sehr wichtig.

»Es gibt jemanden, der den Schützen am Wall in Emden gesehen hat. Sehr wahrscheinlich jedenfalls. Sie hat sich gemeldet, nachdem sie in der Zeitung von dem Vorfall gelesen hat.«

Itzenga und Ulferts sahen gespannt zu Bakker. Der sagte nichts mehr.

»Ja und?«, drängte Itzenga.

»Die Frau hat angerufen und konnte glaubhaft darstellen, was sie zur Tatzeit erlebt hat. Da haben wir sie hierher beordert. Sie hat jemanden gesehen, der im Gebüsch an einem dieser … dieser Zwinger am Wall verschwand, da, wo die Läufer vorbeikamen. Sie ist seit Jahren mit ihrem Dackel dort unterwegs, kennt die Örtlichkeit gut. Daher wunderte sie sich nicht, denn da gehen wohl öfter mal welche ins Gebüsch. Ihr Dackel würde dort auch ständig hinlaufen, was sie aber gar nicht so toll fände, weil die da ja alle hingehen, um sich zu erleichtern.« Bakker hielt inne, er war über seine eigene Ausdrucksweise erstaunt.

»Weiter, Herr Bakker, weiter!«, jetzt war es Ulferts, der den Mitarbeiter aufforderte, endlich fortzufahren.

»Schließlich kam ein Mann aus dem Gebüsch heraus und lief, ohne sich im Geringsten um die in heller Aufregung befindliche Läufergruppe zu kümmern, schnurstracks in die dem Tatort entgegengesetzte Richtung. Dabei steckte er etwas in die Innentasche seiner Jacke. Sie wunderte sich, warum ihr Dackel sie ständig in Richtung dieses Mannes ziehen wollte, hatte erst vor, ihn anzusprechen, also den Mann, aber er ging dermaßen schnell … Erst später fiel ihr ein, dass ihr Hündchen ihm vielleicht begegnet war, da im dichten Buschwerk! Ihr Hund laufe immer gleich Fremden nach, das könne sie ihm einfach nicht abgewöhnen. Und in der Zeitung habe sie gelesen, dass genau von dort der Schuss gekommen sein muss. Da habe sie aufgehorcht, auch weil da stand, falls jemand etwas gesehen habe, möge er sich bei einer Polizeidienststelle melden. Sie hat gleich noch gefragt, ›off dat ook'n Lohn gifft‹, für ihren Hinweis – alte Emderin, spricht am liebsten plattdeutsch, ›Lohn‹ für Belohnung.«

»Ja, ja, ich bin auch Emder«, antwortete Ulferts,

»nun müssen wir auch noch Dackel als Zeugen heranziehen! Was hat der Mann eingesteckt?«

»Das hat sie nicht erkannt, aber man könnte vermuten, dass …«

»Könnte man, vielleicht. Würde die Frau ihn wiedererkennen?«

»Das habe ich sie natürlich auch gefragt! Sie denkt schon, denn sie hat sich dem Gebüsch genähert und als der Mann herauskam, bellte ihr Dackel. Da hat sie dem Mann wohl auch mal ins Gesicht gesehen, kurz nur, weil er sich wegdrehte, und aus einiger Entfernung, aber doch so, dass sie ihn wiedererkennen würde. Zumindest behauptet sie das.«

»Na, dann holen sie sie endlich herein! Mann, Bakker, wieso ist sie nicht schon hier?«, rief Ulferts und begann eilig, die Fotos von Ralf Meinertz auf einem Tisch auszulegen. Um sicher zu gehen, legte er noch ein paar Fotos anderer männlicher Personen daneben.

»Wenn sie ihn erkennt, ist er fällig!«, rief er Tanja Itzenga zu.

34

Nach einer überwiegend durchwachten Nacht, in der er angestrengt darüber nachgedacht hatte, wie es weitergehen soll, entschloss sich Meinertz, den weiteren Verlauf der Dinge auf sich zukommen zu lassen. Im Grunde wunderte er sich, dass noch niemand vor seiner Tür gestanden hatte: ›Kommen Sie bitte mit.‹ So wie damals. Da war er noch eine Kämpfernatur gewesen. Heute war er jemand, der seinen Rachedurst aus dem Hinterhalt stillte. War das nicht der Abgrund? Aber hatten sie es nicht genau so gemacht? Unter Decknamen Menschen verraten und verkauft?

Meinertz wollte das alles beenden. Seine Mission war erfüllt. Er hatte Schuld auf sich geladen, das war ihm klar. Noch einmal wollte er etwas für sich selbst tun, etwas Schönes erleben. Nicht irgendwann, jetzt! Wer wusste, ob und wann er das je wieder tun könnte, wenn sie ihn erst einmal schnappten, was irgendwann passieren würde …

Spontan entschied er, mit dem Zug an die Nordsee zu fahren. Seinen alten Polo würde man schließlich schnell erkennen können. Den frischen Wind spüren, die Salzluft einatmen, ein Fischbrötchen essen. Von Emden aus dauerte es eine gute halbe Stunde bis nach Norddeich, nicht länger. Vielleicht würde er eine Fähre besteigen und nach Norderney fahren. Vorher würde er sich am Kiosk eine Tageszeitung kaufen und die Berichte über den Schuss auf die Läufergruppe lesen.

Am Hauptbahnhof angekommen, warf er einen Blick auf die Anzeigetafel. In Kürze würde der Regionalexpress aus Hannover kommen und nach kurzem Aufenthalt bis zur Endstation Norddeich Mole fahren. Dann sah er sich um. Keine Uniformen zu sehen, niemand, der sich ihm, speziell ihm, näherte. Er war nicht blauäugig, was die Ermittlungsarbeit der Polizei anbetraf: Wozu standen in Deutschland an jeder Straßenecke, in öffentlichen Gebäuden, an Bahnsteigen, an Park- und anderen Plätzen, an Hauseingängen und sonst wo Videokameras herum? Die Polizei würde die Bevölkerung um Hilfe bitten. Viele Hinweise würden unbrauchbar sein. Aber der ein oder andere könnte doch lauten: ›Ich habe da einen Mann gesehen …‹ Wie lange würde es dauern, bis sie die richtigen Schlüsse gezogen und ihn identifiziert hätten?

Sollte er versuchen, Rieke zu erreichen? Er schaltete sein Handy ein. In diesem Augenblick hielt der Zug am Bahnsteig. Er bestieg ihn und nahm den erstbesten freien Sitzplatz in Beschlag. Rieke! Alte Liebe rostet nicht, ging es ihm durch den Kopf. Er hatte nie viel von dem Spruch gehalten … Ob die alte Nummer noch stimmte? War er nicht wegen Rieke Griepenhorst in Ostfriesland geblieben? War sie nicht der einzige Lichtblick gewesen, den er in all den Jahren nach der Wende überhaupt gehabt hatte? Ihr

Charme? Ihr Witz? Ihr Lachen? Und war es nicht seine Schuld gewesen, dass sie ihn verließ, nach so kurzer Zweisamkeit? Er war nur mehr ein frustrierter, jammernder, ehemaliger Häftling gewesen. Zuerst hatte sie sich wohl sehr zu ihm hingezogen gefühlt. Sie mochte Männer, die nicht immer nur den großen Macker heraushängen ließen. Er war still, manchmal in sich gekehrt. Hatte ihr stückchenweise erzählt, wie alles passiert war. Rieke war jedoch mit der Zeit mehr und mehr auf Distanz gegangen, wollte oder konnte ihn nicht verstehen. Nie würde er das letzte Telefonat vergessen, als sie nur sagte: ›Lass mal, Ralf, es hat keinen Sinn mit uns!‹ Erst später war ihm aufgefallen, dass er nur auf sich geachtet hatte, sie lediglich wahrgenommen hatte als jemanden, der seine Stimmung aufhellte, mit ebendiesem Charme, Witz, einem wundervollen Lachen. Das konnte ja gar nicht gutgehen! Anrufen? Wozu? Diese Episode war abgeschlossen. Auch diese.

»Moin, Moin und die Fahrkarten bitte«, hörte Meinertz aus dem in seinem Rücken liegenden Bereich des Waggons. Scheiße! dachte er. Er hatte völlig vergessen, eine Karte zu lösen. Er warf das Handy in seinen Rucksack und holte sein Portemonnaie heraus.

»Ich muss nachlösen«, sagte er kleinlaut, als der Schaffner seinen Platz erreicht hatte.

»Schwarzfahrer? Das macht 40 Euro und eine Anzeige …«

»Bitte! Ich bin gerade noch so in den Zug gesprungen – ich zahle natürlich nach, von mir aus auch einen Aufschlag.«

Der Schaffner überlegte einen Augenblick. »Dann wollen wir mal nicht so sein. Aber bitte beim nächsten Mal nur mit gültigem Fahrschein den Zug betreten. So steht's überall geschrieben!«

Meinertz war froh, an einen nicht ganz so scharfen Hund geraten zu sein, zahlte schweigend den eingeforderten Preis und erhielt eine Karte, die sich einrollte, nachdem sie den Minidrucker des Zugbegleiters verlassen hatte.

Meinertz ärgerte sich, so etwas durfte nicht passieren. Tarnen und verstecken – war das nicht die Devise? Er dachte an die Tat zurück. Ob er Stöwers tödlich getroffen hatte? Die alte Korowin war schon ein wenig unberechenbar. Der Schweiß in seinen Augen, diese Anspannung … Nein, er hatte kurz vor die Füße geschossen, da war er sich sicher. Wie im Western, tanzen lassen! Er wollte nicht töten, er wollte, dass Stöwers litt. An der Angst, dem Schrecken. An seiner Vergangenheit. Jetzt, spätestens jetzt musste ihm klar sein, dass *er* im Visier des Schützen stand. Das reichte, um nicht mehr ohne Angst, und damit unfrei, durch die Welt gehen zu können. Er sollte leiden, und leiden konnte man nur, wenn man lebte.

35

Ralf Meinertz ging gemächlich an der Norddeicher Mole entlang. Er sah die Fähren, die Menschen von den Inseln Juist und Norderney zurück ans Festland brachten. Begeistert schienen sie nicht zu sein, hektisch liefen sie umher, trugen Koffer und Taschen, rannten zu ihren Autos und blafften ihre Kinder und Hunde an, weil die nicht wussten, wo sie in dem Gedränge am besten stehen sollten. Sie alle wären wohl lieber auf den Eilanden geblieben.

Die sich langsam nähernde Zivilstreife konnte er als solche zunächst nicht erkennen.

Meinertz wollte sich an der Fischbude ein Brötchen holen. Das Fahrzeug hatte indes geparkt, zwei Personen stiegen aus. Meinertz erschrak, als er sah, dass der Mann eine Polizeiuniform trug. Die Frau hingegen war unauffällig gekleidet. Sie dürfte wohl auch Polizistin sein, dachte er, und kombinierte, dass die beiden nur eine Pause einlegen wollten. Einen schöneren Platz als an der Mole konnte man sich, wenn man schon einmal in der Gegend war, kaum aussuchen. Schimanski holte sich in Duisburg-Stahlhausen Pommes Schranke, hier am Deich aß man Fischbrötchen.

Meinertz erreichte den Fischverkäufer und besah sich die Kreationen des Händlers. Nicht alles, was dort angeboten wurde, war sein Fall, kritisch beäugte er Brötchen, Fisch und die gesamte Bude, die schon einige Jahre auf dem Buckel zu haben schien. Doch er hatte Hunger. Der Händler empfahl Matjes, er könne aber auch Bratfisch warm machen … Meinertz überlegte und entschied sich für ein Matjesbrötchen. Die beiden Polizisten bauten sich neben ihm auf.

»Was gibt's denn Leckeres?«, fragte der etwas untersetzte Mann.

»Das ist alles lecker! Allerbeste Ware, frisch, die Fische haben gestern noch in der Nordsee Fangen gespielt!«, scherzte der Mann vom Imbiss.

»Ich nehme ein Bismarckbrötchen«, sagte der Polizist, seine Kollegin gab zu verstehen, dass sie nichts essen wolle.

Dann ging alles ganz schnell. In null Komma nichts hatte Tanja Itzenga Meinertz rechten Arm gepackt und auf den Rücken gedreht.

»Sind Sie verrückt? Was soll denn das?«, schrie er.

»Ralf Meinertz, Sie sind festgenommen!«, rief Hauptkommissarin Itzenga und ergänzte: »Wegen unerlaubtem Waffenbesitz und versuchtem Mord!«

»Unsinn!«, schrie Meinertz. »Lassen Sie mich los!«

»Denkste …«, erwiderte Ulferts in aller Deutlichkeit und klopfte ihn ab, vielleicht trug er die Tatwaffe ja bei sich. Er fühlte tatsächlich etwas Hartes, diese Form …

»Was haben wir denn da?«, fragte Ulferts und Tanja Itzenga beugte sich ein wenig zur Seite, um besser sehen zu können. So verringerte sie – wenig und nur für einen Augenblick – die Kraft, mit der sie Meinertz festhielt. Der nutzte geistesgegenwärtig die Situation, drehte sich um und befreite sich. Mit voller Wucht drückte er Ulferts sein Matjesbrötchen in die Augenpartie. Mit dem Fisch bohrten sich harte Teile der Brötchenkruste in Ulferts' rechtes Auge. Für einen Moment war er ausgeschaltet. Das kam Meinertz gelegen. Er trat der Hauptkommissarin, die ihn am Kragen packte, mit voller Wucht gegen das Knie. Sie schrie auf, ließ von ihm ab, knickte nach vorn.

Der Fischhändler hatte sich ganz nach hinten an die Wand seines Verkaufswagens gedrückt, als könne ihn das unsichtbar machen. Mit großen Augen beobachtete er das Geschehen, wie gelähmt. Wie war er in diesen Film geraten?

Meinertz sprintete los. Keine 20 Meter entfernt sprang er in ein Taxi. Ulferts, auf einem Auge fast blind, preschte hinterher, doch er erreichte den Taxistandplatz zu spät. Er sah noch, wie Meinertz dem Fahrer eine Pistole an den Kopf hielt, als dieser rasant startete.

»Düfel und Dönnerschlag!«, rief Ulferts. »Wo bleiben die anderen?« Das Öl vom Matjes lief ihm über sein Gesicht, tropfte vom Kinn. Er hielt sich das Auge, Brötchenkrümel hatten sich unter das Lid geschoben, es tat höllisch weh und schränkte sein Sichtfeld gewaltig ein. Er drehte sich um und sah, dass Tanja Itzenga sich unter Schmerzen wand. Langsam stand sie auf und humpelte zum Polizeiwagen. Ulferts rannte zum Dienstauto.

»Da hat er uns aber genatzt!«, rief er zu seiner Kollegin, schrie gleich danach ins Funkgerät, sein schmerzendes Auge so gut wie möglich ignorierend:

»Jungs, wo bleibt ihr? Ralf Meinertz ist flüchtig!«

»Ihr solltet doch mit dem Zugriff warten …«, kam die vorwurfsvolle Antwort.

»Es hat sich so ergeben, der Moment war richtig! Ach, Schiete, ist nun passiert. Passt auf: schwarzes Taxi der Firma Möllering. Von Norddeich Mole kommend, Richtung Norden. Der Flüchtige ist seit etwa zwei Minuten unterwegs.«

Tanja Itzenga hatte indes weitere Anweisungen via Handy gegeben.

»Wir dürfen keine Zeit verlieren!«, rief Ulferts, der immer wieder an seinem Auge herumfummelte. Er konnte das Lid gar nicht mehr öffnen, überall steckten Krümel, vermischt mit Matjesöl. Er musste stinken wie ein …

Die Hauptkommissarin setzte sich ungelenk und mit erheblichen Schmerzen auf den Beifahrersitz, sie konnte das Knie kaum beugen und hielt das Bein so gerade wie möglich. Alles andere schmerzte fürchterlich.

»Wohin?«, fragte sie den Kollegen, der mit quietschenden Reifen losgefahren war.

»Wenn ich das wüsste!«, sagte er nur. »Ich hoffe, die Kollegen fangen den Kerl ab. Aber sie müssen vorsichtig sein – wer weiß, zu was der imstande ist! Sie melden sich mit Hinweisen. Wohin? Erst mal nach Süden, in der anderen Richtung ist schließlich nichts als Watt und Wasser!«

Tanja Itzenga schüttelte den Kopf, sagte aber nichts. Sie versuchte zu erwägen, welche Möglichkeiten Meinertz hatte, irgendwo abzubiegen und die Flucht fortzusetzen. Es könnte kaum gelingen, hatten sie doch zwei Streifen zur Unterstützung angefordert, die weitere Fluchtwege abschneiden sollten. Die hingen allerdings irgendwo fest. Wenn richtig etwas los war auf der Norddeicher Straße, war es für Polizei- und Notfahrzeuge nicht einfach, schnell voranzukommen.

Es gab verschiedene Fluchtoptionen für Ralf Meinertz. Zwar war von hier schon die auf einem Geestrücken und daher erhöht stehende Norder Ludgerikirche zu sehen, die im Zentrum eines der schönsten Marktplätze Norddeutschlands stand, aber direkt in die Stadt Norden würde er das Taxi wohl kaum dirigieren. Also entweder nach Westen oder nach Osten, hier hatten die Himmelsrichtungen dem flachen, fruchtbaren Land hinter dem Deich den Namen gegeben: Wester- und Ostermarsch. Tanja Itzenga besprach sich erneut mit Kollegen anderer Streifen, alle Möglichkeiten waren in Erwägung zu ziehen. Der Ortseingang von Norden war bereits abgeriegelt, hier konnte kein Taxi unbehelligt in die Stadt hineinfahren.

Wie würde sich Meinertz verhalten? Er zögerte

nicht, von der Waffe Gebrauch zu machen, der Taxifahrer war in Lebensgefahr. Eine Geiselnahme war immer heikel, der Zugriff wurde extrem erschwert. Hauptkommissarin Itzenga und ihr Kollege Ulferts mussten damit rechnen, dass Meinertz doch noch einen Mord begehen könnte, jetzt, wo er unter extremem Druck stand.

36

»Links, hier links!«, hatte Meinertz befohlen und der Fahrer folgte der Anweisung ohne Widerrede. Das Taxi setzte seinen Weg Richtung Ostermarsch fort. Im ersten Augenblick war der Taxifahrer sehr cool gewesen, doch als Meinertz ihm die Korowin an den Kopf gehalten hatte, war ihm klar geworden, dass dies kein Spaß war. Er fuhr gern flott, gerade samstagabends, wenn er Leute beförderte, die zur Diskothek ›Waterkant‹ nach Norddeich oder von dort wieder nach Norden wollten. Es mochte Fahrgäste geben, denen es gefiel, wenn er dicht auffuhr, sich aufregte, die anderen sollten schneller fahren und dabei so tat, als wolle er jeden Moment überholen.

Jetzt war er nervös, das mulmige Gefühl entwickelte sich zu echter Angst. Ihm wurde bewusst, dass der Mann neben ihm nicht lange fackelte. Der brauchte nur mal kurz den Abzug zu betätigen und es hatte sich mit dem Taxifahren …

»Wieder links, los, genau hier!« Meinertz sprach im Stakkato. Sie hatten Ostermarsch erreicht und am Ende des Ortes gab Meinertz dem Fahrer zu verstehen, dass er in den schmalen Weg Richtung Deich abbiegen sollte.

»Was … was sollen wir hier, hier ist gleich Ende!«, sagte der Fahrer, zögerlich, leise, mit einem Vibrieren in den Stimme.

»Halts Maul!«, schrie Meinertz. Nicht nur die Nerven des Taxifahrers lagen blank. Er hatte eine Geisel genommen, das war spontan passiert, ursprünglich niemals beabsichtigt. Damit war jemand in seiner Gewalt, von dem er ganz und gar nichts wollte. Meinertz hatte die Polizei unterschätzt. Sie war schneller gewesen, als er gedacht hatte. Er war kein Profi, aber er hatte sorgfältig darauf geachtet, so wenig Spuren wie möglich zu hinterlassen, im Schilf, in der Hecke, am Wall, hatte sich seiner Militärzeit erinnert, tarnen und verstecken, in jeder Hinsicht … Es mussten ihm dennoch Fehler unterlaufen sein.

Sollte er den Fahrer anweisen, anzuhalten? Ihn nach Hause schicken und sich ergeben? Sich einfach auf die Deichkrone setzen, die alte russische Pistole, wenn die Polizei den Ort erreicht hatte, in hohem Bogen ins Wattenmeer werfen und sagen: ›Es ist aus! Nehmen Sie mich mit, mir ist alles egal!‹?

Angespannt hielt er dem Fahrer die Pistole an den Kopf. Der fuhr immer noch sehr rasant, zu schnell für diesen holperigen Weg. Sie rasten auf den Deich zu. Schließlich bremste er abrupt ab. Hier ging es scharf nach links, schräg hoch auf die Deichkrone. Oben blieb er stehen.

»Ich habe nichts von Stehenbleiben gesagt«, raunte Meinertz ihm mit gepressten Worten ins Ohr. Er konnte nicht mehr aus seiner Rolle heraus. Er war gefangen. Von diesem Gedanken nach Vergeltung, der ihn nicht mehr losließ. Und jetzt von dieser schier ausweglosen Situation, die Folge seines Rachefeldzugs war.

»Hier geht es nicht weiter!«, sagte der Taxifahrer kleinlaut.

»Geht es doch. Los jetzt!« Meinertz führte den Lauf der Pistole ganz nah an den Hals, berührte die Halsschlagader des Taxifahrers, die angeschwollen war und pochte. Meinertz bemerkte das. Der hier, ein Unschuldiger, hat die Hosen voll, bis obenhin, und Stöwers saß womöglich, falls sein Schuss nicht doch getroffen haben sollte, irgendwo und trank Tee? Das ergab keinen Sinn mehr. Meinertz zweifelte für einen Augenblick.

Ein kleines Stück fuhr das Taxi auf dem gepflasterten Weg weiter, bis der Fahrer an einer Art Wendeplatz hielt. Hier trafen sich zwei Deiche, der neue Seedeich bog Richtung Nordost ab, der alte Schlafdeich, auf dem der gepflasterte Weg entlangführte, grenzte einen kleinen Polder ab, der im Sommer als fruchtbares Ackerland genutzt wurde.

»Hier ist Ende. Endgültig«, meinte der Taxifahrer und fügte an: »Bitte!« Aus dem coolen Typen war ein Häufchen Elend geworden. Sein Fahrgast, wenn die Bezeichnung überhaupt zutraf, saß mit weit aufgerissenen Augen da und starrte auf das Deichvorland. Er sagte nichts, stierte geradeaus. Die Pistole hielt er nach wie vor an den Hals des Taxifahrers. Der zitterte und mochte in Meinertz einen Wahnsinnigen vermuten. Bloß nichts falsch machen jetzt! Doch wer wusste bei einem Wahnsinnigen, was falsch und was richtig war?

›Hier ist Ende!‹ gingen Meinertz die Worte des Taxifahrers durch den Kopf, und: ›Endgültig!‹

Unerträgliche Sekunden rannen dahin. Meinertz schien krampfhaft nachzudenken. Zurück würde heißen, der Polizei in die offenen Arme zu fahren, vielleicht nicht sofort, aber es war nur eine Frage der Zeit. Also hierbleiben?

Der Taxifahrer schwitzte. Er sagte nichts, vielleicht hätte dieser Irre das als Provokation aufgefasst. Wenn der abdrückte … Er hatte eine wundervolle Nacht mit seiner Freundin verbracht, sie hatten in Ruhe gefrühstückt und darüber nachgedacht, demnächst einmal an die kroatische Küste, in die Provence, an die Costa Brava oder nach Sardinien zu fliegen. Dann hatte er sie geküsst, war in sein Taxi gestiegen, Beginn der Tagesschicht: ›Bis heute Abend, mein Schatz.‹

Richtung Norden sah man die unendliche Weite des Wattenmeers und die Insel Norderney. Juist und Baltrum konnte man erahnen. Richtung Westen, in der Ferne, Norddeich. Die Fähren zu den Inseln fuhren hin und her. Nach Osten war die Deichlinie bis zum Horizont zu verfolgen, Richtung Süden sah man endloses Marschland, friedliche Bauernhöfe, unzählige Windräder drehten sich unentwegt. Und er saß, eine Pistole am Hals, in seinem Taxi und hatte einen Gangster neben sich, dem er alles zutraute. Auf einem gottverlassenen Deich. Mach' bloß keinen Scheiß!, hätte er ihm gerne gesagt, tat es aber nicht. Er wagte nicht, den Typen anzusehen, der fortwährend vor sich hinstarrte. Wenn der abdrückte …

»Ich steige jetzt aus!«, sagte Meinertz unvermittelt, als spräche er mit sich selbst.

Der Fahrer nahm es zur Kenntnis. Was mochte das heißen? Jagt er mir vorher eine Kugel in den Kopf?

»Glotz nicht stumpf aus dem Fenster!«, schrie Meinertz. »Ich steige jetzt aus. Und du … du siehst zu, dass du Land gewinnst. Basta!« Meinertz öffnete die Wagentür, stieg aus, nicht ohne fortwährend die Waffe in Richtung des Taxisfahrers zu halten.

Land gewinnen? Meinte der das ernst?

»Na los, hau ab! Ich sage das nicht noch einmal!« Meinertz nahm ihn ein letztes Mal ins Visier.

Der Taxifahrer legte, als Meinertz ausgestiegen war, vorsichtig den Rückwärtsgang ein. Wendete, dabei in Rück- und Seitenspiegel ständig das Bild seines unheimlichen Fahrgastes suchend. Der hielt unverwandt die Waffe auf ihn gerichtet.

Als der Fahrer seinen Wagen gewendet hatte, legte er den ersten Gang ein. In diesem Moment schlug Meinertz mit voller Wucht auf die Heckklappe. Der Fahrer erstarrte, schloss kurz die Augen. Lass mich abhauen, bitte! Lass mich abhauen …

»Verpiss dich! Hau endlich ab!«, schrie Meinertz. Der Taxifahrer versuchte, seine Verkrampfung zu lösen. Langsam fuhr er an, wurde schneller. Dann entfernte er sich, so schnell es die kleine Deichstraße zuließ. Bei der scharfen Rechtskurve am Deichfuß wäre er fast ins Schleudern geraten.

Stille.

Meinertz war allein. Er sog die klare Luft ein. Die Ruhe war vollkommen. Kaum ein Lüftchen regte sich. Er sah in Richtung der Inseln, über die weite, glitzernde Wasserfläche. Langsam ging er los. Den Deich an der Wasserseite herunter, bis zum Deichfuß. Weiter in den Heller, der hier eine kleine grüne Fläche bildete. Er ging bis zur Abbruchkante, nur wenige Zentimeter hoch, wo die salzwasserbeständige Vegetation einfach im Wattschlamm stand. Queller, Erstbesiedler. Den konnte man essen, hatte ihm mal jemand erzählt.

Damals, in den schlechten Zeiten, nach dem Krieg, sei das gang und gäbe gewesen. War sicher ziemlich salzig, er hatte es nie probiert. Er brach ein Stückchen ab und steckte es in den Mund. Kaute. Salzig, ein bisschen glitschig. Aber wenn nichts anderes da war, mochte es den Hunger stillen. Vielleicht musste man das Grünzeug erst einen Tag in Süßwasser legen?

Ein schönes Stückchen Erde, ließ Meinertz seinen Gedanken freien Lauf, holte Luft, sein Blick schweifte in die Ferne, seine Gedanken an die Mecklenburger Seenplatte. Ferien, damals, als Kind, unbeschwert. Pionierlager, alles noch ohne Hintergedanken, bei den Pionieren, zumindest. Ein kurzer Moment der Zufriedenheit ließ ihn erschauern, ja, es hatte glückliche Momente in seinem Leben gegeben. Später war vieles anders gekommen, als er es sich vorgestellt hatte. Weil er nicht ertrug, dass der Staat sein Leben bis ins Kleinste bestimmen und ihn führen wollte. Das hatte ihn in die Untersuchungshaftanstalt gebracht. Jedoch nur, weil es Leute wie Stöwers gab. IM Rabe … IM Schwein, nein, IM Schweinehund wäre passender gewesen.

Noch einmal sog er die klare, nach Watt und Meer riechende Luft ein. Hier ist Ende! ging es ihm durch den Kopf, endgültig.

37

»Herr Meinertz, legen Sie die Waffe vor sich auf den Boden! Sie machen alles nur noch schlimmer. Bis zu diesem Punkt gab es keine Toten – Sie haben es in der Hand, dass es so bleibt!« Das Knie schmerzte enorm, aber Tanja Itzenga hatte sich in der Gewalt und hielt das Megafon dicht vor ihren Mund. Der kleine Parkplatz auf dem Deichdreieck stand voller Polizeiwagen. Ein Präzisionsschütze war in Stellung gegangen. Für Ralf Meinertz gab es keine Deckung, er stand auf dem Heller, die Pistole zum Deich gerichtet. Ob er eine spezielle Person im Visier hatte, war nicht genau auszumachen. Die Polizisten konnten sich an die Deichkrone legen und über dieselbe hinweg lugen, das gewährleistete Deckung.

Die Meldung des Taxifahrers, die er zügig gemacht hatte, nachdem er sich außer Schussweite befand, hatte die Fahnder, die bereits auf der Ostermarscher Landstraße unterwegs waren, schnell zum richtigen Ort gelotst.

Meinertz stand indes auf der kleinen Hellerfläche und besah stumm die Szenerie. Er war abwesend, als sähe er die Welt durch einen Schleier. Wie hatte er es geschafft, sich in eine solche Situation zu bringen? Vor wenigen Tagen hatte er geplant, am nächsten Wochenende irgendwo am Großen Meer eine längere Wanderung zu machen, einzukehren, ein Stück Kuchen essen, wenn die Monatskasse es hergab …

Meinertz hatte den Präzisionsschützen registriert und fragte sich einen Moment lang, ob er sich freuen sollte über den Aufwand, der seinetwegen betrieben wurde. Er stand dort mutterseelenallein im Heller. Nur eine falsche Bewegung, und der Scharfschütze würde seinen Job machen. Dann war Ende, endgültig. Hatte er eine Chance? Lohnte es sich überhaupt noch, auf eine zu hoffen?

»Herr Meinertz, begehen Sie nicht erneut eine Dummheit!« Tanja Itzenga versuchte, deeskalierend mit ruhiger Stimme auf den Mann im Deichvorland einzuwirken. Das Knie pochte und immer wieder durchdrangen scharfe Stiche ihren Körper, die von dem Gelenk ausgingen. Als habe Meinertz ihr die Kniescheibe zertrümmert. Sie erschauerte. Würde sie noch joggen können? Sie konzentrierte sich wieder.

»Was sollen wir nun machen?«, flüsterte Tanja Itzenga ihrem Kollegen Ulferts zu.

»Frag mich was Leichteres!«, antwortete der. »Er muss diese Scheißpistole erst einmal wegwerfen!«

»Herr Meinertz …«, begann Itzenga von Neuem, doch in diesem Moment richtete Meinertz die Waffe in Richtung der Kommissare. Endgültig, endgültig, endgültig, hämmerte es durch seinen Kopf, immer wieder, er konnte an nichts anderes denken als an dieses eine Wort. Endgültig.

Er zwang sich zur Konzentration. Umständlich

fischte er ein Stück Papier aus seiner Hosentasche, zweimal gefaltet, etwas zerknittert. Meinertz wirkte unbeholfen, bemühte er sich doch, die Pistole auf die Kommissare gerichtet zu halten. Er hielt den Zettel kurz hoch.

»Frau Kommissarin«, rief er, »ich habe hier ein paar Dinge aufgeschrieben, die Ihnen alles erklären. Sagen Sie Ihren Kollegen, sie sollen keine Dummheiten machen. Es wäre doch schade, wenn ich schießen müsste … auf Sie, oder Ihre Leute da oben. Schießen kann ich, das wissen Sie ja!« Ein hämisches Lächeln überzog für einen Moment sein Gesicht, das konnte jedoch allenfalls der Präzisionsschütze sehen, mit seinem hoch entwickelten Gewehr, dass über ein Fernrohr mit bis zu 24-facher Vergrößerung verfügte, Laserentfernungsmesser inklusive. Er war sich bewusst, dass der nicht zögern würde, ihn außer Gefecht zu setzen, bevor er selbst einen Schuss abgeben könnte. Diese Leute waren Vollprofis, geschult, wendeten den Blick nicht ab, wussten, worauf sie zu achten hatten und wann sie eingreifen mussten, wenn das Leben anderer gefährdet war.

Er hatte sich strafbar gemacht, erstmals in seinem Leben, obwohl er schon Jahre im Knast zugebracht hatte. Aber in ein Gefängnis würde er nie, niemals wieder gehen.

Meinertz überkam wieder diese Nervosität. Es bildeten sich Schweißtropfen auf seiner Stirn, die langsam herunterrannen und drohten, in seine Augen zu fließen. Genau wie bei den Schüssen am Großen Meer, auf das Haus von Wientjes in Constantia, am Wall in Emden. Bislang hatte sich Meinertz gewundert, doch in diesem Augenblick wurde ihm schlagartig klar, warum ihn diese Nervosität übermannte. Immer, wenn er sich an seine Haft erinnerte, kamen die Bilder zurück. Dieser Teil seiner Vergangenheit wurde in jenen Momenten noch einmal lebendig, die Drangsalierungen, die Verhöre, das Licht, am Tag, in der Nacht, immer, die unendliche Leere ... Nein, nie wieder würde er in ein Gefängnis gehen, auch wenn eine andere Behandlung zu erwarten wäre. Nie wieder!

Der Scharfschütze mochte die Bitterkeit erkennen, die jetzt in seinen Zügen lag. Meinertz' Gedanken durchflogen Stationen seines Lebens im Zeitraffer. Eben noch in seiner Kindheit, war er bald beim Schulabschluss, Pläne für die Berufsausbildung. Doch erst war der Wehrdienst zu absolvieren. Nationale Volksarmee. Er ging ohne Vorurteile an das Werk der Verteidigung, lernte vieles, von dem er jedoch während dieser Zeit mehr und mehr dachte: Wozu? Er kannte damals niemanden im Westen, wie auch, und trotzdem waren es alles Feinde? Der Leutnant hielt viel von seinen Schießkünsten. Genosse Leutnant. Irgendwann eckte er erstmals an. Zu spät zum Appell erschienen hatte er zur Entschuldigung gegenüber einem Vorgesetzten, der ihn ob seines Vergehens vor der ganzen Kompanie angeschrien hatte, erklärt, er habe pinkeln müssen. Das hatte ihm einen Tag in einer Zelle und Sonderdienst eingebracht. Mangelnder Respekt gegenüber Vorgesetzten, erzieherischer Nachholbedarf wegen Unzuverlässigkeit.

Mehr und mehr stoisch und jeden Tag einen imaginären Strich an der schmuddelig weißen Wand des Kasernenzimmers machend, acht Mann Belegung auf gut 16 Quadratmetern, war der Tag der Entlassung gekommen. Gefreiter, das war er schnell gewesen, aber danach kam nichts mehr. Einmal, ein einziges Mal was falsch gemacht und deswegen nicht mehr befördert. Viele hatten einen höheren Dienstgrad erreicht. Wieder andere waren ambitionierter, je nach Schulvorbildung, eine Offizierslaufbahn, zum Beispiel. Für ihn war Sense. Immerhin war das irgendwann überwunden. Und danach? Studium? Sprachen hätten ihn interessiert, Literatur. Nach drei Jahren stumpfer Betätigung in einer Welt aus Befehl und Gehorsam und fortwährend wiederkehrender Sprüche über den imperialistischen Feind brauchte er neue Themen, geistig Anregendes, etwas, was ihn einfach interessierte, so dachte er.

Sprachen und Literatur waren belegt. Technik sei gefragt, Technik und Industrie würden den Sozialismus weiterbringen. Man bot ihm, nach längerer Wartezeit und unerwartet, einen Studienplatz an, mit Hängen und Würgen schaffte er den Abschluss. Er kam mit Gruppen in Berührung, die nicht etwa den Sozialismus abschaffen, aber ihn verbessern wollten, ihn sich menschlicher und demokratischer erhofften. Dass er nun beobachtet wurde, war zu vermuten. Der Werkleiter hatte es doch auch angedeutet. Offen redete niemand darüber.

Als sie ihn mitgenommen hatten, war ihm alles aufs Butterbrot geschmiert worden, was nur im Entferntesten auf staatsfeindliche Handlungen hinwies. Die Haft hatte ihn zermürbt. Vielleicht war er gerade deshalb so lange dort gewesen, weil er anfangs versucht hatte, sich nicht unterkriegen zu lassen. Sie hatten alle Register gezogen: Desorientierung des Häftlings, Isolierung und permanente Überwachung. Das alles sollte schließlich zur vollkommenen Ohnmacht gegenüber den Vernehmenden führen. Wer das überstand, war danach dennoch ein Wrack. Ein Wunder, dass er überhaupt wieder einigermaßen eigenständig durch das Leben gegangen war, wenn auch nicht wieder richtig Fuß fassen konnte.

Dann, nach der Wende, und endlich, endlich aus der Haftanstalt entlassen, war Stadtfest in Schwerin gewesen. Er war darüber geschlendert, einfach so, was sollte er schon tun? Und lernte Rieke kennen. ›Wie war das so, in der DDR? Das muss doch echt hart gewesen sein? Mit der Stasi und der Mauer, und so. Wieso sehen die Städte so heruntergekommen aus?‹ Diese typischen Wessi-Fragen, keine Ahnung von nichts! Doch Rieke war so einnehmend gewesen, so schön, so unbeschreiblich … Rieke aus Ostfriesland. Er war mit ihr gegangen, was sollte er noch in seiner Heimat? Sie lebten zusammen, eine kurze Zeit. Bis sie sagte: ›Lass mal, Ralf, es hat keinen Sinn mit uns!‹

Der Moment in der Gaststätte Meerhaus war das Zeichen. Er war nie gläubig gewesen, bis zu diesem Augenblick. Wie konnte es sein, dass er mit einem Mal neben diesem Menschen saß? Das musste ein Wink sein, Schicksal, wie man es auch immer nennen wollte! Wie eine Krake hatte sich der Gedanke an Rache in ihm festgesetzt. IM Rabe war wieder da. Wer, wenn nicht *er*, saß damals in dem Wartburg, der immer wieder vor dem Haus gestanden hatte, wenn er abends, in der Dämmerung, zu den Treffen ging. Plötzlich saß dieser Mann neben ihm, hier, am Großen Meer. IM Schweinehund.

Er wollte ihn nicht erschießen. Er wollte ihn quälen. Er sollte langsam, aber sicher denken: Warum ich? Wer bedroht mich? Wo lauert der? Woher weiß er, wo ich bin? Er selbst kannte Angst und Ungewissheit. Hatte unendlich lange Jahre Angst gehabt. Jetzt sollte *der* sie spüren.

Das alles stand auf dem Papier. Vielleicht sollte er den Zettel einfach ins Meer werfen und ihn nicht der Kommissarin überlassen? Würde sich wirklich jemand für seine verworrene Lebensgeschichte interessieren? Wer?

Meinertz setzte seinen Zeigefinger unter Spannung.

Tanja Itzenga versuchte es erneut: »Herr Meinertz, überlegen Sie! Lassen Sie uns über alles in Ruhe sprechen. Legen Sie die Waffe weg.«

Ulferts fürchtete ein Blutbad. Nur das nicht! Aber

Tanja Itzenga schien ihn immerhin zum Nachdenken zu bringen.

»Herr Meinertz, wir wissen inzwischen, was Sie durchgemacht haben. Das wird ... alles in Betracht gezogen, in der Verhandlung ...« Tanja Itzengas Ruhe war einer gewissen Panik gewichen. Der Mann im Heller sagte nichts, tat nichts, stand einfach da. Was ging in dem vor?

Meinertz wusste nicht, ob er es schaffen würde. Was kam nach dem Tod? Gab es ein Leben danach? Hinterm Horizont geht's weiter? Tatsächlich? Er hatte Lindenberg immer gern gehört, schon damals, als seine Musik verboten gewesen war. Auch so eine Geschichte, Mädchen aus Ostberlin. Lindenberg war ein verrückter Typ, doch er hatte aufgerüttelt, auf seine Art die Situation in Ost und West angeprangert. Wie hatte er gefiebert, als bekannt wurde, er würde eine Tournee durch die DDR machen. Bis schließlich die Stasi den Riegel vorschob. So einen brauchte man hier nicht. Wieder so eine zerstörte Hoffnung ... Heute wusste man, wie viel Kopfzerbrechen Lindenberg der Stasi damals gemacht hatte. Dabei waren die Betonköpfe schlicht überfordert gewesen, mit all diesen Ereignissen, schon damals, erst recht, als schließlich das Ende bevorstand. Das Ende, endgültig.

»Herr Meinertz, wir ...«, rief Tanja Itzenga durch ihr Megafon, doch Meinertz hörte sie nicht mehr. Er erwachte aus den Gedanken, die innerhalb weniger Sekunden durch sein Hirn geströmt waren. Blitzschnell drehte er die Pistole, hielt sie sich an den Kopf und drückte ab.

Wie Klaus Störtebeker, der, so ging die Sage, nachdem man ihm den Kopf abgeschlagen hatte, möglichst viele seiner Kumpane zu retten versuchte, fiel Meinertz nicht sofort. Er taumelte. Aus seinem Schädel schoss stoßweise Blut. Sein Gesicht verzog sich zu einer Grimasse. Sein Oberkörper fiel nach ein, zwei Schritten vornüber in den mit Queller überzogenen Schlamm des Watts. Er wand seine letzte Kraft auf, um sich umzudrehen. Hier war Ende, endgültig. Aber nicht so. Nicht mit dem Gesicht im Dreck.

Die Polizisten auf dem Seedeich hielten den Atem an. Nur eine Lerche war zu hören, die ihr Lied hoch oben am blauen Himmel trällerte, an dem weiße Wolken Richtung Osten zogen.

Ralf Meinertz war es nur noch gelungen, sich auf die Seite zu legen. Er öffnete ein letztes Mal die Augen, versuchte, den Blick nach oben zu richten. Er sah den singenden Vogel. Die weißen Wolken. Den azurfarbenen Himmel. So schön! Wie herrlich! Ein Blitz fuhr durch seinen Körper. Er röchelte. Dann starb er.

»Scheiße!«, rief Tanja Itzenga. Sie hatte vergessen, das Megafon auszuschalten.

38

»Die Idee ist Ihnen nie gekommen?« Tanja Itzenga fiel es schwer zu glauben, dass Dietmar Stöwers nicht geahnt haben wollte, die Anschläge könnten etwas mit seiner Vergangenheit als verdeckter Ermittler der Staatssicherheit zu tun haben. Stöwers hielt das verletzte Bein gerade, weil er einen Verband trug. Mit Krücken hatte er sich in das Polizeipräsidium geschleppt.

»Die Sache ist mehr als zwei Jahrzehnte her. Ich hatte damit abgeschlossen«, Stöwers blickte ausdruckslos ins Leere. »Wie kann ich ahnen, dass der Typ überhaupt noch lebt, und ausgerechnet in Ostfriesland. Woher sollte ich wissen, dass er meine Akte in dieser .... dieser Birthler-Behörde, dass er die von vorn bis hinten gelesen hat.« Dietmar Stöwers sah alles andere als glücklich aus. Seine Vergangenheit hatte ihn innerhalb kürzester Zeit eingeholt. All das, was er zurückgelassen hatte. Sein Land, seine Überzeugung, seinen Beruf, Freunde, Familie.

»Es ist Ihnen doch klar, dass Sie daran beteiligt waren, kritische Mitbürger Ihres Landes hinter Gitter zu bringen?«

»Sie mussten ja nicht immer gleich hinter Gittern landen! Wir haben Beobachtungen gemacht und aufgeschrieben, fertig.«

»Beobachtungen aufgeschrieben – Mann, das klingt, als hätten Sie einen Schulausflug gemacht und ein Protokoll dazu verfasst. Sie haben den Mann vielleicht nicht persönlich in Haft genommen, aber Sie haben die entscheidende Vorarbeit geleistet!«, warf Ulferts aufgebracht ein. Wie konnte man fortwährend bei dieser Ich-habe-nur-meine-Pflicht-getan-Mentalität und der damit verbundenen Entschuldigung bleiben, man sei nur das kleine Rädchen gewesen, die wirklich bösen Buben waren doch die anderen?«

Stöwers Gesicht schien ausdrucksloser, grauer zu werden. Er alterte in Sekunden. Es dauerte, bis er reagierte: »Sie können überhaupt nicht beurteilen, was damals los war, was da abging. Ich wurde selbst unter Druck gesetzt. Glauben Sie, all die inoffiziellen Mitarbeiter hätten aus purer Lust und Freude diese Jobs gemacht? Das war ein ausgeklügeltes System …«

»Und dennoch haben es manche geschafft. Die waren nicht bei dem Laden. Die haben nicht Freunde, Bekannte, Verwandte verpfiffen …«

»Sie«, brauste Stöwers auf, »Sie, Herr Kommissar, wären sicher auch so ein Held gewesen! Ich bleibe standhaft, selbst bei härtesten und miesesten Drohungen, ich mache das nicht! Nein!« Stöwers sah Ulferts in die Augen, das letzte ›Nein‹ hatte er laut und weit gedehnt gesprochen. »Ich spreche Ihnen, ehrlich gesagt, das Recht ab, diese Dinge zu beurteilen. Was wir getan haben, mag aus heutiger Sicht verwerflich sein. Aber viele hier im Westen müssen nach wie vor mal begreifen, dass wir, die das erlebt haben, doch erst heute so denken, so denken *können*. Damals schien es mir notwendig, dass gewisse … gewisse Elemente eben nicht ohne … Ach, es ist eh alles egal!« Stöwers wollte das nicht weiter diskutieren.

Ulferts entgegnete nichts. Ihm wurde bewusst, dass ein Quäntchen Wahrheit in dem steckte, was Stöwers ihm vorhielt, auch wenn ihm der Begriff ›Elemente‹ übel aufstieß.

»Wussten Sie, dass Meinertz aufgrund Ihrer Berichte in die Untersuchungshaftanstalt Schwerin gebracht wurde?«, brach Tanja Itzenga das Schweigen, die einen ebenso nachdenklichen Eindruck machte.

»Nein, natürlich nicht. Dass er aber kaum in ein First-Class-Hotel gebracht wurde, soweit wir damals so etwas in unserem Land überhaupt hatten, konnten wir uns schon denken.« Stöwers' Sarkasmus war schwer erträglich, er sprach weiter, sachlicher: »Wir haben unsere Beobachtungen gemacht, fertig. Übrigens nicht wir allein, natürlich wurde er auch abgehört, das ganze Programm. Aber selbst das hat unser Führungsoffizier nur mal angedeutet, wir haben uns unseren Teil gedacht. Darüber wurde nicht gesprochen, allenfalls hinter vorgehaltener Hand, so war das. Der eine sollte gar nicht so viel vom anderen wissen. Und …«, Stöwers stockte die Stimme, als würde er sich erst in diesem Moment bewusst, was er damals angerichtet hatte, »… und wir haben Berichte geschrieben, abgegeben, und damit war unsere Aufgabe erledigt. Bis zum nächsten Mal. Mehr war da nicht. Alles, was danach kam, war nicht mehr unser Ding.«

»Einige dieser Berichte haben wir gesehen, die Akten sind voll davon. Was ist nun Wahrheit und was ist Dichtung?«

»Wir haben Fakten gesammelt und …«, wieder machte er eine Pause und vergrub kurze Zeit seinen Kopf in den Händen. Er hatte das alles längst hinter sich gelassen, hatte vor Jahren ein neues Leben begonnen, nach schlechten Erfahrungen im neuen System wieder Fuß gefasst. Er hatte einen Job, es war ihm egal, welcher, hatte den Rudersport wieder- und das Laufen neu entdeckt. Das war sein Jetzt, die Gegenwart zählte. Er hatte, was er lange Zeit nicht mehr zu glauben bereit war, die Freude am Leben wiedergefunden.

Und mit einem Mal schüttete man die ganze Vergangenheit wieder über ihm aus. Mehr als 20 Jahre sind genug, um zu vergessen, war er überzeugt gewesen. Ralf Meinertz, nichts weiter als ein operativer Vorgang, einer von vielen. Klar und deutlich sah er sich mit seinem Kollegen in dem alten Wartburg sitzen, damals in Schwerin, im November. Dunkelheit, Nebel, Braunkohlegeruch, eine Knacker und ein Petermännchen im Bauch und eine Karo im Mund. Es stieß auf wenig Verständnis, wenn er hier sagte: ›Ich habe dort gut gelebt.‹ Die Jahre nach der Wende hatte er als wesentlich schwieriger, sogar bedrohlicher empfunden. Alle Sicherheit war dahin. Gleichwohl hatte es sich eingerenkt, sein Leben. Der Begriff passte – es war nicht das, was er sich erhofft hatte, aber es ging, es ging … Er wollte von all dem nichts mehr wissen.

»Wie stehen Sie heute dazu?«, fragte Tanja Itzenga.

Stöwers hatte nach wie vor den Kopf in den Händen vergraben und sah erst auf, als ihn die Hauptkommissarin nochmals aufforderte.

»Bitte? Entschuldigen Sie, ich … ich war gedanklich woanders.«

Die Hauptkommissarin ergänzte: »Sie haben Fakten gesammelt. Und daraus haben Sie Schlussfolgerungen gezogen, die Fakten interpretiert. Das kann man in den Akten nachlesen, dieser Fall ist glücklicherweise nicht den Nachwende-Schreddern zum Opfer gefallen, die damals in allen Stasi-Zentralen auf Hochtouren liefen!«

»Was heißt denn das, interpretiert …«, erwiderte Stöwers müde, »es gab da logische Schlussfolgerungen, die lagen auf der Hand!«

»Das kann man durchaus anders sehen. Begriffe wie ›unsichere Persönlichkeit‹, ›in staatsfeindliche Aktivitäten eingebunden‹ oder ›eine engere Observierung erscheint angeraten‹, selbst das berühmte ›feindlich-negativ‹ fehlt nicht. Das ist eine klare Sprache, die Sie damals angewendet haben. Und das ist mehr, als nur Fakten notieren und abliefern, oder?« Ulferts blätterte durch allerhand Unterlagen, als er dies äußerte.

Schließlich ergänzte er: »Das ist das Messer, an das Sie ihn geliefert haben.«

»Was Sie da sagen, steht dort vielleicht, aber davon ist vieles Blabla! Sie müssen nicht alles für bare Münze nehmen. Und der Sprachgebrauch war nun mal so. Wir mussten ja irgendetwas abliefern!«

»Das Entscheidende, Herr Stöwers, ist doch, dass es reichte, um hauptamtliche Mitarbeiter zu veranlassen, Herrn Meinertz abzuholen. Das kann man anhand der Unterlagen alles rekonstruieren«, warf Ulferts ein.

»Das verstehen Sie eh nicht, wozu das alles wieder aufrollen?« Stöwers' Gesichtsfarbe verhieß nichts Gutes, lange würde er diesem Gespräch nicht mehr standhalten können. Der Sarkophag, den er über seiner Vergangenheit errichtet hatte, bröckelte stark. Sarkophage waren nicht für die Ewigkeit.

»Wenn man schon mal angeworben war, dann … dann war es eine, eine Aufgabe, die man eben auszuführen hatte. Der Meinertz nahm an Sitzungen von Umwelt- und Friedensgruppen teil, er organisierte Aktionen, die eindeutig gegen unser Land gerichtet waren. Die haben aus Westmedien alles Mögliche entnommen, was die letztlich auch nur durch eine Brille gesehen haben, die westliche eben.«

»Sie mussten es aus Westmedien entnehmen«, war Ulferts erzürnt, »weil es im Osten totgeschwiegen wurde. Wie alles dort. Die Stasi-Machenschaften, die Umweltverschmutzung, die Bereicherung der Parteibonzen, die maroden Betriebe, Tschernobyl …«

»Tschernobyl! Man wusste zunächst gar nicht, was wirklich passiert war, wie schlimm das gewesen ist. Und dann wurde im Westen alles hochgespielt!«

»Hochgespielt? Heute weiß man, dass die Regierungen der Ostblockländer so lange wie möglich versucht haben, gar keine Informationen zu Tschernobyl an die Bevölkerung gelangen zu lassen! Zu diesem Zeitpunkt wurden hier längst Eltern mit kleinen Kindern gewarnt, im Sandkasten zu spielen!«

»Tatsächlich? Und haben die Japaner über Fukushima sofort und ohne zu zögern alles wahrheitsgetreu berichtet? Dass ich nicht lache! Nach Monaten kommt heraus, dass bereits zigtausende Liter radioaktives Wasser in den Ozean geflossen sind. Lecker Thunfisch, sag ich da! Drei Monate später erfährt man, es hat womöglich in zwei weiteren Reaktorblöcken Kernschmelzen gegeben. Ha! Mag sein, dass wir über Tschernobyl nie alles erfahren haben. Aber denken Sie, es war in Fukushima anders? Oder Harrisburg, Sellafield? Und Japan, die USA und Großbritannien gehörten meines Wissens nie dem Ostblock an, waren nie sozialistisch!« Stöwers sackte nach diesem Ausbruch erneut in sich zusammen und beendete das Thema: »Jedenfalls haben diese Aktivisten, zu denen Meinertz gehörte, nach damaliger Rechtsprechung ungesetzlich gehandelt. Wir haben das genauso gesehen.«

»Einige schon, andere nicht«, rief Ulferts dazwischen.

»Erzählen Sie mir nichts«, entgegnete Stöwers

mit schwacher Stimme, »wir konnten nicht machen, was wir wollten! Das MfS hatte seine Leute überall, auch bei den Betriebskampfgruppen, der Volkspolizei, den Grenztruppen, der NVA. Überall waren Verbindungsoffiziere vor Ort … aber was ich eigentlich sagen wollte, die IM wurden selbst überwacht. Es gab Sicherheitsüberprüfungen auf jeder Ebene. Wir hatten – um Ihnen das mal klar und deutlich zu sagen – Schiss, selbst ins Visier zu geraten, wenn wir nicht so arbeiteten, wie man das erwartete, vor allem der Führungsoffizier.«

Tanja Itzenga und Ulfert Ulferts sahen sich an. Einerseits lebte Stöwers offensichtlich gedanklich immer noch in vergangenen Zeiten. Hopfen und Malz verloren. Andererseits hatte er nicht mit allem unrecht.

»Meinertz hat nach seiner Entlassung aus der Untersuchungshaftanstalt Schwerin – Monate nach der Wende wohlgemerkt – nie wieder richtig Fuß gefasst. Es gab die Amnestie, aber, aus welchen Gründen auch immer, ist er nicht unmittelbar entlassen worden. Vermutlich hatte das formale, bürokratische Gründe. Versetzen Sie sich mal in dessen Lage: Erst die Haft aus politischen Gründen und dann kommt die Wende und man darf immer noch einsitzen … Er war traumatisiert, wundert Sie das? Und als sich irgendwann die Tore der Haftanstalt auch für ihn öffneten? Was war da? Sein Job war weg, das Land war komplett umgekrempelt. Seine Frau hatte sich noch zu DDR-Zeiten von ihm losgelöst, er stand ohne alles da. Außerdem will ich gar nicht wissen, was er in diesem Knast erlebt hat. Zimperlich wird man da sicher nicht gewesen sein!«

Stöwers hielt den Kopf gesenkt. »Ich war nie dort«, nuschelte er vor sich hin, »aber man war sicher nicht zimperlich, nein.«

»Ralf Meinertz hat mit seinen Schüssen kriminell gehandelt, ganz klar. Er hat das Leben von Menschen gefährdet – schließlich hätte er Sie oder jemand anderen töten können. Aber die Veranlassung, Herr Stöwers, die muss man auch sehen. Und am Ende hat er sich erschossen! Ohne Ihr damaliges Bespitzelungswerk wäre es zu alldem nie gekommen!« Tanja Itzenga warf Ulferts einen bösen Blick zu, weil sie das, was Ulferts von sich gab, für zu wenig differenziert hielt.

»So kann man das nun wirklich nicht sagen. Das ist zu simpel! Dass seine Frau weg war, dass er keinen Job gefunden hat, nach der Wende, dafür kann ich nichts! Man muss doch den gesamten Lebenslauf sehen, nicht nur diese Episode!«

Ulferts setzte sich wieder, ihm verging die Lust.

»Episode!« wiederholte er verächtlich.

Er faltete ein handbeschriebenes Blatt Papier auseinander. »Übrigens hat Ralf Meinertz in seinem Abschiedsbrief Folgendes geschrieben: ›… bis zu dem Tag, wo die Ruderer ins Meerhaus kamen. Das Gesicht war mir immer präsent. *Der* ist mir sogar im Traum erschienen. Als ich Stöwers sah, war das wie ein Stich mitten ins Herz. Das konnte kein Zufall sein, das war ein Wink des Schicksals‹! Wissen Sie, was er gemacht hat, nachdem er Sie wiedererkannte? Er hat sich ins Auto gesetzt und ist direkt zu diesem Ansitz im Schilf gefahren, hat auf das Ruderboot gewartet. Plötzlich war er besessen von der Idee, Ihnen noch einmal richtig eins auszuwischen! Rachegedanken, die er nicht zügeln konnte.«

Stöwers starrte den Kommissar ungläubig an, was sollte er dazu sagen?

Ulferts fuhr fort: »Und die Pistole, mit der er geschossen hat, die hatte er fast immer dabei! Zumindest im Handschuhfach seines Wagens. Eine uralte, sowjetische Pistole, die er in der Wendezeit einem Offizier abgekauft hat – gegen harte Westmark, die er vermutlich vorher im Verhältnis 1:3 gegen seine DDR-Mark eingetauscht hatte. Verrückt nicht? Er hatte einen handgeschriebenen Beleg in der Tasche, in der er die Pistole aufbewahrte. Gekauft am soundsovielten, von einem Oberleutnant der roten Armee. Ein Erinnerungsstück, aber eines, das noch gut funktionierte. Das hatte ja auch was, diese Waffe noch einmal zu nutzen, um Rache zu üben … So ist das gelaufen.«

»Wie hat er mich überhaupt erkannt?«

»In der Akte sind Fotos von Ihnen. Wir haben das geprüft. Er hat dieselbe Akte, die wir wegen der polizeilichen Ermittlungen von der Behörde in Berlin angefordert haben, von vorn bis hinten durchgearbeitet. Und haben Sie mal im Internet nach Ihrem Namen gesucht? Man braucht sich gar nicht selbst bei

Facebook zu verewigen, um präsent zu sein. Da gibt es Bilder Ihrer Laufgruppe, von Rudertouren …«

Stöwers sah missmutig ins Leere. »Scheiße!«, entfuhr es ihm.

»Ja, so kann man das zusammenfassen«, meinte Ulferts. Eine Weile sagte niemand etwas, bevor Ulferts das Gespräch beendete: »Sei's drum! Frau Hauptkommissarin, das war's dann wohl. Wir müssen zu Herrn Eilsen rüber, die Pressekonferenz vorbereiten! Der Landrat kommt, der Sport ist vertreten. Und so ein Vertreter des Hotel- und Gaststättenverbandes.«

»Plus jede Menge Zeitungsfritzen!«, ergänzte sie und drückte damit aus, dass sie keine allzu große Lust hatte, diesen Termin wahrzunehmen. Sie dachte immer noch darüber nach, was in den Leuten damals vorgegangen sein mochte, egal, auf welcher Seite.

Stöwers sah verwirrt auf. ›Das war's dann wohl‹?

»Sie können gehen«, sagte die Hauptkommissarin in freundlichem Ton, Stöwers zugewendet.

»Aber … muss ich nicht, ich meine, kein Protokoll …?«

»Protokoll? Wozu? Wollen Sie etwa noch bleiben? So toll ist es hier nun auch nicht«, der Gedanke an ihre Kur auf Juist blitzte auf. Die Hauptkommissarin sah Meinertz mitleidig an. Er schien nicht zu verstehen, deshalb erläuterte sie: »Wir wollen nichts mehr von Ihnen. Das, was Sie damals verbrochen haben, ist nicht unser Bier! Es laufen noch viele rum, die sich wie Sie schuldig gemacht haben und keine Konsequenzen fürchten mussten. Auch noch ganz andere Kaliber! Aber das gab's ja schon öfter in der deutschen Geschichte, und nicht nur in der. Meinertz ist tot – der kann Sie nicht mehr verklagen, Sie werden nicht mehr bedroht! Für uns ist der Fall abgeschlossen.«

»Und jetzt?«

»Herr Stöwers, wir haben keine weiteren Fragen.« Itzenga sprach es klar und deutlich aus.

Stöwers stand unsicher auf, er blickte die Hauptkommissarin, dann Ulferts an. Mit aschfarbenem Gesicht flüsterte er: »Also dann ... Wiedersehen.«

»Ich lege nicht weiter Wert darauf.« Ulferts drehte sich demonstrativ zum Fenster.

»Leben Sie wohl«, ergänzte Tanja Itzenga. Den Gruß hatte sie nie zuvor benutzt.

Dietmar Stöwers verließ das Polizeipräsidium.

Freiheit.

Was sollte er tun? Einen Kaffee trinken? Ein gutes Buch kaufen und den Nachmittag mit Lesen verbringen? Erst nächste Woche müsste er zurück an die Arbeit. Wenn seine Verletzung einigermaßen geheilt war, würde er wieder joggen können und sonntags, wenn schönes Wetter wäre, würden sich sicher wieder ein, zwei Vierer zum Großen Meer aufmachen. Sollte er schon einmal Bescheid sagen, dass er bald wieder mitkäme? Vielleicht sollte er jetzt erst einmal ein bisschen ausspannen auf dem Sofa, nach all der Aufregung?

Freiheit, ging es ihm durch den Kopf. Sie war da. Doch was jetzt damit anfangen?

Er stützte sich auf seine Krücken und bewegte sich mit kleinen Schritten, den Blick zu Boden gerichtet, langsam voran. Er wollte tief durchatmen, aber er konnte nicht. Etwas schnürte ihm den Hals zu, er bekam es nicht weg.

Man musste das Jetzt sehen, man lebte in der Gegenwart, dachte Dietmar Stöwers. Doch das Jetzt und die Gegenwart hatten ein Fundament: die Vergangenheit.

Er setzte seinen Weg fort, langsam, stockend, unsicher. Freude war ihm nicht anzusehen.

ENDE

Weitere Krimis finden Sie auf den folgenden Seiten und im Internet:
www.gmeiner-verlag.de

REINHARD PELTE
Tiefflug

276 Seiten, Paperback.
ISBN 978-3-8392-1236-3.

VERZWEIFELT GESUCHT Kriminalrat Tomas Jung ist ausgebrannt, sein letzter Fall hat ihn schwer mitgenommen. Um sich zu erholen, reist er mit seiner Frau an die Algarve und macht dort die Bekanntschaft eines Deutschen, der sich nur »Tiny« nennt. Nach und nach muss Jung erkennen, dass Tiny in einen Entführungsfall verwickelt ist, der gerade die ganze Welt in Atem hält: ein englisches Mädchen ist während des Urlaubs mit ihren Eltern spurlos aus dem Hotelzimmer verschwunden. Jung konfrontiert seinen Nachbarn mit seinem Wissen und erlebt einen Albtraum …

SANDRA DÜNSCHEDE
Nordfeuer

367 Seiten, Paperback.
ISBN 978-3-8392-1244-8.

IN FLAMMEN AUFGEGANGEN Die Menschen in Nordfriesland leben in Angst und Schrecken. Ein Feuerteufel treibt sein Unwesen. 14 Brände hat er bereits gelegt – fünf davon allein in Risum-Lindholm.

Der Polizei fehlt jede Spur. Dann fällt die Grundschule im Dorf dem Brandstifter zum Opfer und im Lehrerzimmer des abgebrannten Gebäudes stößt die Feuerwehr auf eine verkohlte Frauenleiche. Die Kriminalpolizei geht von einem Unfall aus, doch Kommissar Dirk Thamsen und seine Freunde Haie, Tom und Marlene vermuten, dass ein Trittbretttäter dahinter steckt, der einen Mord vertuschen will …

GMEINER

Wir machen's spannend

ELLA DANZ

Geschmacksverwirrung

368 Seiten, Paperback.
ISBN 978-3-8392-1248-6.

BISSEN ZUM ABSCHIED Kommissar Georg Angermüllers Stimmung passt zum grauen Novemberwetter in Lübeck. Erst vor kurzem zu Hause ausgezogen, fühlt er sich in den neuen vier Wänden noch ziemlich fremd. Und dann wird ausgerechnet in der Nachbarwohnung der Journalist Victor Hagebusch tot aufgefunden. Der Mann ist an Gänseleberpastete erstickt, die ihm mit einem Stopfrohr eingeführt wurde, und sitzt, nur mit einer Unterhose bekleidet, blutig rot beschmiert und weiß gefedert an seinem Schreibtisch. Alles sieht nach einer Tat militanter Tierschützer aus. Hatte der Journalist etwas mit der Szene zu tun? Angermüller folgt vielen Spuren, bis er auf eine überraschende Verbindung stößt …

L. SKALECKI / B. RIST

Schwanensterben

423 Seiten, Paperback.
ISBN 978-3-8392-1230-1.

DIE TOTE IM WASSER An einem Tag im November wird die Leiche der jungen Russin Sonja Achmatova in einem Wassergraben auf einem Reiterhof am Rande Bremens gefunden. Kriminalhauptkommissar Heiner Hölzle verdächtigt zunächst den Pferdepfleger Pjotr, der ein Verhältnis mit dem Opfer hatte. Doch im Laufe der Ermittlungen entdecken Hölzle und seine Kollegen zunächst Parallelen zu zwei ungeklärten Mordfällen aus den 70er-Jahren und stoßen schließlich auf eine Spur, die bis in das Jahr 1943 reicht …

GMEINER

Wir machen's spannend

DIETER BÜHRIG
Schattenmenagerie

326 Seiten, Paperback.
ISBN 978-3-8392-1241-7.

DER FALSCHE ZAR Nikolaus Romanowsky fühlt sich als Erbfolger des Zaren Peter III. und plant, sich zum Herrscher eines neuen, geeinten Zarenreichs emporzuschwingen. Als Pächters der Fasaneninsel, die im Eutiner See nahe des Schlosses liegt, spinnt er seine Intrigen und beseitigt alle, die ihm im Wege stehen. Inspektor Kroll kommt in seinem neuen Fall nicht so recht voran. Doch er erhält unerwartete Hilfe von der blinden Pianistin Viviana. Inspiriert durch die Musik von Carl Maria von Weber hilft sie dem Inspektor in ihren musikalischen Visionen bei der Entschleierung der Hintergründe und Motive der Verbrechen …

WOLFGANG BRENNER
Alleingang

270 Seiten, Paperback.
ISBN 978-3-8392-1227-1.

DAS FÜNFTE OPFER Marie Blau lebt mit ihrem kleinen Sohn Felix am Rande von Koserow auf Usedom. Ihr Mann Karl ist Berufssoldat und derzeit in Kundus stationiert. Eines Tages erreicht Marie die Nachricht, dass ihr Mann bei einem Selbstmordanschlag der Taliban ums Leben gekommen ist. Sie reist mit dem Jungen zur Trauerfeier nach Berlin. Dort weigert man sich jedoch, ihr den Leichnam ihres Mannes zu zeigen. Angeblich ist er entstellt. Und dann erhält Marie einen Anruf ihres totgesagten Gatten …

GMEINER

Wir machen's spannend

BERNWARD SCHNEIDER

Todeseis

276 Seiten, Paperback.
ISBN 978-3-8392-1252-3.

DIE NACHT DES UNTERGANGS Die Flucht vor dem Mörder ihres Geliebten führt die schöne Gladys auf die Titanic, als diese am 10. April 1912 von Southampton aus zu ihrer Jungfernreise nach New York in See sticht. An Bord des mondänen Schiffes begegnet Gladys einer illustren Reisegesellschaft aus Bankiers und Millionären, Aristokraten und Prominenten, für die die Jungfernfahrt des Meeresgiganten einen der gesellschaftlichen Höhepunkte des Jahres darstellt. Doch für ihre Feinde ist Gladys eine gefährliche Zeugin und selbst auf dem Schiff nicht sicher …

HORST BOSETZKY

Der Fall des Dichters

270 Seiten, Paperback.
ISBN 978-3-8392-1262-2.

BUTTERPAKETE Berlin 1916. Wilhelm Blümel, erfolgloser Dichter und Bühnenautor, entführt einen Geldbriefträger, um seine finanzielle Not zu lindern. Doch er wird bei seiner Tat überrascht und erschießt die Zeugin und das Opfer. Aus dem geplanten Raub ist ein Doppelmord geworden. Das erbeutete Geld ist bald verbraucht und Blümel begeht das nächste Verbrechen. Kommissar Fokko von Falkenrede heftet sich an seine Fersen, doch er kann den Geldbriefträgermörder einfach nicht fassen …

HARALD SCHNEIDER
Blutbahn

319 Seiten, Paperback.
ISBN 978-3-8392-1240-0.

TATORT S-BAHN Fastnachtszeit. Im Hbf Schifferstadt wird in einer S-Bahn ein Toter mit einem Dreizack in der Brust gefunden. Das Opfer Willibald Teufelsreute arbeitete in einer S-Bahn-Werkstatt in Ludwigshafen. Kommissar Reiner Palzki erfährt dort, dass mehrere Personen ein Tatmotiv gehabt hätten, da Teufelsreute äußerst streitsüchtig war. Doch dann wird in Mannheim eine weitere Leiche gefunden, ermordet auf die gleiche Weise, wieder in einer S-Bahn. Die tote Frau trägt den Mädchennamen Teufelsreute, jedoch scheint es zunächst keinerlei Verbindungen zu dem ersten Opfer zu geben …

MATTHIAS P.GIBERT
Menschenopfer

366 Seiten, Paperback.
ISBN 978-3-8392-1237-0.

STRAHLKRAFT Hideo Asami, Küchenhilfe in einem Sushi-Restaurant in Kassel, plagen Unwohlsein und Übelkeit. Als ihm die Haare büschelweise ausgehen, verschwindet er plötzlich spurlos. Wenige Tage später werden drei verkohlte Leichen in einer Laube entdeckt, Hauptkommissar Paul Lenz übernimmt die Ermittlungen. Ein weiterer Angestellter des Sushi-Restaurants leidet unter den gleichen Beschwerden wie sein Kollege, weigert sich jedoch zum Arzt zu gehen, da er sich illegal in Deutschland aufhält und nicht krankenversichert ist. Als auch er verschwindet, verschärft sich die Situation dramatisch …

GMEINER

Wir machen's spannend

Unsere Lesermagazine

2 x jährlich das Neueste aus der Gmeiner-Bibliothek

DIN A6, 20 S., farbig

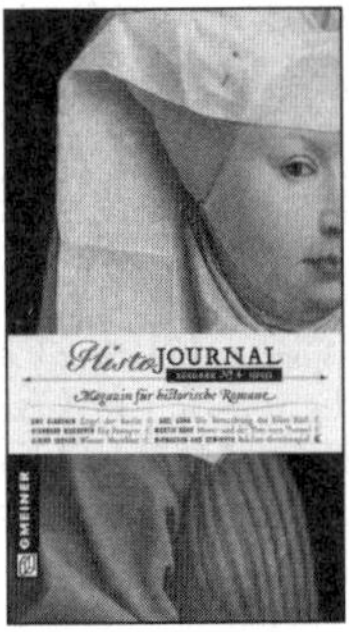

10 x 18 cm, 16 S., farbig

24 x 35 cm, 20 S., farbig

Alle Lesermagazine erhalten Sie in Ihrer Buchhandlung oder unter www.gmeiner-verlag.de.

GmeinerNewsletter

Neues aus der Welt der Gmeiner-Romane

Haben Sie schon unsere GmeinerNewsletter abonniert?

Monatlich erhalten Sie per E-Mail aktuelle Informationen aus der Welt der Krimis, der historischen Romane und der Frauenromane: Buchtipps, Berichte über Autoren und ihre Arbeit, Veranstaltungshinweise, neue Literaturseiten im Internet und interessante Neuigkeiten.

Die Anmeldung zu den GmeinerNewslettern ist ganz einfach. Direkt auf der Homepage des Gmeiner-Verlags (www.gmeiner-verlag.de) finden Sie das entsprechende Anmeldeformular.

Ihre Meinung ist gefragt!

Mitmachen und gewinnen

Wir möchten Ihnen mit unseren Romanen immer beste Unterhaltung bieten. Sie können uns dabei unterstützen, indem Sie uns Ihre Meinung zu den Gmeiner-Romanen sagen! Senden Sie eine E-Mail an gewinnspiel@gmeiner-verlag.de und teilen Sie uns mit, welches Buch Sie gelesen haben und wie es Ihnen gefallen hat. Alle Einsendungen nehmen automatisch am großen Jahresgewinnspiel mit attraktiven Buchpreisen teil.

GMEINER

Wir machen's spannend

Alle Gmeiner-Autoren und ihre Romane auf einen Blick

ANTHOLOGIEN: Mords-Sachsen 5 • Secret Service 2012 • Tod am Tegernsee • Drei Tagesritte vom Bodensee • Nichts ist so fein gesponnen • Zürich: Ausfahrt Mord • Mörderischer Erfindergeist • Secret Service 2011 • Tod am Starnberger See • Mords-Sachsen 4 • Sterbenslust • Tödliche Wasser • Gefährliche Nachbarn • Mords-Sachsen 3 • Tatort Ammersee • Campusmord • Mords-Sachsen 2 • Tod am Bodensee • Mords-Sachsen 1 • Grenzfälle • Spekulatius **ABE, REBECCA**: Im Labyrinth der Fugger **ARTMEIER, HILDEGUNDE**: Feuerross • Drachenfrau **BÄHR, MARTIN**: Moser und der Tote vom Tunnel **BAUER, HERMANN**: Philosophenpunsch • Verschwörungsmelange • Karambolage • Fernwehträume **BAUM, BEATE**: Weltverloren • Ruchlos • Häuserkampf **BAUMANN, MANFRED**: Wasserspiele • Jedermanntod **BECK, SINJE**: Totenklang • Duftspur • Einzelkämpfer **BECKER, OLIVER**: Die Sehnsucht der Krähentochter • Das Geheimnis der Krähentochter **BECKMANN, HERBERT**: Die Nacht von Berlin • Mark Twain unter den Linden • Die indiskreten Briefe des Giacomo Casanova **BEINSSEN, JAN**: Todesfrauen • Goldfrauen • Feuerfrauen **BLANKENBURG, ELKE MASCHA** Tastenfieber und Liebeslust **BLATTER, ULRIKE**: Vogelfrau **BODENMANN, MONA**: Mondmilchgubel **BÖCKER, BÄRBEL**: Mit 50 hat man noch Träume • Henkersmahl **BOENKE, MICHAEL**: Riedripp • Gott'sacker **BOMM, MANFRED**: Mundtot • Blutsauger • Kurzschluss • Glasklar • Notbremse • Schattennetz • Beweislast • Schusslinie • Mordloch • Trugschluss • Irrflug • Himmelsfelsen **BONN, SUSANNE**: Die Schule der Spielleute **BOSETZKY, HORST (-KY)**: Der Fall des Dichters • Promijagd • Unterm Kirschbaum **BRENNER, WOLFGANG**: Alleingang **BRÖMME, BETTINA**: Weißwurst für Elfen **BÜHRIG, DIETER**: Schattenmenagerie • Der Klang der Erde • Schattengold **BÜRKL, ANNI**: Narrentanz • Ausgetanzt • Schwarztee **BUTTLER, MONIKA**: Abendfrieden • Herzraub **CLAUSEN, ANKE**: Dinnerparty • Ostseegrab **CRÖNERT, CLAUDIUS**: Das Kreuz der Hugenotten **DANZ, ELLA**: Geschmacksverwirrung • Ballaststoff • Schatz, schmeckt's dir nicht? • Rosenwahn • Kochwut • Nebelschleier • Steilufer • Osterfeuer **DIECHLER, GABRIELE**: Vom Himmel das Helle • Glutnester • Glaub mir, es muss Liebe sein • Engpass **DOLL, HENRY**: Neckarhaie **DÜNSCHEDE, SANDRA**: Nordfeuer • Todeswatt • Friesenrache • Solomord • Nordmord • Deichgrab **EMME, PIERRE**: Zwanzig/11 • Diamantenschmaus • Pizza Letale • Pasta Mortale • Schneenockerleklat • Florentinerpakt • Ballsaison • Tortenkomplott • Killerspiele • Würstelmassaker • Heurigenpassion • Schnitzelfarce • Pastetenlust **ERFMEYER, KLAUS**: Drahtzieher • Irrliebe • Endstadium • Tribunal • Geldmarie • Todeserklärung • Karrieresprung **ERWIN, BIRGIT / BUCHHORN, ULRICH**: Die Reliquie von Buchhorn • Die Gauklerin von Buchhorn • Die Herren von Buchhorn **FEIFAR, OSKAR**: Dorftratsch **FINK, SABINE**: Kainszeichen **FOHL, DAGMAR**: Der Duft von Bittermandel • Die Insel der Witwen • Das Mädchen und sein Henker **FRANZINGER, BERND**: Familiengrab • Zehnkampf • Leidenstour • Kindspech • Jammerhalde • Bombenstimmung • Wolfsfalle • Dinotod • Ohnmacht • Goldrausch • Pilzsaison **GARDEIN, UWE**: Das Mysterium des Himmels • Die Stunde des Königs

GMEINER

Wir machen's spannend

Alle Gmeiner-Autoren und ihre Romane auf einen Blick